爆ぜる怪人
殺人鬼はご当地ヒーロー

おぎぬまX

宝島社
文庫

宝島社

爆ぜる怪人 殺人鬼はご当地ヒーロー　目次

プロローグ 8

第一章 ミノムシ男 12

第二章 シャドウジャスティス 57

第三章 ハイエナ騎士 114

第四章 ジッチョクマン 192

第五章 笛吹きピエロ 277

エピローグ 368

解説　村上貴史 375

爆(は)ぜる怪人　殺人鬼はご当地ヒーロー

深夜の芹ヶ谷（せりがや）公園にやって来た志村（しむら）は、思わず足を止めた。

噴水の前で二つの人影が争っている。

相手の頭部を水面に押し付けている者と、じたばたと必死に抵抗する者。

酔っ払いの喧嘩（けんか）ではない——志村はそう直感した。

やがて、水面に押し付けられた人影は、ぴくりとも動かなくなって、うつぶせのまま水面に浮かんだ。もう一つの人影は、相手が動かなくなったことを見届けると、志村の気配に気づき、ゆっくりと振り返った。

雲に隠れていた月が、その姿を照らした。

志村は息を呑（の）んだ。

目の前に立っていた者の姿があまりにも——懐かしかった。

銀色のボディアーマーに、黒のタイツ。全身にちりばめられたボルトや機材をモチーフにしたメカニカルな意匠。そして、真っ赤なバイザーが埋め込まれたマスク……。

「シャドウジャスティス」

志村は絞り出すような声で、その名を呼んだ。

プロローグ

「いいから、早く飲めって」

居酒屋の座敷で、営業部長の勝田が摘んだ五百円玉を、志村は無言で見つめていた。

「いや……そんなの無理ですって」

「全然無理じゃねえよ、こんなの。ほら、お前が飲まないから、みんながいつまで経っても帰れねえだろ！」

髪を逆立てたニホンザルのような男――勝田が大袈裟に座敷内を見回す。すでに立ち上がって帰るばっかりの役者たちは、この状況を見てニヤついていたり、興味なさげにスマホをいじったりしている。

誰も助けてくれないことを悟った志村は、目の前のテーブルに視線を移した。空になったビールジョッキの側に、領収書が載ったトレイが置かれている。本来、そこにお釣りとして載っていた五百円玉を勝田が鼻先に押し付けてくる。

――油断していた！

何事もなくこの飲み会が終わるとばかり思っていた志村は、悔しさで歯を食いしばった。

アクションショーの終わりには、必ずスタッフと役者を交えた打ち上げがある。

特に今日の〈町田さくらまつり〉はご当地ヒーローや、ゆるキャラまで参加する大きなイベントだったため、いつもより過激な宴が繰り広げられることを志村は覚悟していた。

しかし、社長が他団体のお偉方と飲みに行くことになったため、打ち上げは急遽、営業部長の勝田が仕切ることになった。社長不在のため、珍しく今夜はバカ騒ぎをしない、穏やかな飲み会となった。

そろそろお開きということになり、店員が伝票を持って来て、その場で会計を済ますと五百円玉がお釣りで返ってきた。勝田はそれを誰かにあげるため、売れない役者たちを集めて、ジャンケン大会を開こうとしたが、ここで役者の一人が余計なことを口走ったのだ。

「その五百円玉、志村さんが飲めばよくないっすか？」

意味が分からないが、飲みの場では意味が分からないことの方が盛り上がる。役者の手拍子と飲めよコールが始まり、アクションショーの現場監督も兼ねている勝田がその流れに乗れば、もう逃げられない。こうして志村は五百円玉を飲むことになった。

五百円玉を受け取った志村は、それを口元に近づけた。あまりにも理不尽だが、この座敷は個室なので逃げ場はない。

――この状況から自分を救ってくれる、正義のヒーローはいないのだろうか？

心の中でそう願うと、壁にもたれて傍観していた役者の一人が志村に近寄った。

「志村さん、急ぎでお願いしますっ。終電乗り遅れたらタクシー代請求しますよ」

役者の日々野ハルタが、志村の耳元で囁く。

「デザートと思えばいいじゃないですか」

ハルタの茶色に染めた前髪が志村の耳に触れる。

志村は自分がなんて間抜けな願いをしたのだろうと苦笑いした。正義のヒーローなんているわけがない。

そもそも志村が今、こんな状況に追い詰められているのは、正義の味方・マチダーマン役のイケメン俳優――目の前にいる日々野ハルタの提案によるものなのだから。

志村は抵抗を諦め、目を閉じると、手にした五百円玉を勢いよく口の中に放り込んだ。周囲で「おおっ」という歓声が上がる。

舌の上に乗った五百円玉を志村はごくんと飲み込んだ。

体内に異物が入った不快感で、志村の顔が歪む。

「はい、ということで解散！　皆さん今日はお疲れ様でしたーっ！」

勝田が手を叩くと、一部始終を見守っていた役者たちが「お疲れ様ですーっ」と言いながら座敷から出ていく。

　こうして打ち上げが終わり、志村が解放されたのは夜の十一時過ぎだった。

　四月の夜。電灯に照らされた桜並木を見上げながら、志村は自宅まで歩いて帰った。夜風が少し肌寒いが、飲み会から解放されたことが何より心地よかった。

　その時、近くの大通りから、けたたましいサイレンが鳴り響いた。あまりにも突然だったので、志村は軽く飛び跳ねるほど驚いた。

「う、うるさっ……」

　サイレンに釣られて大通りに出ると、志村はさらに仰天した。夜中だというのに何台ものパトカーが目の前を猛スピードで走り去っていく。明らかに只事（ただごと）ではなかった。街道に並ぶ桜がパトカーのランプで真っ赤に染まっていく。

　パトカーの集団が志村の視界から消えてもなお、遠くでサイレンの音が鳴り響いている。しばらく唖然（あぜん）としていた志村だったが、自宅に向かって歩き出すと、周りに誰もいないのをいいことに大きな舌打ちをした。営業の勝田や、役者たちに居酒屋で追い詰められていた時、誰も助けに来なかったことを思い出して腹が立ったからだ。

　――一台くらい、こっちに来いよ！

　無茶苦茶なことを思いながら、志村は自宅に向かって帰っていった。

第一章　ミノムシ男

1

東京都を横から見た金魚とするならば、町田市は下腹からはみ出した金魚のフンのような形をしている。周囲を神奈川県に囲まれ、都会と自然が混在し、小田急線とJR横浜線が隣接する町田駅は、学生にとってはラーメン激戦区、サラリーマンにとっては風俗街として有名だ。

中肉中背、眼鏡をかけているくらいしか特徴のない志村弾が、町田で一人暮らしを始めたのは大学生の頃である。それから二十五歳になった現在まで一度も引っ越しをしていないので、この街の在住歴は七年ほどになる。

志村が勤めている会社は、小田急線町田駅から徒歩十分、町田駅前通りの北西にある。賑やかな繁華街とは逆方向で、市役所があるくらいしか特徴が見当たらない地区に、五階建ての細長い古びたビルがある。

元々はテレビコマーシャルや企業のPR動画を委託されていた、社員数五十名にも満たない小さな映像制作会社だったが、十年前にゆるキャラブームに目をつけて、それの特撮版ともいえるご当地ヒーローの制作に乗り出した。

そうして誕生したのが、会社がある町田を活動拠点として、町田の魅力を発信し、町田の平和を守るヒーロー『マチダーマン』である。社名も『ＭＨＦ（マチダ・ヒーロー・ファクトリー）』に変更し、手探りながらも定期的にアクションショーを行い、映像制作のノウハウを活かして、地方局にてテレビ放送を行った結果、現在では地元でそれなりの知名度を得るまでになった。

そんなＭＨＦに志村が入社したのは一年前。元々マンガ家を目指していて、有名誌で新人賞を獲ったことがあることを面接で死ぬほどアピールしたのが功を奏したのか、大して絵が上手いわけでもないのに、デザイン部への配属が決定した。

社長には、小さな会社ということもあり、腕試しも兼ねて、早ければ半年ほどで戦闘員や怪人などのデザインを任せることになるかもしれないと予告された。

特撮にさほど興味がなかった志村も、怪人やヒーローのデザインをして給料を貰えるなら、これほどありがたいことはないと安堵していたのだが……。

四月十一日　月曜日。

志村が打ち上げで五百円玉を飲まされた翌日。彼はＭＨＦの四階で、裁断機を前に仁王立ちしていた。

慣れた手つきで裁断機にA1サイズのポスターをセットすると、刃が付いたスライダーを引きながら、余白の部分をカットしていく。上下左右にある余白のカットが済むと、新聞紙を広げたくらいの大きさのポスターが出来上がるので、それを十枚用意する。

シャーッという音とともに切断された紙切れが床に落ちていく。床にたまった紙切れを足で払うと、出来上がった十枚のポスターを重ねて、机を使ってトントンと端を揃(そろ)えた。

〈マチダーマンがオゾンモールにやってくる！　春の大アクションショー開幕！〉

志村は自分が制作したポスターの出来映えをしばらく眺めた。光沢紙に印刷された、親指を立てた真っ赤なヒーローが、蛍光灯の光を反射しキラリと輝く。

五十万円はするらしい大型の業務用プリンターで刷られたポスターは、出来映えだけ見れば東映(とうえい)のキャラクターショーと比べても遜色(そんしょく)はないだろう、と志村は自信ありげに頷(うなず)いた。もっとも、ポスターデザインの大本(おおもと)を作ったのは先輩で、志村はせいぜいイベント情報の文字替えと、画像の差し替えに簡単な加工くらいしかしていないのだが。

ポスターを丸めて筒状の段ボールに入れ、あらかじめ記入しておいた宅配便の伝票を貼り付ける。これをアクションショーの会場となっているオゾンモールに発送して、館内に掲示してもらう。こういった告知ポスターは他のご当地ヒーローだと、いかにも手作りの安っぽいポスターを自作するので、会場側の広報が適当な画像素材を使って代わりを用意する場合もあるが、ＭＨＦはアクションショーの依頼のお礼に、本格的なポスターを各会場に合わせて送るなどといった誠意を見せて、他の団体と差別化を図っている。

「おしまいっと……」

志村は両手を天井に向けて大きく伸びをした。ゴールデンウィークもある春は、アクションショーのかき入れ時である。志村は今日だけで四件の会場に送るポスターを用意したので、ちょっとした肉体労働になっていた。

困ったことに、こういったポスター作りや、等身大パネル、グッズの缶バッジの制作などが志村の業務の大半となっており、最近はもっぱらアクションショーのスタッフとして駆り出されてばかりいた。入社当初は絵関係の仕事に就けたと喜んでいた志村だったが、実際にペンを握って何かを描かされたことは数えるほどしかなかった。

「二時か」

志村は意味もなく時計の時刻を呟いた。これは志村の持論であるが、会社で時刻を呟くやつは暇なやつだ。

あくびをしながら窓を見ると、目元まで伸びた前髪に、ボストン型の黒縁眼鏡をかけた冴えない男が映っていた。志村は窓際まで近寄ると、外の景色を眺めた。

桜が咲く昼下がりの街並みと、遠くから聞こえる電車の音がのどかで、ますます眠くなる。志村は周りの目線がないのをいいことに、仕事をするふりすらやめて、風が吹くたびに舞い散る桜の花びらをぼうっと眺めていた。

2

志村が現在いるMHFの四階は、デザイン部と営業部の二つの部署がパーテーションで仕切られている。といっても、デザイン部の人間は四人、営業部の人間は二人と少なく、部屋の半分は、志村が先ほどポスターの裁断を行った作業スペースと、マチダーマンの等身大パネルやグッズが詰まった段ボールが積み上げられ、物置きとなっている。

もともと人数の少ない四階だが、特に今日は営業部の二人が外に出ていて、デザイン部も先輩が一人、休憩に出ているので、現在この部屋には志村を含めてたったの三人しかおらず、いつになく静かだった。

　ポスター作りを終えた志村は自分のデスクに戻った。一般的なオフィスデスクに、デスクトップパソコンとイラスト作成用の液晶タブレットが置かれている。

　志村がオゾンモールの広報担当にポスター発送の件をメールしていると、後ろからドアが開く音が聞こえた。チェックのシャツにチノパンを穿いた太った男が、志村の隣の席に座る。デザイン部の副部長・森田恵介が昼休憩から帰ってきたのだ。

「お疲れ様です、森田さん。ポスター作業、全部終わりました」

「ああ、ありがとう」

　コンビニのレジ袋から紙パックのコーヒー牛乳を取り出した森田は、オフィスチェアをくるりと回し、志村に体を向けた。脂肪がのった顔に、黒いビー玉が埋め込まれたような目、三十代半ばの割には幼い顔だち、志村は入社当初から森田のことをビーバーのようだと思っている。

「ちなみに来月のショーから物販で出す、新しい缶バッジってどうなってるっけ」

「全部作りました」

「オッケー」

　森田は自分のパソコンに向き合うとキーボードを叩いた。志村は「あと……」と言いながら、デスクの引き出しの中からクリアファイルを取り出す。

「マチダーマン6の怪人のデザインもできました」

志村は立ち上がり、森田にクリアファイルを差し出した。

マチダーマンは数年に一度、地方局にて1クールのテレビ放送をしているが、志村が入社するまでにすでに『マチダーマン・シーズン5』までが制作されてきた。そして、今年の夏には新シリーズのシーズン6の撮影が始まるのだが、それに登場する怪人の一部のデザインを志村が任されることになった。

普段、デザイン部とは名ばかりの肉体労働ばかりしている志村は、久しぶりのデザイン業務に燃えており、森田が指定した期限より大分余裕を持って提出することになった。

「ああ……早いねっ」

森田はどこか気まずそうにそれを受け取った。

「オッケー、あとで三野村(みのむら)さんに渡しとくよ」

森田は受け取ったクリアファイルをそっと引き出しの中にしまうと、何事もなかったかのように業務に戻った。

てっきり、その場で中身をチェックされると思っていた志村は、「あら」と小声で言いながら、つんのめった。

森田はデザイン部の副部長で、いくらチェックを部長が行うとしても、たった四人しかいないデザイン部である。後輩が描いたデザインが気にならないのだろうか、と志村は首を傾げた。

志村の視線に気づかないのか、それとも気づかないふりをしているのか、森田はニンジンをかじるビーバーのように、体を微妙に揺らしながらコーヒー牛乳に挿したストローに歯を立てている。

「あの、見ていただけないんですか？」

たまらず志村が訊ねると、森田は数秒の間の後、「ああ、そ、そうだね」とわざとらしい口調で、引き出しにしまったクリアファイルを取り出し、パラパラと数枚の怪人のデザイン画に目を通した。

「うん、いい感じだねっ。あとで、三野村さんに出しとくから」

今度こそおしまいなのだろう。森田は巣穴に帰るようにオフィスチェアを捻ると、前傾姿勢になってパソコンのディスプレイを凝視する。

「お、お願いします」

志村は戸惑いながらも自分の席に戻った。そして、向かいに座るデザイン部部長の三野村学の席を見つめた。もっとも、当の本人の姿は、山のように積み上げられた資料が壁となり、拝むこともできないのだが。

3

ＭＨＦのデザイン部には四人の社員がいる。部長の三野村学、副部長の森田恵介。元々はこの二人で長年、デザイン部を回してきたのだが、部長の三野村が過労で体調を崩したことが原因で、一年前に新しい社員を募集することになった。

そこで採用されたのがマンガ家を目指していた志村弾と、美大出身の元格闘家・鳳(おおとり)真一(しんいち)の二人である。

窓際に面して四つのオフィスデスクが向き合うように並んでいて、手前にある志村の右隣には森田の席が、そして向かいには三野村の席がある。

志村がＭＨＦに入社してから一年が経つが、向かいに座る三野村学のことは、あまりよく分かっていない。

まず、滅多に視界に入らないのだ。三野村の席には、本の山、ＤＶＤの山、プラモデルの箱の山など、資料として集められたいくつもの山が積み上げられ、壁のようになっている。それに加え、三野村はヒーローや幹部怪人といった重要キャラクターのデザインなど、自分の業務に集中するため、デザイン部の内外のやりとりをほぼ全て森田に任せている。たまに、のろのろとトイレに向かう姿を目撃する時もあるが、一度も三野村の姿を見なかった日もざらにある。

志村は目の前にそびえ立つ壁に向かって耳を澄ました。微かにペンを走らせる音や、マウスをクリックする音が聞こえるので、どうやら、目の前にいるらしい。

「三時か」

志村は再び意味もなく時計の時刻を呟いた。会社で時刻を呟くやつは暇なやつだ。

志村はてっきり、先ほど提出した怪人のデザイン画を、森田が三野村にすぐに回し、修正点を指摘され、今日一日はその修正作業に費やすとばかり思っていた。

そのために他の仕事を片付けていた志村は、終業時間の午後七時までの間、やることがなくなってしまった。

志村は「飲み物買ってきます」とだけ森田に伝えると、四階のオフィスから出て、エレベーターのスイッチを押した。

やってきたエレベーターに乗り込むと、扉が閉まる前に一人の男が駆け込んできた。

「シム、俺も一服する」

レザージャケットにジーンズを穿いた大柄な男が、気だるそうにエレベーターの壁にもたれる。志村と同期の鳳真一である。

「眠すぎてやばいよ」

身長一八〇センチ、もじゃもじゃに伸びた髪に、顎から耳にかけて髭を生やした鳳が、口を思いっきり開けてあくびをする。

「僕もです」

鳳のあくびが移ったのか、志村も口を間抜けそうに開いた。

「どうしてこんなに眠いんですかね」

それが春のせいなのか、退屈な職場のせいなのか、志村には分からなかった。

ＭＨＦのビルを出た二人は、すぐ近くにある自販機と灰皿スタンドが設置された路地でサボっていた。

「鳳さんは仕事たまってるんですか？」

「いや、ほとんど終わってるよ。だから今日はずっとＹｏｕＴｕｂｅでプロレスの試合見てた」

鳳が紙煙草（かみたばこ）を咥（くわ）えながら「ブッチャーＶＳジャンボ鶴田（つるた）」と付け足した。

「ええっ、全然気づかなかったなぁ」

鳳の席は志村の斜め向かいで、何度か鳳の席を覗（のぞ）いた時は、さも真剣な表情でパソコンに向き合っていた。志村は鳳の擬態の巧みさに思わず唸（うな）った。

鳳は同期になるが、二十五歳の志村に対し、鳳は三十六歳と一回り近く年上なので、自然と先輩と後輩、あるいは兄貴分と弟分のような関係性になっていた。

「怪人のデザインはどうですか？　僕は今日出しちゃいましたけど」

志村と鳳は、マチダーマン・シーズン６に登場予定の怪人をそれぞれ五体ずつデザインすることを任されていた。

「それもほとんどできてるよ。今月末が締め切りだし、出すのはもうちょい後にするけど」

鳳は咥えていた煙草を口から離すと「くくっ」と笑った。

「見てたよ、森田さんに提出したとこ。ありゃ、ないよなぁ」

「そうなんですよ！　意味わからないですって、最初見ようともしなかったんですよ」

志村の口調が荒くなる。この会社に入って一年。疑問に感じていたことが、明確に不満となりつつあった。

「ウチのデザイン部って、三野村さんが過労で体調を崩したから、その負担を減らすために求人をかけたんですよね？　なのに、回される仕事は雑務やアクションショーの手伝いばかりですし、ようやく怪人のデザインを任せてもらえると思ったら、あの感じですよ」

志村は手にした缶コーヒーを勢いよく飲み干すと、「これじゃ、ほとんどイベントスタッフですよ」と言い放った。

デザイン部では、マチダーマンに関連するキャラクターデザインが主な業務とされているが、それらのデザインはほぼ全て部長の三野村が独占していた。マチダーマン・シーズン5までに登場したほとんどのキャラクターは三野村が手がけたことにな
る。夏に撮影開始となるシーズン6の全デザインも三野村が一人で行う予定だったが、
社長から『せっかく新人を二人も雇ったのに実力が分からないんじゃボーナスの査定
ができない』と苦情があり、怪人のデザインだけは新人に譲ることになったのだ。
「まあ、こうして暇なのはありがたいじゃない。それにウチがご当地ヒーローじゃな
くて、東映みたいな超大手だったら、入社一年で怪人なんて描かせてもらえないぜ」
鳳が煙草を灰皿に捨てると、指を顎に当てながらMHFのビルを見上げた。
「でも、確かに妙だなぁ。俺もこの会社に入るまで、色んなとこにいたけど、ここは
その中でも一番変わってるよ」
　鳳の過去を聞いたことがある志村は「マジすか」と驚いた。
　格闘家だった鳳は、膝の故障が原因で二十五歳の時に引退。その後はラーメン屋の
店長になったり、似顔絵師となって各地を回ったり、友人と革製品のショップを経営
したりと職を転々としてきた。
「俺は三野村さんの隣の席だからさ、シムよりは向こうの様子が窺えるのよ。といっ
ても、横から見ても資料の山で、顔なんてロクに見れないんだけどさ……」
　鳳が顎鬚をかきながら話を続ける。

「それでも、三野村さんが異常なのは分かる。最近あの人、寝袋にくるまりながら仕事してんだよ」

「寝袋？」

「そう。あの人、撮影で使う小道具や、ちょっとした衣装のデザインまで、本来なら俺たち新人に振られるような仕事も、全部引き受けてるみたいなんだ。そのせいで、ほとんど毎日、会社で寝泊まりしてるみたいなんだよね」

「毎日って、風呂とかどうするんですか？」

「ウチにはアクションショーのキャストが使うシャワー室とか、衣装を洗う洗濯機とか色々揃ってるからね。やろうと思えば会社から出ないで生活できるんだよ。だから、毎日、深夜まで仕事をして、会社でちょっとだけ寝て、また朝になったら深夜になるまで仕事の繰り返し……。それでついには寝袋を着ながら仕事をするようになったみたいだね。過労で倒れる前もそんな感じだったらしい。お隣の営業部なんて、気味悪がって〈ミノムシ男〉って呼んでるらしいよ」

「それもう、怪人じゃないですか」

　ぶはは っと鳳が笑う。

「まあ所謂（いわゆる）、仕事中毒（ワーカホリック）ってやつなんじゃないかな」

志村はデザイン部がある四階の窓に視線を移した。三野村の席は窓際も資料を積んでおり、その姿を覗くことはできなかった。

「ところでさ、今日暇だったからネットニュース見てたんだけどさ」

鳳が新しい煙草に火を点けながら志村を見る。

「なんかここ数日、この街でおかしな事件ばかり起きてるんだよな」

「町田で、ですか？」

志村が首を傾げると、鳳がニヤニヤと頷く。

「一つ目は、数日前。町田で麻薬の売人をしていたお笑い芸人が捕まったらしいね」

「芸人が麻薬の売人っ？」

志村がすっとんきょうな声を上げる。

「有名なんですか、その芸人」

「いや、そこまでは。たしか、エンゼル丸山って芸名だったかな。一時期、深夜のネタ番組とかには出てたらしいね。本人の画像とかネタとか、ネットにがんがん上がってるよ」

「へぇ。確かにどっかで聞いたことがあるような芸名ですね」

志村の反応を楽しむように、鳳が次のニュースを発表する。

「二つ目はもっとやばいんだよ。昨日、町田で子どもが誘拐されたらしいんだ」

「えっ」

被害者の安否が気になり、志村は顔から笑みを消す。

「しかも今時珍しく、身代金目的の誘拐だったらしいんだ」

「……身代金？」

志村は一瞬耳を疑った。身代金を目的とした誘拐など、最近ではドラマでも、中々お目にかかれないからだ。

「そんなの現代で上手くいくんですか？　脅迫電話をするにしても、今って逆探知とか余裕でできるんですよね」

まだ鳳から、ほとんど詳細も聞かされていないというのに、志村はこの事件に対して、言いようのない不気味さを感じた。

「そう、上手くいきっこない。実際に失敗して、昨夜、子どもは無事に戻ってきたんだ」

「ああっ、よかったですね」

子どもが無事ということを聞き、とりあえず志村は安堵した。それから、昨夜あった打ち上げの帰り道を思い出す。

猛スピードでどこかへ向かう何台ものパトカーが脳裏をよぎる。あれは誘拐事件に駆り出された警官たちだったのだろうか。

「シム、この話の本題はここからなんだ」

鳳の話には続きがあったらしい。志村が意識を鳳に向ける。

「誘拐された子どもは無事に戻ってきた。ただ、そのあとに起きたことが……いや、正確にはそれまでに起きたことが、ものすごく奇妙なんだ」

「奇妙？」

鳳がゆっくりと煙を吐きながら正面を見つめる。が、何かに気づくと、体を路地の奥の方へ向けた。志村が鳳の視線を追うと「げっ」と声を漏らした。

遠くから白いワゴン車が走ってくる。営業部の二人が帰ってきたのだ。

ワゴン車は二人の前で停車すると、わざわざクラクションを一度鳴らしてから、運転席の窓を開けた。ウィーンという音とともにドライバーの顔が現れる。

「お前らいいなぁ、暇そうで！　おい、荷物下ろすから倉庫にしまっといてくれ」

営業部長の勝田寛（ひろし）がクラクションよりもうるさい声で怒鳴った。

直後に助手席のドアが勢いよく開いた。中から、勝田のたった一人の部下である工藤丈一（くどうじょういち）が出てきて、車内に積まれた荷物を目の前に下ろす。

「スミマセン、お二人とも。これ、お願いしますねぇ」

マチダーマンのスタッフジャンパーを着た工藤が、ペコペコと頭を下げる。

「全然オッケーですよ。暇ですし」

志村が笑って答えると、再びクラクションが鳴った。

「早く乗れ、工藤！　駐車場に戻す前にガソスタに寄るんだろうが」

「スミマセン」

怒鳴る勝田に謝りながら工藤が助手席に飛び乗った。そのまま発進するかと思いきや、ワゴン車の窓から再び勝田が顔を出す。

「志村ぁー、どうだった？」

「えっ」

何の話をしているか分からず、志村が戸惑う。

「ウンチといっしょに五百円玉は出てきたのかって聞いてんだよ！」

「で、出てきてませんっ！　多分……」

志村が慌てて答えると、一応心配をしているのか、勝田の目が細くなる。

「一週間以内に出なかったら、言え！」

そう言い放つと、勝田は倉庫の鍵を志村に向かって投げつけた。鍵をキャッチした志村が顔を上げると、勝田が運転する車は狭い路地を猛スピードで走り去っていった。

「シム、五百円玉って何？」

一部始終を眺めていた鳳が、怪訝な表情で志村を見る。鳳は昨日の飲み会に参加していないので、志村の胃の中に五百円玉が沈んでいることを知らない。

「いえ、大したことでは……それより、あの人が戻ってくる前に、これ運びましょう」

志村と鳳の前に、二つのスーツボックスが残された。この中にはマチダーマンや、ヒロインのマチダーレディの衣装が入っている。営業の二人は、幼稚園から依頼を受けたダンスショーから帰ってきたところだった。

マチダーマンのイベント依頼の大半はアクションショーかダンスショーのどちらかである。アクションショーの依頼は数十万円かかるので、デパートや市の依頼で開催されることがほとんどだが、ダンスショーはマチダーマンの知名度を広めるプロモーションも兼ねているため、学校や病院など、依頼さえあれば無料で引き受けることも多い。その代わり、ダンスショーでは経費削減のため、テレビドラマに出演するオリジナルキャストは使わず、ＭＨＦの社員が行うことになっている。今回は、営業部の二人が幼稚園に赴き、勝田がマチダーマン、工藤がマチダーレディのスーツを着て、園児を相手にダンスショーを終えてきたのだ。

「まあいいや、これでまた時間を潰せる口実ができたわけだし」

鳳は口笛を吹きながらスーツボックスを持ち上げると、ＭＨＦのビルに戻って行った。

志村と鳳はスーツボックスを一つずつ抱えて会社に戻ると、エレベーターで地下一階に向かった。観音開きの鉄製のドアの先は、ＭＨＦが制作したヒーローや怪人のスーツ、武器などの小道具、その他あらゆる制作物が置かれた倉庫になっている。

勝田から受け取った鍵で倉庫に入り、室内の照明を点ける。志村はスーツボックスをスチールラックの指定の場所に戻し、さっさと倉庫から出ようとした。

「シム、どうせ四階に戻ってもやることないぞ」

床に置かれた段ボール箱に腰掛けた鳳が、倉庫を出ようとする志村を呼び止める。

「とはいえ、ここにいるのもなぁ。ここにずっといると気分悪くなるんですよね」

志村が手のひらで鼻を覆う。打ちっぱなしのコンクリートと、小道具で使われた塗料のにおいが不快で口呼吸に切り替える。気分が悪くなる理由はにおいだけではない。

志村は薄暗い倉庫の奥をちらりと見た。

オオカミ、サイ、タコ、セミ、ウツボ……様々な怪人のマスクやスーツが、ごちゃ混ぜで山となっている。

「鳳さん、よくこんなところでくつろげますねぇ……」

志村が呆(あき)れた口調で呟く。倉庫の奥で、横に倒れた状態のインコの怪人がこちらをじっと見ている気がしたので、志村は立つ位置をわざわざ変えた。

スチールラックの前に移動した志村は、一番下の段に置かれたスーツボックスを見つめた。中身が分かるようにボックスの側面には〈シャドウジャスティス〉と書かれた紙が貼られている。

スチールラックに入るスーツボックスはせいぜい二十個。マチダーマンは現在シーズン5まで放送されており、シーズンごとに怪人が十体は登場するので、これまでに少なくとも五十体以上の怪人を生み出してきたことになる。狭い倉庫では全てのキャラクターを丁寧に保管することはできないので、出番が少ないキャラクターは怪人だろうと、ヒーローだろうと、容赦なく剝き出しのまま倉庫の奥に追いやられてしまう。

新シーズンが始まれば、またスーツが増える。

——その時には、シャドウジャスティスもここから追い出されているんだろうな。

志村は寂しげな表情で物言わぬスーツボックスを見つめた。シャドウジャスティスは、志村がデザインし、形となった、初めてのヒーローだった。

4

ＭＨＦが手がけるご当地ヒーロー『マチダーマン』は、長年のテレビ放送により、町田市民なら誰でも名前は聞いたことがあるくらいの知名度を持つようになったが、キャラクタービジネスとして成立するほどの収益はなかった。

そのため、ＭＨＦはご当地ヒーローに路線変更をする前の稼ぎ口だった、テレビコマーシャルや企業ＰＲ動画の製作を継続しているし、かつての業務と現在の業務を合わせたようなビジネスも打ち出していた。

その代表例が〈企業ヒーロー〉の製作である。クライアントの魅力をPRする広告塔となるヒーロースーツを、完全オーダーメイドで製作する。これが意外とウケたのだった。

元々、MHFはヒーローを作るために必要なデザイナーや衣装師、工房の職人を全て自社に揃えていたので、依頼さえあればワンストップでヒーロースーツを製作することができた。オプションで完成したヒーローを主役にしたアクションショーの開催や、オリジナルムービーを製作することだって可能である。クライアントからすれば、買い切りで自社をPRするヒーロースーツが手に入り、社内外の行事で活用できるのが利点だ。

建築会社や自動車用品店など、地味な広告になりがちな企業からの依頼が多く、シヤドウジャスティスのスーツを依頼したのも、影山製作所という小さな町工場だった。

去年の八月頃、影山製作所から自社をPRするヒーローを作って欲しいという依頼があり、まずはMHFのデザイン部がキャラクターデザインにとりかかった。

デザイン部の全員が影山製作所の特徴を取り入れたヒーローのデザイン画を用意し、その中から一つに絞って、依頼主に提出する。この社内コンペには入社してまだ四ヶ月目の志村と鳳も参加することになった。

それまでアクションショーの手伝いばかりさせられていた志村は、休日もスケッチブックを持ち帰り、連日連夜、夢中になってヒーローのデザインに明け暮れた。

しかし、影山製作所に提出されたのは三野村のデザインのみだった。入社四ヶ月の新人と社歴十年以上の部長では、実力に差があって当然である。さらに、集まったデザインの中から一枚を選ぶのは三野村であるため、志村の中では最初から誰のデザインが採用されるかが決まっていた出来レースに見えた。

全力でとりかかった分、社内コンペの結果に白けていた志村だったが、話はこのまま終わらなかった。影山製作所の社長から、他の人が描いたデザインも見てみたいと要望があったのだ。

三野村としては受け入れ難い展開だろうが、依頼主にそう頼まれたら断るわけにもいかない。こうして、デザインの選考は振り出しに戻り、最終的には志村がデザインした〈シャドウジャスティス〉が選ばれた。

影山製作所の社長はヒーロースーツの製作過程を興奮しながら見学し、費用を追加して、映像作品の製作と、テレビ放送まで要望した。

MHFは神奈川県の地方局に番組枠を持っているので、普段はマチダーマンのテレビシリーズを再放送しているが、そこに新番組を当て込めることができる。

入社間もない新人が、奇跡のような逆転劇でデザインコンペを勝ち獲り、しかも将来的には自分がデザインしたヒーローのテレビ番組が放送される。この時の志村は浮かれに浮かれていた。

――が、影山製作所の突然の倒産によって、シャドウジャスティスは依頼主に引き取られることなく、地下倉庫で眠り続けることになるのであった。

5

「シム、生おかわり」

駅前にある居酒屋で、鳳が空のジョッキを傾けた。

「了解ですっ」

志村はテーブルに備え付けられたタッチパネルを操作して、自分のレモンサワーと一緒に生ビールを注文した。

志村と鳳は、あれから終業時刻の午後七時までダラダラと過ごすと、退勤するやいなや、行きつけの居酒屋に直行した。

時刻は夜十時前。月曜の夜だというのに二人は、かれこれ三時間近く飲み続けている。

二人の話題は、映画の感想や、最近のプロレス事情（これは鳳が一方的に話す）を除けば、ほとんどが会社の愚痴だった。それでも、少なくとも最初のうちは、どうすればMHFがよりよい会社になれるか、どうすればマチダーマンがもっと有名になれるかという議論を真剣にしていたのだが……さすがに二時間、三時間と飲み続けると人間の思考能力は使い物にならなくなる。

次第に会社を盛り上げる解決策は「ジャスティン・ビーバーにマチダーマンのPVを〈いいね〉してもらう」とか「特撮好きの石油王がスポンサーに名乗り出る」など荒唐無稽になり、最終的には「どうやったら社長を殺せるか」という、単なる大喜利大会になった。

鳳が砂肝をかじりながら「妙案を思いついた」と挙手をする。

「まずね、社長をベロベロに酔わせるんだよ。もう一人じゃ帰れないくらいベロベロにね。で、タクシーを捕まえて、運転手にここまで送ってあげてくださいってメモを渡すんだよ」

「ほうっ」

顔を真っ赤にした鳳の話に、志村は笑いながら相槌を打つ。

「でもね、運転手に渡したメモに書いてあるのは、社長んちの住所じゃなくて、抗争中のヤクザの事務所なんだよ。しかも、社長の手には玩具のピストルが握られたまま、ガムテープがぐるぐる巻きになってるんだよね。だから、自宅に着いたと思ってタクシーから降りた社長を、ヤクザは抗争相手が送り込んだ鉄砲玉と勘違いして蜂の巣にするってわけ！」

言い終えると同時に鳳が豪快に笑う。志村も体を反りながらゲラゲラと馬鹿笑いして、そのまま頭を背後の壁にぶつけた。

腹を抱えて笑う二人に、店員が生ビールとレモンサワーを持ってきた。

「これを最後の一杯にしよう。まだ月曜日なんだからっ」

鳳がジョッキに口をつける。本日三度目の最後の一杯だった。

「まあ、でも今のうちに英気を養っておかなきゃですよ。さすがに僕たちも、来月からは忙しくなりますからね」

志村の言葉に鳳が「たしかに」と頷く。MHFにとって、五月はイベント依頼が立て込む繁忙期だ。今年のゴールデンウィークも、連日アクションショーが開催され、志村と鳳はそれらのほとんどに駆り出されることになっている。

「忙しいのは、イベントスタッフとしてなんだけどな」

鳳が苦笑いを浮かべる。

しばらくの間、他愛のない話が続いた。頬杖をついて、酒で酔った頭を支えていた志村は、何気なく壁に設置されたテレビモニターを見るなり声を上げた。

「あれ……町田じゃん」

モニターにはニュース番組が映されていたが、画面下側のテロップに「町田市」という馴染みのある言葉を見つけたのだ。ニュースの内容が気になり、斜めにずれた眼鏡を直してテロップに注目すると「町田市で誘拐事件」と表示されていた。

志村は今日の昼下がり、鳳から聞いた話を思い出した。

「鳳さんっ」

志村はモニターを見たまま鳳に声をかけた。

「おっ、例の誘拐事件か」

鳳が愉しげな様子で顎鬚をかいた。仕事中に聞いた事件と、たった今ニュースで取り上げられている事件は同一のものらしい。

モニターでは事件の詳細を伝えているのだろうか、映像がスタジオのニュースキャスターから、規制線が敷かれた廃工場に切り替わった。しかし、肝心の内容が聞こえない。店内の喧騒もあるが、そもそも店側がテレビの音量を絞っているようだった。

「ちょっと、鳳さん……これって結局、どういう事件なんですか」

情報が半分しか得られないのがもどかしく、志村は鳳に助けを求めた。

「そういえば、あの時は勝田がやって来て、オチを話しそびれたっけ」

鳳は空になったジョッキをテーブルに置くと、タッチパネルに手を伸ばした。

「じゃあ、ラスト一杯だな」

ニュースの解説は知性溢れる女子アナウンサーから、顔を真っ赤にした髭面男に交代となった。

「いいかい、シム。まず昨日の昼間、町田で四歳の子どもが誘拐されたんだ」

鳳が腕を組み、解説を始めた。志村が無言で頷く。

「しかも、今時珍しい身代金を目的とした誘拐だったみたいなんだよ。誘拐犯は夕方には親に脅迫電話をしたらしい。身代金の要求と、お決まりの『警察に言ったら息子を殺すぞ』って電話をな」

「ザ・誘拐って感じですね」

改めて、現代では通用しなそうだな、と志村は思った。

「で、結果はたしか」

「そう、やっぱり失敗した。たしか日本では、身代金目的の誘拐で上手く逃げ切った犯人はいなかったはずだ。つまり、身代金誘拐は成功率〇％の犯罪なんだ」

「へえっ、そんなに難しいとは」

志村が興味深く相槌を打つ。鳳は肩をすくめながら続きを話した。

「誘拐は失敗……で、子どもは無事解放されて、夜には親の元に帰ってきたんだ」

会社で鳳から聞いたのはここまでだった。志村が首を傾げる。

「鳳さんはこの事件が奇妙って言ってましたよね。まあ、確かに時代遅れの誘拐犯は

「捕まってないよ」

珍しくもありますけど、結局捕まっちゃってるならなぁ……」

「え？　そうなんですか」

鳳の言葉の意味が分からず、言いようのない不気味さが周囲に漂う。

「誘拐された子どもは、郊外の廃工場で監禁されていたらしいんだけど、身代金の受け渡し前に脱出できたんだ」

それならば話は変わってくる、と志村は思った。

「……で、逃げ出した子どもが一人で彷徨っていたら、それを見た通行人が迷子と思い声をかけて、交番に連れて行き、保護された」

「なるほどーっ」

志村が膝を打った。先ほどのニュースで流れていた廃工場の映像は、犯人の隠れ家だったのだ。そして、子どもが自力で帰ってきたなら、身代金の引き渡しもクソもない。犯人は警察が隠れ家に踏み込む前に、逃走するのが自然である。

「つまり、子どもは無事だったけど、犯人も逃げおおせたってわけですね？」

「ところがどっこい、そうじゃない」

納得しかけた志村に向かって、鳳が手のひらを突き出した。

「交番で保護された子どもは当然、お巡りさんに自分が誘拐されたことを話すよな。

被害者の親は犯人の言う通りに、誘拐されたことを警察に相談しなかったらしいので、お巡りさんはさぞ驚いたことだろう」

まだ何がおかしいのかが分からない。志村は黙って、鳳の話に耳を傾けた。

「そして、すぐに何台ものパトカーが廃工場に駆けつけた。一方で、子どもの証言に奇妙な点もあった。てっきり、犯人の目を盗んで自力で逃げ出したと思われていたが、どうやら廃工場から脱出できたのは、何者かによる助けがあったからみたいなんだ」

「何者かによる、助け……？」

鳳の話が一向に見えてこない。結末を焦らされている気がして、志村は少し語気を強めてリアクションした。

「いやいや、何者って誰ですか？　正義のヒーローですかっ」

志村の何気ない一言に、鳳は目を見開いて驚いた。

「鋭いなぁ、シム。さすが、マンガ家を目指してただけあるよ」

「どういう意味ですか」

何を感心されているか分からず、志村が戸惑う。

「誘拐された子どもは、半信半疑のお巡りさんに何度もこう説明したらしい。『正義のヒーローが助けてくれた！　正義のヒーローが悪者をやっつけてくれた！』ってね」

「は？」

啞然とする志村に、鳳がニュース番組が放送されているモニターを指さした。

モニターを見上げると、驚いたことに、ニュースはまだ次の話題に移動しておらず、町田市誘拐事件のままだった。昼のワイドショーならともかく、夜のニュースにしては、一つの事件に対する尺が長い。

「まだやってるんだ。もしかして、これって結構な大事件なんですかね」

「さあ、どうだろうねぇ。でも、インパクトのある事件だとは思うよ。多分、このニュースでも放送されるんじゃないかなぁ」

「放送って、何をですか」

志村が訊ねても、鳳は水面をじっと見つめる釣り人のように、黙ったままモニターに注目している。ニュースキャスターが何やら喋っているが、やはり音声は聞こえない。

無言の鳳と、無音のモニター。志村が「どっちかは喋ってくださいよ」と言いかけた時、鳳が「シム、見て見てっ！」とついに口を開いた。

モニターでは、ニュースキャスターから別の映像に切り替わっていた。

「シム、誘拐された子どもはね、『正義のヒーローが助けてくれた』って言ったんだよ。今、映っているのは、その子どもが描いたヒーローの絵だ」

志村は驚きのあまり腰を浮かせた。モニターには、一枚の画用紙が映し出されている。そこに描かれていたのは、バイザーの付いたマスクに、プロテクターを装着したボディ、メカニカルなベルトを巻いた屈強な戦士。四歳の子どもの画力といえ、誰が見たって分かる、典型的な特撮ヒーローのイラストだった。そして、志村にとってはより具体的な〈あるもの〉に見えた。

そこに店員が生ビールを持ってくる。

「ああっ、やっときたよ」

すかさずジョッキに口をつける鳳。「まったく信じられない話だよな」と怪しく笑う。

「廃工場に監禁された子どもの前に、正義のヒーローが颯爽と現れて助けてくれたっていうんだもんなぁ。俺たちが言うのもなんだけど……そんなの安い特撮番組じゃないか」

たしかに、奇妙な事件である。ヒーローの格好をした人間が、犯罪者から子どもを守るなんて、フィクションの世界ではど定番だが、現実ではあり得ない。志村は至って単純な考えを口にした。

「子どもが、嘘(うそ)をついただけでは？」

「それが、そうでもなさそうなんだよ」

志村の考えはすぐに否定された。どうやら、この話にはまだ続きがありそうだった。

「いいかい、シム。誘拐された子どもは、〈正義のヒーロー〉に助けられた。では、誘拐犯はどうなったと思う?」

　志村がはっとした。子どもは『正義のヒーローが助けてくれた!』という言葉とは別に『正義のヒーローが悪者をやっつけてくれた!』とも言ったという。

「ヒーローがやっつけた……?」

　志村は最初、コミカルな悪党が縄で縛られて、もがいている姿を想像した。しかし、鳳は犯人は逮捕されていないと言った。

　志村はモニターに視線を移した。ニュースの話題は誘拐事件のままだった。音声が流れていないはずなのに、不思議と今はニュースキャスターが何を言っているのか、手に取るように分かる気がした。

　そして、映像が切り替わり、一枚の男の顔写真が映し出された。

「子どもの証言をもとに、廃工場に駆けつけた警官たちが中に踏み込むと……」

　鳳がニュースキャスターの代わりを務める。その先の言葉は予想ができた。

「首を絞められて殺害された男の死体が発見されたんだ。つまり、誘拐犯は捕まったんじゃなくて、その正義のヒーローって奴に殺されたのさ」

　モニターにはいかにも強面の男の顔写真が映し出されていた。志村はその下に表示されたテロップを心の中で読み上げた。

【誘拐・脅迫の容疑／黒崎章吾　五十三歳　職業不詳　死亡】

「悪は絶対許さない……ってか？　殺しちゃ、どっちが悪だか分かりゃしないよ」

鳳がゲップを吐いた。

令和に起きた身代金目的の誘拐事件と、突如として現れた正義のヒーロー。

この事件に対して、現時点で志村だけが気がついたことが一つあった。

「あの……鳳さん。僕の勘違いだったら、めちゃくちゃ恥ずかしいんですけど」

「んっ、なになに」

子どもが描いたヒーローの絵を見た時、志村は真っ先にあるものを思い浮かべた。

しかし、それはあり得ないことなので、あえて口にしなかったのだ。

志村は、今まで自分が密かに動揺していたことを、とうとう鳳に打ち明けた。

「子どもが描いたヒーローの絵……あれ、シャドウジャスティスに似てませんでしたか？」

6

鳳が狐につままれたような顔で、ぽかんと志村を眺めた。

「シャドウジャスティスって、シムが描いたあのヒーローのことだよね？」

「はい。あ、あれっ……その感じ、全然ピンときませんでしたか」

ってきた。

志村は、おそらくまだ世間の誰もが気づいていない衝撃の事実を告げたつもりだったが、鳳の反応を見るや、的外れなことを言っている気がして、だんだんと不安になってきた。

「なんでシャドウジャスティスだと思うの」

鳳がまじまじと質問するので、志村はお互いの温度差に恥ずかしくなってきた。

「いや、なんでって言われても……普通に、子どもが描いた絵と似てませんでしたか」

「うーん、どうかなぁ」

鳳からしたら件の誘拐事件は、酒のつまみ程度の話だったのだろう。それを聞いた同僚が突然、目をぎらつかせて飛躍した仮説を持ち出したので、若干引いているようだった。

「でも、形とか特徴はシャドウジャスティスと完全に一致してましたよね？」

志村の必死の主張にも、鳳はあくまで懐疑的だった。

「まあ、似てたっちゃ、似てたかもしれないけど……子どもが描いた下手くそな絵だからなぁ。ディテールとかは描かれてないし、ぶっちゃけ、ヒーローのデザインって似通っちゃうからね」

鳳の言う通り、特撮ヒーローのデザインは、マスク、ボディアーマー、プロテクター、ベルト、グローブ、ブーツと、お決まりの一式があり、ほとんどのヒーローがそれらを踏襲している。

　さらに大雑把に言えば、特撮ヒーローのデザインは、全体的にギザギザしているのか、それとも丸っぽいのか、目は二つに分かれたタイプか、一つに繋がったタイプか……など、いくつかの選択肢と配色の組み合わせで構成されており、子どもが描いたヒーローの絵は、志村がかつてデザインしたシャドウジャスティスと似てなくもないが、デザインが共通しているヒーローは他にもたくさんいるはずであった。

　鳳がこめかみを叩きながら、子どもが描いたヒーローの特徴を思い出す。

「たしか、あの絵のヒーローは全体的に丸っぽくて、目は繋がったバイザーだったよね。白黒のイラストだから、正確な配色は分からないけど、ボディを黒塗りにしてないってことは少なくとも暗い色ではない。胸の部分に機械っぽいパネルとかがあったから……仮に色がシルバーなら、メタルヒーローのギャバン辺りが近いかな」

　鳳が昭和の特撮作品を例に出した。その特徴は、そのまま志村のシャドウジャスティスにも当てはまる。しかし、常識的に考えれば、同じ条件で連想した場合、真っ先に思い浮かぶのは知名度の高い方だ。一度も日の目を見ることなく、地下倉庫に封印されたシャドウジャスティスの名をこの場で出すのは、生みの親の志村だけだろう。

「まあ、シャドウジャスティスだったら面白いけどね。そういえば、誘拐犯が殺されたのって廃工場でしょ。倒産した町工場、影山製作所の呪いだったりして」

鳳が、ぶははと笑ってジョッキを呷った。

「いやいや、全然笑えないですって」

志村が苦笑いしながらモニターを見上げると、ニュースはすでにスポーツコーナーに移っていた。そこで、この話も飲み会も幕引きとなった。


夜十一時。小田急線の町田駅改札まで鳳を見送った志村は、自宅に向かって歩き出した。電車通勤の鳳と違い、志村はこの街に住んでいるので、終電を気にせず飲むことができる。

志村は酒を飲むことより、飲んだ後に夜風に吹かれながら歩くのが好きだった。自宅は歩いて十五分ほどの距離にあるが、このまま真っ直ぐ帰る気になれず、踵を返してMHFがある方向に歩き出した。

鳳にはきょとんとされたが、志村は子どもが描いたヒーローの絵が、なぜだか自分が過去にデザインしたヒーローに思えて仕方なかった。

もちろん、それがあり得ないことは理解している。シャドウジャスティスのスーツボックスは地下倉庫に眠っているのだ。

――だが、スーツボックスの中身を確認したわけではない。

シャドウジャスティスが、依頼主である影山製作所の倒産に伴い、文字通り、お蔵入りになったのは去年の十一月。それから現在までの約半年、スーツボックスは誰の手にも触れられていないはずだ。

志村の考えが杞憂かどうかは明日、地下倉庫に行けば分かることである。しかし、今の志村には、それすら待つことができなかった。

志村はＭＨＦのビルの前まで来ていた。本来、社内には誰も残っていない時間帯のはずだが、見上げると四階の明かりがまだ灯っていた。

おそらく三野村だろう。志村は、「ちょうどいいや」と呟いた。

地下倉庫の鍵は、社長の他にも各部署長がそれぞれ預かっている。三野村に鍵を借りようと、志村は思った。

志村はビルの中に入ると、エレベーターに乗り込み、四階のボタンを押した。酔っているのだろうか、自分でも信じられない行動力だった。

エレベーターが四階に着くと、志村は毎朝出社する時と同じように、堂々とオフィスのドアを開いた。無用心なことにドアに鍵はかかっていなかった。

「……失礼しますっ」

自分にしか聞こえないような小声で志村が呟く。この時間帯に会社を訪れるのは初めてだったため、真っ暗なオフィスを前にして思わず足を止める。

オフィスの奥、窓際の席の真上だけ電灯が点いていた。デスクの上に積み上げられた資料の壁が、ライトアップされた大山のようだった。

酔いなのか、それとも使命感なのか、勢いでここまで来た志村だったが、やっぱり明日の朝まで待ってもよかったのではと、冷静になり始めていた。

志村は数えるほどしか三野村と話したことがなかった。そんな不気味な男に、深夜に突然訪れて「地下室の鍵を貸してください」と頼むより、明日の朝、森田にお願いする方がよっぽどいい。

とはいえ、向こうだって誰かがオフィスに入ってきたことくらい気づいているはずなのだ。そう思った時、志村の頭の中である疑問が浮かんだ。

——なぜ、三野村はこっちを見ないのだろうか。

どの部署も多少の残業はあれど、三野村の他に日常的に会社に寝泊まりしている社員はいない。普通なら、深夜にオフィスに入ってくる者がいたら、不審者や強盗を想像するのではないだろうか。

「あ、寝てるんだ」

三野村は寝袋にくるまりながら仕事をして、そのまま仮眠をしているらしい……と鳳が話していたのを思い出す。

それならば、むしろチャンスじゃないか、と志村の頬が緩んだ。

三野村が寝ているなら、地下倉庫の鍵を借りるために話す必要がなくなる。もし鍵が分かりやすい場所に置かれていたら、少しの間だけ拝借すればいいし、見当たらなかったら、今日のところは諦めて帰ればいいのだ。

いつの間にか志村の興味は、三野村が一体どんな格好で寝ているのだろう、ということに移っていた。営業部から〈ミノムシ男〉と呼ばれる男の姿を一目見ようと、学校の七不思議を確かめる小学生のような気分で、三野村の席に忍び足で近づく。

志村は、三野村の隣に位置する鳳の席に辿(たど)り着いた。鳳が横から見ても、三野村の様子はほとんど窺えないと言っていたが本当だった。デスクに積み上げられた資料の山は、側面を囲むようにそびえ立ち、三野村の姿をバリケードのように隠していた。

志村の足下には、床に置かれた書籍が腰の高さまで積まれていた。『てれびくん』といった児童誌から、『ホビージャパン』のような模型雑誌、アメリカンコミックの原書に、動物や戦闘機、はたまた仏像の図鑑……それらは全てマチダーマンの資料として、三野村が自費で買い揃えたものだと森田から聞いた。志村はその先にミノムシ男を見た。

資料に囲まれて、えんじ色の使い古したようなボロボロの寝袋を、胸の位置まで着込んだ男がオフィスチェアに座っている。デザイン部部長・三野村学である。

志村は最初、三野村が船を漕(こ)ぐように前屈(まえかが)みになりながら寝ているのだと思った。

しかし、三野村を胸の位置まで覆った寝袋からは細長い両腕が伸びており、その先にある手にはペンが握られていた。三野村は液晶タブレットに顔がつきそうになるほどの前傾姿勢で、何かのイラストを描いていたのだ。

こちらの気配に気づいたのか、三野村が急に首をぐるりと曲げて志村を見た。

「ぎゃあああぁぁあああぁぁぁ!!」

志村はまるで、夜道で怪人と遭遇したかのように絶叫しながら尻餅をついた。驚いた勢いで眼鏡が床に落ちる。

驚いたのは三野村も同じだったようで、目を見開いたまま志村を睨みつける。薄い唇から生気のない声が漏れた。

「なんだ、お前」

志村は久しぶりに三野村の顔を見た。骸骨にぼさぼさのカツラを被せたような、瘦せこけた顔。肌は血が流れているのを疑うほどに白く、フレームが曲がった眼鏡の奥で死んだ魚のような目がこちらを覗いている。

――まるで、亡霊だ。

志村が思わず息を吞んだ。三野村の身体は一年前、志村が入社した時と比べてさらに瘦せ細っていた。それなのに三野村は今もデザイン部に舞い込む、ほぼ全てのデザイン業務を一人で背負い込んでいる。それが志村には理解できなかった。

――どうして、この人は……身体を壊してまで仕事を独占するのだろうか?

鳳の言うように、単なる仕事中毒なのか。それとも何か別の理由があるというのか。

「お疲れ様です、三野村さん。こんな時間までお仕事されてるんですね……」

志村がとっさに並べた言葉に、いちいち三野村は返事をしなかった。志村が慌てて、本来の用件を伝える。

「あの……三野村さん、すみませんが、地下倉庫の鍵を貸してもらえますか」

「鍵？」

三野村が訝（いぶか）しげな表情を浮かべる。亡霊に見つめられたかのように、志村の背筋に冷たいものが走る。

「その、営業の勝田さんに頼まれまして……」

志村はとっさに嘘をついた。さすがにこの状況で、誘拐事件とシャドウジャスティスの話を一からする気になれなかった。

「なんか、今度のアクションショーで使う怪人に変更があったらしくて、まだスーツが残っているか確認しとけって言われまして……」

志村がいかにもな理由を付け足した。しかし、三野村の表情は変わらない。

「こんな時間に？」

「は、はい……ほら、僕んちって会社から近いじゃないですか。そのせいか、こういうことを勝田さんにちょくちょく頼まれるんですよね。断っても、家からすぐだからいいだろ！ってキレられますし……」

後に引けなくなった志村が「あはは」と乾いた声で笑う。そこでようやく、三野村が納得したのか、デスクの引き出しから鍵を取り出すと、志村に手渡した。

「どうぞ」

「あ、ありがとうございます」

志村が鍵を受け取ると、三野村は液晶タブレットに向き合い、仕事に戻った。目の前に近づくまで自分の存在に気づかなかったのは、よほど仕事に熱中していたということなのか。志村は立ち去る前に、三野村が何を描いているのかをチラリと覗いた。

三野村の液晶タブレットには、見たことのない醜悪な怪人が映し出されていた。

志村は床に落ちた眼鏡を拾い、そそくさとオフィスを出ると、エレベーターに乗り込んだところで、ようやく肩をなでおろした。

「まったく、なにやってんだか」

酔いはとっくに覚めていた。本当はこのまま帰りたい気分だったが、三野村に嘘をついてまで鍵を借りてしまった以上、スーツボックスの確認をしないわけにはいかない。

エレベーターを降りると、薄暗い廊下を進み、鍵を使って地下倉庫の扉を開ける。

「とっとと、終わらせよ」

夜中に訪れる地下倉庫の不気味さは、志村の想像を優に超えていた。見たくなくてもつい、倉庫の奥に目がいってしまう。出番を失った無数の怪人が、骸（むくろ）の山となっている。

ここが墓場なら、まさしく志村は墓荒らしだった。スーツボックスが並ぶスチールラックの前に立つ志村は、棺桶（かんおけ）を運び出そうとする盗人（ぬすっと）のようだった。スチールラックの下段に置かれたスーツボックスに、志村が手を伸ばす。とっとと中身を確認して、明日、鳳に「それ見たことか」と笑ってもらおう。そう思いながら、志村はスーツボックスを引き抜いた。

「――――あれっ」

間の抜けた声が薄暗い倉庫に響く。志村の全身から血の気が引いた。シャドウジャスティスが入っているはずのスーツボックスは、異様なほどに軽かった。

「いや、いや、いや、いやいやいやいやいや……」

志村は平静を保とうと、呪文のように同じ言葉を繰り返した。

スーツボックスの側面を確認すると、〈シャドウジャスティス〉と書かれた紙が貼られている。ボックスの間違いではなかった。

志村はスーツボックスの正面に膝を立ててしゃがみ込むと、両サイドについた二つのストッパーを慎重に外した。パチンパチンという音が耳に響く。

志村は、玉手箱を開ける浦島太郎（うらしまたろう）のように、ゆっくりとスーツボックスの蓋を持ち上げた。そして、時が止まったかのように、そのまま硬直する。

スーツボックスの中で眠っているはずのシャドウジャスティスは、忽然（こつぜん）とその姿を消していた。

志村は空っぽになったスーツボックスを見つめながら、この状況が意味することを考えた。あまりにも恐ろしい事実が、志村の脳裏をよぎる。

――何者かが、シャドウジャスティスのスーツを持ち去り、この街の悪人を殺した。

第二章　シャドウジャスティス

1

四月十二日　火曜日。午前九時四十分。

志村は小田急線町田駅を通り過ぎると、駅に向かうサラリーマンや学生たちとすれ違いながら、大通り沿いにある煙草屋に向かった。

窓口におばあちゃんがちょこんと座った昔ながらの煙草屋の前で、数人の喫煙者たちがばらばらの方向を見つめながら白い煙を吐き出している。その中に鳳の姿があった。

「いたいた」と呟きながら鳳に近寄る。鳳はいつもここで一服してから会社に向かう。彼も志村に気づいたようで、軽く手をあげた。

「おはよう、シム」

「おはようございます。実はその……大変なことになりました」

朝から神妙な面持ちの志村に、まだ眠そうな顔をしている鳳が身構える。

「いきなりだなぁ、どしたの」

志村は単刀直入に切り出した。

「実は僕、昨日鳳さんと別れた後、地下倉庫に行って、シャドウジャスティスのスーツボックスを確かめたんです」

「えっ、マジで」

「結論から言うと、スーツボックスの中は空でした。何者かがスーツを持ち去ったんです」

「はあ？　おいおい、てことは……」

志村は鳳の眠気を吹き飛ばすように、はっきりとした口調で言い放った。

「誘拐犯を殺した謎のヒーローは、シャドウジャスティスだった可能性があります」

鳳は短くなった紙煙草を灰皿に押し潰した。

「それで、三野村さんはなんて？」

「え」

「三野村さんに、このことは話したんでしょ？」

「いえ、実はそれが、まだ三野村さんには報告してないんですよ」

地下倉庫でシャドウジャスティスが消えていたことを確認した志村は、当然、三野村のいる四階に戻った。息を切らしながら、オフィスの扉を開け、三野村のデスクに駆け寄り、自分がたった今、目にしたことを伝えようとしたのだが……。

「三野村さんは、僕が戻った時には、寝袋から顔だけ出した状態で眠っていたんです」

オフィスチェアに座ったまま眠る巨大なミノムシの姿が、志村の脳裏に蘇る。

「いや、寝てたって……別に起こせばよくない？」

鳳は腑に落ちない様子で、後ろ髪をかき上げた。

「そ、そうですね。今思えば、肩でも揺すって起こせばよかったんですけど、なんだか起こすのも気の毒だなって思っちゃいまして……もう夜中だったし、僕も酔ってたし、それなら朝一で報告しても変わらない気もしてきて」

志村も動揺していた。三野村が寝ていたことに、どこか安堵すると、地下室の鍵をデスクに戻し、そのまま帰ったのだ。全てを明日に先送りするために。

「ふうん。ところでシム、今朝のニュースは見たかい」

「もちろん、見ました。ネットでもかなり騒がれてましたね」

事件発生から二日が経ち、新しく発表されたことがいくつかあった。

まず、今朝のニュースで誘拐された子どもの名前が公開された。子どもの名前は小野寺ひかる。町田市内に住んでおり、年齢は四歳。それによって、この事件は町田市誘拐事件から〈ひかる君誘拐事件〉と呼ばれるようになった。

ひかる君は、四月十日の日曜日に父親と市内の公園に出かけていて、父親が目を離した隙に連れ去られ、町外れの廃工場に監禁された。

ひかる君を誘拐したのは、廃工場で死亡していた黒崎章吾と思われるが、その経緯はまだ分かっていない。死亡した黒崎章吾は五十三歳で職業不詳とあるが、過去に窃盗や暴行の前科があり、最近も飲食店に文句を言って金銭を要求したり、女性と共謀しマッチングアプリで美人局をしたり、あちこちでトラブルを起こす人物だったという。


　黒崎章吾は四月十日の夕方五時頃、ひかる君の父親に脅迫電話をかけて、身代金五千万円を要求した。ひかる君の供述が正しければ、その後、ヒーローの格好をした何者かが現れ、ひかる君を廃工場から解放した、ということになる。


　この事件で注目されているのはやはり、謎のヒーローの存在だった。

ひかる君が保護された交番で描いたヒーローの絵は、昨夜のニュースで公開された時点で話題となり、ネット上では特撮マニアによるヒーローの特定や、事件の考察で盛り上がった。もちろん、一度も世間に露出していないシャドウジャスティスの存在を現時点で指摘する者はおらず、ヒーローの正体は謎のままとなっている。

「僕も、久しぶりにSNSを開きましたけど、〈世直しマスク〉とか〈私刑執行マン〉とか、変な名前が付けられて、それがトレンドになってましたね」

一通り、鳳との情報共有が済んだ志村が苦笑いした。

「もうちょいマシなネーミングはないのかねぇ。〈殺人仮面〉と書いて、マスクド・マーダーとかさぁ」

鳳が顎鬚をいじりながら、独特なネーミングをいくつか挙げる。

出勤時刻が近づいて来たので、二人は会社に向かって歩き出した。

「もし本当に、誘拐犯を殺したヒーローがシャドウジャスティスだった場合、ウチってどうなるんですかね」

「さあなぁ。少なくとも、マチダーマンはおしまいなんじゃないか。地域密着を売りにしてるのに、嫌な目立ち方しちゃうわけだからさ」

ＭＨＦの前に着いた二人は、古ぼけた五階建てのビルを見上げた。無意識に会社の行く末を想像する。志村はＭＨＦのビルが、ダイナマイトを使った爆破解体のように、轟音（ごうおん）と共に崩れ落ちていく光景を思い浮かべた。一方、隣に立つ鳳はにやりと怪しく笑った。

「まてよ……よくよく考えたら、スーツが盗まれたならウチだって被害者なわけか。こんな時代だし、案外、マチダーマンの客増えたりしてね」

ＭＨＦ四階、デザイン部のあるオフィスは何やら騒がしかった。

志村は最初、ひかる君誘拐事件について、早くも対応に追われているのかと思ったが、全くそんなことはない。営業部の勝田と工藤が、外回りの出発前にドタバタとしていただけだった。勝田が向かってくるので、入口付近にいた志村は、ドアを開けたまま道を空けた。

「いくぞ、工藤！　もたもたしてんじゃねえ」

背広姿の勝田が、オフィスを出てエレベーターのボタンを乱暴に叩く。後ろから資料が入った段ボールを抱えた工藤が走ってくる。

「志村さん、ありがとう」

ニコニコした顔の工藤が、ドアを開けたままの志村に礼を言う。

「工藤さん、忙しそうですね」

「今日は新規の打ち合わせが三件もあるんですよ。やっぱり行楽シーズンはイベントの依頼が立て込みますよねぇ」

「ああ、どうりで」

志村はイライラしながらエレベーターを待つ勝田を横目で見た。MHFは私服出勤の社員がほとんどで、背広を着用するのは営業部くらいである。その営業部も、顔馴染みの取引先には、スタッフジャンパーで赴くことも多いので、どうやら今日は気合いが入っているようだった。

「ところで、それって商談で使うんですか？」

志村は工藤が抱える段ボールの中に入った、猿の顔をした怪人のマスクを指さした。

「はい。新規の取引先には、商談の摑みになるっていうんで、毎回勝田さんが怪人のマスクを被るんですよ」

工藤はすぐそばに立つ勝田に聞こえないように話した。

「よりによって猿怪人なんですよねぇ。勝田さんがすでに猿っぽいのに、猿のマスク被ったってシュールなだけなんですよ……」

志村は思わず噴き出しそうになる。

「何話してんだ、いくぞ！」

到着したエレベーターに乗り込んだ勝田が叫んだ。工藤が慌てて駆けていく。

営業部が外回りなのは幸運だった。これから三野村にシャドウジャスティスのスーツ紛失を報告するのに、勝田が近くにいたら話しづらくて仕方ない。

志村は森田に挨拶だけすると、すぐさま三野村のデスクに向かった。

しかし、三野村の姿はそこにはなく、オフィスチェアには、昆虫の抜け殻のように脱ぎ捨てられた寝袋が残っているだけだった。

志村は三野村のデスクをちらりと覗いた。昨夜は気づかなかったが、周囲に並ぶ資料の壁を除けば、デスク回りは整理整頓がされている。パソコンのディスプレイには幅広の付箋が一枚貼られているだけであった。

壁に掛けられた時計を見ると、始業時刻はすでに過ぎている。いや、三野村は普段から会社で寝泊まりしているというのだ、そもそも遅刻という概念がない。やむを得ず自分のデスクに戻ると、隣に座る森田に声をかけた。

「あの、三野村さんって、今どこにいるか分かりますか」

メールの確認をしていた森田は、志村の急な質問に首を傾げた。

「なんで、どうしたの」

「その、大事なお話がありまして」

「大事な話？　いや、でも三野村さんは今日は休みだよ」

「そうなんですか」

志村は耳を疑った。会社で寝泊まりし、帰宅しているところを見たことすらない、あの三野村が欠勤するとは只事ではない。

「何かあったんですか」

訊ねると、森田は何やら警戒しているようだったが、渋々と答えた。

「病院に行ってる」

「えっ」

心配そうな顔をする志村に、森田が手を振って否定した。

「安心して、ただの定期検診だから。志村君たちが入社してからも、ちょくちょく病院に通っているんだよ」

「ちょくちょく？　今まで全然気づきませんでしたけど」

三野村の姿を一度も見ない日はよくあるが、本当に会社にいない日もあるらしい。何かまずいことでも言ったのか、森田の顔がこわばる。

「まあ、用事がない限り、三野村さんと話す機会もないだろうし、志村君の席からだといなくても気づけないかもしれないね」

不調でないなら良かったが、なんてタイミングだ——と志村は顔をしかめた。これでは三野村に報告できない。とはいえ、さすがに明日まで待っていられないので、志村は副部長の森田にスーツ紛失の件を伝えることにした。

「森田さん、今朝のニュースは見ましたか？」

「見たけど……え、なに？」

仕事に戻ろうとした森田が、怪訝な表情になる。

「おっ、ついに話すのね」

出勤と同時にトイレに直行した鳳が、手をハンカチで拭きながら戻ってきた。スーツ紛失の報告を見届けたいのか、志村のそばに立って腕を組む。

「もしかしたら、とんでもないことが起きてるかもしれません」

志村は、誘拐犯を殺した謎のヒーローについて、そして、シャドウジャスティスのスーツが消えていたことについて、森田に説明した。

森田は心ここに在らずといった様子で、志村の話をぼうっと聞いていたが、話が終わるやいなや、へらへらと薄ら笑いを浮かべた。

「いやいや……志村君、考えすぎだよ」

森田の冷めた反応に、志村が首を傾げる。後ろに立つ鳳が口を開いた。

「俺もシムの言うことを百パーセント信じてるわけじゃあないですが、それなりに確認は必要かなとは思っています。森田さんは、どうお考えで?」

「どうもこうもないよ。謎のヒーロー騒ぎはニュースで話題になっていたから、話は知ってるけど、いくらウチが特撮を扱っている会社とはいえ、さすがに無関係だよ」

森田は早く仕事に戻りたいのか、体をパソコンに向けたまま話した。

「でも、現にシャドウジャスティスのスーツはなくなっています」

志村の言葉に、森田は指を組みながら深いため息をついた。

「志村君、あのね。まず、僕は子どもが描いたヒーローの絵が、シャドウジャスティスと似てるって前提なのも疑問なんだけどね。子どもの絵は正確性がないし、似た特徴のヒーローはたくさん存在するからね。ただ、それよりもだよ……」

言いづらいことをまくし立てるためか、森田が一呼吸置いた。

「シャドウジャスティスのスーツボックスって地下倉庫にしまわれてから、半年近く誰も触ってないんだよ。なら、誘拐事件のタイミングでなくなったとは断言できないよね。普通に地下倉庫のどこかに紛れ込んでるかもしれないし、だいたい、あのヒーローは影山製作所が潰れた時点で存在意義を失ってるんだから、廃棄された可能性だってある」

森田の言葉はごもっともだったが、志村も簡単には退かなかった。

「じゃあ、謎のヒーローは、ウチとは全く関係ないと」

「そりゃ、そうだよ。ていうか、〈ヒーロー＝ウチ〉って考えがおかしいよ。ご当地ヒーローは、この辺だと相模原(さがみはら)や横浜にもいるし、この町田にだって、ウチ以外にも個人で活動しているヒーローがいるんだからね。ヒーロースーツを手作りするコスプレイヤーだっているし、ウチの他にもスーツ製作を請け負う工房だってあるんだからさ」

たしかに、ヒーロースーツを所持しているのは、何もMHFだけではない。それこそ、製作を外注すれば、誰でも手に入れることはできるのだ。

志村が言葉に詰まっていると、後ろに立つ鳳がパンと手を叩いた。

「まあまあ、とりあえず今はシャドウジャスティスのスーツが本当になくなったのか……てことをキッチリ調べた方がいいんじゃないですかね。たとえ誘拐事件と無関係でも、スーツがなくなってるわけですから、それはそれで問題でしょう?」

鳳の助け船に志村は感謝した。逆説的に考えれば、この会社のどこかにシャドウジャスティスのスーツがあれば、謎のヒーロー＝シャドウジャスティス説は消える。

「まあ、たしかに厄介なことに変わりはないんだけど、せめてゴールデンウィークが終わってからでもいいんじゃないかな？　この忙しい時期にお蔵入りになったヒーロー探しなんてしてる暇はないんだからさ……」

森田はそう言いながら、二人がアクションショーがない平日は暇なことに気づいた。デザイン業務のほとんどは三野村が独占しているのだ。

「仕方ない。そんなに気になるなら志村君、まずは工房に行ってみなよ」

「工房ですか」

「シャドウジャスティスのスーツが消えた理由で一番怪しいのは、スーツを改造した可能性だね。特撮では、既存のスーツを改造して新しいスーツを造るってのが、よくあるんだ。今頃、工房の作業場に置かれているのかもしれないね」

「ああ、なるほど」

志村は手を打った。地下倉庫を隅々まで調べようと思っていたが、森田の言う通りならば、シャドウジャスティスはすでに元の姿とは限らない。

「ありがとうございますっ。さっそく行ってきます！」

志村は出入り口に向かって駆け出した。鳳も続こうとしたが、森田に呼び止められる。

「二人も行く必要はないでしょう。鳳さんはさすがに仕事してください」

鳳は照れたように頭をかきながら自分のデスクに戻ると、本日初めて着席した。

2

企業ヒーロー製作の流れは、まずは営業部がクライアントと話し合い、オーダーをまとめる。次にデザイン部がイラストを起こし、それを基に衣装部が全身タイツを、工房がマスクやボディアーマーなどを造れば完成となる。

ＭＨＦの三階は、衣装部と工房の作業場となっている。パーテーションではなく、独立した部屋が二つあり、入口から半分は衣装部のスペース、残りの奥側は工房のスペースで、二つの部屋は扉を通じて繋がっている。

志村はミシンを踏むおばちゃんたちに挨拶をしながら、衣装部を横切った。工房の前にたどり着くと、緊張しながら扉を開く。

塗料の臭いが鼻をつき、目を瞬く。作業机には粘土で造られたマスクの原型が並び、そこにノミを握った職人がこちらに背中を向けて座っている。

「失礼します。あの、ちょっとよろしいでしょうか」

志村がおそるおそる声をかけると、頭にタオルを巻いたツナギ姿の男が振り向いた。

「ああ、デザイン部の……」

寡黙な職人はそれだけ言うと、無言で志村の用件を問う。

「お忙しいところすみませんっ。あの、工房長にお話がありまして」

「工房長なら塗装室だ」

職人は立ち上がると、工房の奥にある小部屋に向かって歩き出した。どうやら、呼んできてくれるらしい。その場に残された志村は待っている間、スチールラックに並んだマスクの原型を眺めた。

ヒーローマスクの原型は粘土で造られ、それを石膏(せっこう)で覆って型取りをして、ＦＲＰ(繊維強化プラスチック)と呼ばれる自動車の外装にも使用される合成樹脂を重ね塗りし、最後に塗装が施される。激しいアクションによってマスクやスーツは破損していくが、原型があれば複製ができる。そのため、工房にはＭＨＦが過去に生み出したヒーローの原型が、所狭しと保管されていた。

志村はスマホを取り出すと、一枚の写真を眺めた。工房を背景に、ぎこちないピースをしたシャドウジャスティスと、禿(は)げかかった中年男が笑顔を浮かべている。

写っているのは、完成したスーツの最終チェックに訪れた影山製作所の社長で、シャドウジャスティスのスーツを装着しているのは、志村であった。

影山製作所の社長は直感でデザインを決める男だった。志村の未熟だが泥臭く、味のあるデザインが選ばれたのは、運がよかったとしか言いようがない。

だがそのおかげで、志村は自分がデザインしたキャラクターが立体の造形物になる喜びを知った。元々、マンガ家を目指していた志村にとって、世界は平面だったのだ。一人で描いていたマンガと違い、たくさんの職人が携わり、キャラクターに命が吹き込まれ、形を持って世に生み出される、それが志村には衝撃的だった。

しばらくして先程の職人が、粉塵マスクを付けた女性を連れて戻ってきた。工房長の雪永薫である。

「何の用だよ、志村」

ツナギを上だけ脱ぎ、タンクトップ姿の雪永の声は、マスクで声がこもって聞き取り辛い。志村は手短に用件を伝えることにした。

「あの、半年前に造ってもらったシャドウジャスティスのスーツを探してるんですけど……」

「シャドウジャスティス～？」

雪永が眉をひそめながら、ショートカットの前髪をかき上げた。

「お、覚えてませんか」

「いや、覚えてるに決まってるだろ。私が造ったんだから」

雪永にじろりと睨まれて、志村が慌てて「すみませんっ」と謝罪する。

ＭＨＦに入社してまだ数年、二十六歳の雪永が工房長をしているのは、単純にそれだけ造形センスが高いこともあるが、それまでにいた職人が一斉に退職したこともある。

雪永は過去の製作物を思い出すように、顎に手を当てた。

「あれはデザイン画が下手で造るのに苦労したなぁ。お前、スーツが立体になるってことを、まるで考慮しなかっただろ」

突然のダメ出しに、志村がぎょっとする。

「お前のデザイン画のまま造ってたら、ヒジとかヒザが曲がらないんだよ！　それを私がうま～く直してやったんだ」

「そ、そうだったんですか。すみません」

志村は手を合わせて謝罪するが、雪永は止まらない。

「ヒーロースーツは動けてなんぼなんだよ。関節部分を覆うようなアーマー付けたら、可動域が狭くなるし、肩から内側に向けて角とか付けたら、腕振り回した時に角が顔にぶっ刺さるだろうが！　ちゃんと自分が描いた絵が動くと思ってデザインしろよ」

「はあ、なるほど……勉強になります」

志村はペコペコと頭を下げながら、話を戻した。

「実はそのシャドウジャスティスなんですけど、地下倉庫にあるスーツボックスをたまたま見てみたら、中身がなくなっていたんですよ。雪永さん、何か知ってますか」

「なくなっていた？」

雪永が怪訝な表情を浮かべながら、腕を組んだ。

「あれ、ということは工房はご存知ないんですか？　僕はてっきり、工房が処分したとか、別のスーツに改造したのかと思ったのですが」

「知らないな。工房はあのスーツがお蔵入りになってから、一度も触れてないはずだ」

ここでスーツの行方が分かるにちがいないと思っていた志村は、雪永の言葉に困惑した。

「でも、スーツの改造はよくあることなんですよね？　シャドウジャスティスって、もう絶対にアクションショーに登場しないんですから、倉庫に眠らせておくくらいなら、別のスーツに改造しちゃった方がよくないですか」

志村は、雪永に記憶違いはないかと念を押して確認した。

「改造って言ってもなぁ。たとえばタコ怪人をイカ怪人にするとか、馬怪人をユニコーン怪人にするとかはやるよ。他にも、マチダーマンを黒く塗ってブラックマチダーマンにするとかな。ただ、いくらシャドウジャスティスが使い道がないスーツとはいえ、何の脈絡もないスーツに使い回したりはしないんだよ。無理くり改造するくらいだったら、一から造った方が早いからな。少なくとも工房は関与してない」

ここまでの質問に対して素直に答えていた雪永だったが、目を細めると志村を睨んだ。

「で、何でそんなこと聞くんだ。こっちは忙しいんだが……」

雪永が苛立っているのを察知した志村は、慌てて自分の仮説を説明した。

ひかる君誘拐事件については、雪永も耳にしていたものの、謎のヒーローがシャドウジャスティスかもしれないと話した途端、「あははっ」と笑い出した。

「やっぱり、元マンガ家は発想力が違うなぁ。あ、褒めてないから」

三日月のように細い目で、けらけらと笑う雪永は、人を化かす狐のようだった。

「じゃあ雪永さんも、僕の考えはあり得ないと」

「いや、言われてみれば、子どもが描いたヒーローの絵と、シャドウジャスティスは似てると思う」

予想外の言葉であった。自信なさげに目を伏せていた志村は思わず顔を上げた。

「あの、なんか嬉しいです。子どもの絵とシャドウジャスティスが似ているっていうのが大前提なのに、森田さんも鳳さんも、そこがあんまりピンときてなかったんですよね」

「それはそうだろ。デザインした志村や、スーツを製作した私は、毎日のようにあの下手くそなデザイン画を眺めてたんだ。他のみんなとは携わった時間が違うんだよ」

「たしかに……」

雪永の言う通り、シャドウジャスティスのデザイン画を見られたのは、デザイン部とクライアントの影山を除けば、スーツ製作に携わる工房と衣装部くらいだ。そして、完成したスーツになるとさらに絞られる。デザイン部の中では、最終チェックに同席した志村のみ。鳳ですら、志村がその時に撮った写真でしか見ていない。

つまり、シャドウジャスティスは意外なほどに誰にも見られていなかったのだ。文字通り、幻のヒーローだ。

「では、やはり謎のヒーローの正体は……」

「いやいや、それとこれとは話が別だろ」

興奮する志村を、雪永が冷たく突き放した。

「志村の仮説だと、どっかの誰かがウチの地下倉庫に忍び込んで、シャドウジャスティスのスーツを盗んだってことになるんだろ」

「まあ、そうなりますね」

「どうやって？　ウチは大企業じゃないし、年中ビルの入口が開けっ放しのようなセキュリティの緩い会社だ。やろうと思えば、部外者でもビルの中に入ることはできるだろうな。ただ、スーツが保管されている地下倉庫だけは別だ。あそこはオートロックで常に閉ざされてるし、鍵を持ってるのは社長と各部署長だけだろ」

ストレートな疑問に志村が口ごもると、雪永は追い打ちをかけた。

「さらにだ、疑問はもう一つある。巷で話題の謎のヒーローは、わざわざヒーロースーツを着て、悪人を殺したわけだ。冷静に考えて、めちゃくちゃヤバい奴だよな。テレビや映画に出てくるヒーローに憧れる人はいても、実際に真似して、悪人を退治する人なんていないんだから」

「はい、そう思います」

「じゃあ、そんな奴がスーツを他所から盗むと思うか。犯人がヒーローになることが夢のクレイジー野郎だとしたら、スーツのデザインなんて相当こだわるんじゃないか？」

「あっ」

その通りだ、と志村は思った。順序としては、正義のヒーローに憧れた者が、オリジナルのスーツを造るほどになり、最終的にスーツを着て悪人を裁くようになった……と考えるのが自然である。そのスーツが自前ではないのは何故なのか。

「ヒーローに憧れてはいるけど、スーツを造る技術がなかったのではないでしょうか」

志村は苦しい言い訳をした。当然、雪永は納得しない。

「やろうと思えばスーツは素人でも造れるだろ。強度に問題はあるが、パーツによっては3Dプリンターを使うって手もある。できなきゃ外注すればいい」

「そうですね。ちなみにスーツの外注って、いくらくらいするんですか」

「まあ、どこに頼むかとクオリティによるが……数十万から百万ってとこか。ご当地ヒーローでも、こだわっている団体がいて、そこのスーツは二、三百万するって聞いたけどな」

安く済ますなら手が届かない値段ではないな、と志村は思った。

気になることはもう一つある。志村はマスクの原型が並ぶスチールラックに目を向けた。

ヒーロースーツはその用途に合わせて複数造られる。MHFの看板ヒーロー・マチダーマンは、テレビ撮影での見栄えを重視したアップ撮影用と、機能性を重視したアクション用の二種類に、それぞれのスペアを合わせて四体のスーツが存在する。スーツが複数あれば、どれかが破損した場合も替えが利くし、別々の場所で撮影やイベントが発生した場合も対応ができる。当然、一話で退場する怪人など、出番の少ないスーツが量産されることはない。

「ちなみに、シャドウジャスティスのスーツって量産されてないですよね」

「ああ。量産される前に、影山製作所が潰れちまったからな。あのスーツは一品物だ」

雪永の言葉を聞いて、志村は何がなんでもシャドウジャスティスのスーツを見つけ出したいと思った。誘拐事件に関わっていようがいまいが、世界で一つしかないスーツなのだ。このまま見つからないのは、あまりにも寂しい。

「ん、どうした。いつまでもいるなよ」

志村が無言で立ち尽くしていたので、雪永が追い出すように手を払った。

「あっ、すみません……お邪魔しました」

これ以上、雪永を怒らせないように志村は速やかに退散することにした。出入り口のドアノブに手をかけた時、雪永が独り言のようにぶつぶつと呟いた。

「まったく、今日は社長といい、変な客が多いな」

「社長？」

志村がドアから体を半分出したまま訊ねる。

「ああ、珍しく社長が工房を覗きに来てよ。抱えている仕事がどれくらいあるかとか、いちいち確認してきたんだよ」

「へえ。そういうのって、普段はあるんですか？」

「ない。マチダーマン6の撮影が夏に始まるから、そのための準備ができてるか確認してんのかなって思ったけど、今までそんな心配をされたことないからな」

「それじゃ、社長は何のために工房に来たんですかね」

雪永は前髪をかき上げると、三日月のように細い目で遠くを見つめた。

「さあな。ただ、社長は『これから忙しくなるから』って言ってたな」

3

工房を出ると、衣装部が騒がしいことに志村は気づいた。

衣装部には五人のパートタイマーがいるが、部長の池田友子(いけだともこ)を含む、おばちゃん達が何者かを取り囲んで、黄色い声を飛ばしている。

――げっ。

志村は忙しいふりをして、早歩きで出入り口のあるドアに向かったが、面倒なことに部屋を出る前に呼び止められた。

「あれれっ、志村さんじゃないっすかぁ」

すらりとした茶髪の男が、おばちゃんの輪の中から飛び出した。七分袖のジャケットにVネックシャツ、スキニーパンツを着こなすのは、役者の日々野ハルタだった。

「最初、誰だか気づかなかったっすよ。志村さん、眼鏡かけるようになったんすか」

「いや、昔からかけてます」

志村が愛想笑いを浮かべる。

志村はイベントスタッフとして、アクションショーで何度もハルタと会ったことがあるが、会社で出くわすのは初めてだった。そのまま立ち去ろうとしたが、ハルタは志村の肩に手を回して引き寄せると、耳元で囁いた。

「五百円玉、出てきました？　俺、結構心配してたんすよ」

ハルタの不快な笑い声が、耳の中を這（は）っていく。志村の胃の中に五百円玉が沈んでいるのは、ハルタがこの前の打ち上げで、そう誘導したからだ。

「出てきてないですよ」

志村はあくまで笑いながら答えた。日比野ハルタは『マチダーマン』の主役を務めているイケメン俳優だ。志村のような末端の社員が彼の機嫌を損ねて、そのことを社長に告げ口でもされたら、どんな仕打ちを受けるか分からない。

表面上は笑顔の二人を見て、衣装部の一人が「ハルタ君って、スタッフとも仲がいいよね」と言い出した。

「志村さん、社長が来るまでの間、話し相手になってくださいよ」

ハルタが志村の肩をペチペチと叩く。無視するわけにもいかないので、志村は仕方なく付き合うことにした。

「ハルタさん、今日はどうしてウチに来たんですか」

「おっ、よくぞ聞いてくれましたーっ」

ハルタは志村の肩に回した腕をするりとほどくと、衣装部のデスクに置かれた紙を手に取った。満面の笑みで、それを志村に向かって突きつける。

「ジャーン！　今日はこの新衣装のために来たんですよ」

ハルタの持つ紙は、マチダーマンをアレンジしたような、ヒーローのデザイン画だった。

「何ですか、それは？」

「いやいやっ、志村さんは知ってなきゃ、おかしいでしょ」

ハルタは志村がデザイン部だということは知っているので、志村の言葉を冗談と捉えたのだろう。だが、志村は本当に何のヒーローなのか知らなかった。デザインのタッチから、描いたのは間違いなく三野村である。従来のマチダーマンをより豪華にしたような造形で、あちこちにギザギザとした金色の装飾が付けられていた。デザイン画の下には、『RAGING　MACHIDAR―MAN』という名が表記されている。

「レェイジィングゥ・メチィダァア～マァン！」

ハルタが、流暢（りゅうちょう）な英語発音で叫んだ。

「次回作で登場する、マチダーマンの強化フォームじゃないっすかーっ！」

志村は「へえ」と言いながらデザイン画を眺めた。今年の夏に撮影が始まるという『マチダーマン6』がどんな内容なのか、志村は全く聞かされていない。志村が関与しているのは、三野村から森田を経由して回された怪人のデザインのみで、それ以外は完全に蚊帳の外だった。

「なるほど」

志村はようやく状況を理解した。

衣装部のおばちゃん達の手には、それぞれメジャーが握られている。新スーツ製作前にハルタの採寸をしていたのだ。たった一人の役者に対して、おばちゃんが五人がかりで。

新しいマチダーマンのスーツは、ハルタの採寸をもとに造られることになるが、いずれ志村もダンスショーなどで装着することになるだろう。

ここで造られる全身タイツは、〈オペコット〉と呼ばれる生地を採用している。フィギュアスケートのレオタードなどにも使用されている伸縮性の高い生地で、体型の異なるスーツアクターが同一のスーツを着回すことを可能にしている。また、オペコットは熱にも強く、撮影中の爆発や火花からスーツアクターを守るという利点もあった。

イケメン俳優にメロメロなおばちゃん達を尻目に、志村はあることが気になった。『マチダーマン6』に登場するスーツの製作はすでに始まっていた。ということは、自分らが担当している怪人も、本来なら造り始める頃なのではないか。

「あの、怪人のデザインって、まだ平気なんですか？」

志村が衣装部の部長・池田友子に訊ねると、「平気って何が？」ときょとんとされた。説明が足りなかったと思い、言い直す。

「いや、デザイン待ちの状態でしたら申し訳ないなと思いまして。一応、僕は昨日、三野村さんに提出はしてて、そのチェック待ちなのですが……」

「マチダーマン6のデザイン画なら、もう全部もらってるわよ」

「えっ、全部？　全部って怪人もですか？」

池田がうんうんと頷く。志村は意味が分からなかった。

自分が森田に提出したデザイン画は、あれから三野村に渡されたのかも怪しいのだ。仮に三野村の手に渡っているとしても、本来なら絶対にある、部内のチェックも修正も済んでいない。もっというと、鳳に関してはまだデザイン画を提出すらしていなかった。

池田は、レイジング・マチダーマンのデザイン画があったデスクから、紙の束を手に取り、それを志村に差し出した。

「ほら、これ見てみなさいって」

池田から受け取った紙の束は、たしかに『マチダーマン6』に登場するキャラクターのデザイン画だった。それなりの枚数がある。志村が一枚一枚、用紙をめくっていく。

志村は目を疑った。デザイン画を持つ手がぷるぷると震える。

どんなに探しても、志村は自分が担当した怪人の姿を見つけられなかった。代わりに、同一の人間の絵柄による、身に覚えのない怪人のデザイン画が次々と現れる。

三野村によるデザイン業務独占は、経験のない新人のお門違いの不平不満と思われても仕方がない。だが今、志村はそれがただの思い込みでないことを確信した。

——ここは規律のある会社だろ？　こんなことが、まかり通るのか……？

十体の怪人のデザイン画は全て、三野村の手によって描かれたものだった。

「どうしたんすかぁ、志村さん」

ちっとも相手にされないので、ハルタが再び志村に絡んだ。

「おっ、新しい怪人のデザインっすねぇ。志村さんはどれ描いたんすか」

ハルタの無邪気な質問に、志村はどう答えていいか分からず沈黙した。

その時、ガチャッという音とともに、出入口のドアが開いた。

日焼けサロンで焼いた色黒の肌に、口髭を生やした五十代の男が、きょろきょろと室内を見渡し、ハルタを見つけると「よお、待たせたな」と声をかける。

現れたのは、ＭＨＦの社長・山岡正紀(やまおかまさのり)だった。

「社長っ」

ハルタが志村のことを突き飛ばす勢いで、声をかけた相手に向かって駆けていく。

衣装部のおばちゃん達も慌てて一礼し、仕事を再開する。

黒のポロシャツに白のスラックス姿で、銀のチェーンを首に巻き、金に染め上げたソフトモヒカン。この会社の社長の風貌は、いかにもチョイ悪オヤジ風であり、いかにもワンマン経営の社長風であった。

社長の山岡は普段、会社に来ないことも多いし、来たとしてもＭＨＦの五階にある、応接間も兼ねた社長室に籠っていることがほとんどだった。そのため、突然の社長の来訪で、衣装部には特有の緊張感が漂った。

「社長っ。レイジング・マチダーマンを着るの、今からめっちゃ楽しみっす」

その中で役者のハルタだけが、主人に尻尾を振る飼い犬のように、両手でガッツポーズをしながら跳ねている。

「テレビ放送まで待てないっすよ。スーツが完成したら、アクションショーで先出ししましょうって」

駄々をこねる子どもをなだめるように、山岡が手を突き出してハルタを制す。

「それじゃあ、テレビで放送した時に盛り上がらねえだろ。あとハルタ、お前ツイッターで変な匂わせとかすんじゃねえぞ」

「えっ、俺さっき採寸してる時の写真を撮ってもらって、『カミングスーツ☆』ってツイートしちゃいましたけど……」

「馬鹿か、おめぇーは。デザイン画とか写ってたら、どうすんだ。ちゃんと消しとけよ」

「ウスッ！」

ハルタは慌ててスマホを取り出し、「結構、〈いいね〉付いてるのに」とぼやきながら、ツイートを削除した。

「おう、ハルタ。せっかく来たんだ、メシでも行くぞ。この前のイベントでは、お前と飲めなかったからな」

「いいっすね。俺も社長と飲めなくて寂しかったっす。めっちゃ寿司食いたいっす」

山岡は「おうおう」と笑いながら、ハルタを連れて出て行こうとした。志村は意を決して、後ろから「社長！」と呼び止めた。

山岡はドアを開けたまま振り返り、「どうした」とだけ聞き返した。

「あ、あの……」

志村は、シャドウジャスティスか三野村か、どちらについて触れるべきか迷った。

志村が言い淀んでいるうちに、社長の顔はみるみる険しくなっていった。ドスの利いた声で「なんだ？」と言う。そこに隣に立つ、ハルタが口を挟んだ。

「わかった、志村さん。自分も寿司に連れてって欲しいんでしょう。ですよね？」

ハルタが指をさして大笑いする。山岡は表情を緩めると、「バカヤロウ。給料分、働け」と言い残し、お気に入りの役者を連れて出ていった。

4

志村が四階に戻ると、オフィスで仕事をしているのは森田一人だけだった。

営業は外回り。三野村は休み。では、鳳は……と思い、志村がスマホを確認すると、鳳から、今日は先に休憩に入るというメッセージが届いていた。

時計を見ると、まだ十一時を少し過ぎたところだったが、やることがなさすぎて、早めに休憩をとったのだろう。

休憩は各自のタイミングでとることになっているとはいえ、出勤してから、ものの一時間でオフィスを出て行く鳳の姿を想像して、志村は笑った。鳳は会社に不満を抱きながらも、デザイン部の緩さを存分に活用しているようだった。

志村は自分のデスクに戻ると、隣で仕事をしている森田に一声かけた。

「森田さん、工房からいろいろと話を聞いてきました」

「ああ、何か分かったのかな？」

森田は紙パックのコーヒー牛乳を飲みながら、志村の方に体を向けた。

「いえ、結局のところ、シャドウジャスティスのスーツは工房も知らないとのことでした」

「へえ、じゃあ誰かが捨てちゃったのかなぁ」

森田が呑気そうな声で呟く。

「ところで森田さん、それとは別にお聞きしたいことがあるのですが」

「えっ、また？」

森田が露骨に嫌そうな顔をする。志村は構わず話し出した。

「昨日、提出した怪人のデザイン画って、もう三野村さんにお渡ししていただけましたか」

志村の質問に森田が不自然に間を置いた。

「……なんで？」

両手でコーヒー牛乳の紙パックを持ったまま首を傾げる森田。太ったビーバーがとぼけているように見えて、志村は腹が立った。仕方なく、鎌をかけることにした。

「工房の帰りに偶然なんですけど、衣装部のおばちゃん達から、『マチダーマン6』の衣装作りがもう始まっていることを聞いたんですよね」

「えっ」

森田の体がぴくりと反応した。

「それに、僕の担当怪人のデザイン画もすでに衣装部に回っているようだったんですよ。三野村さんからチェックや修正を受けてないけど、大丈夫なのかなぁって思いまして。一応、その確認です」

「ああ……はいはい」

森田の表情がこわばった。顔に『NOW LOADING』と書いてあるようだった。明らかに、どう返答しようか悩んでいるのが伝わる。

「もちろん、昨日もらったデザイン画は、三野村さんに渡しているよ」

「ああ、よかったです。では、修正とかは特になかったということですか？」

「そうだね……いや、なんて言えばいいのかな」

森田が言いかけた言葉を引っ込めて、ハンカチで額を拭いた。

「いずれ完成したスーツを見れば、分かることだけど……三野村さんの判断で、元のデザインからずいぶん変わっちゃってるみたいだったよ」

森田が気まずそうに、志村から目を逸らす。

「志村君はまだまだデザイナーとして経験不足だからね。とりあえず、今回は三野村さんが独自にアレンジして、衣装部に提出したんだ」

「アレンジですか」

森田が白々しい嘘を吐いた。志村の怪人と三野村の怪人は、モチーフが同じというだけで、全く異なるデザインだった。三野村は最初から自分で描いた怪人を用意していたのだ。

「でも、それなら僕、いくらでも修正しましたよ」

「だから、今回は時間がなかったんだって」

森田の口調が荒くなる。話を切り上げたくて仕方ないようだった。

「森田さん、ちょっとよく分からないんですけど……一回、確認させてくださいね」

志村は、いかに森田が言ってることが滅茶苦茶なのかを突きつけることにした。

「森田さんは昨日、僕が担当した怪人のデザイン画をいつ三野村さんに渡したんですか。三野村さんはそれから僕が描いた怪人をチェックして、実力不足と判断するや、自身の手で新しく怪人を描き直し、衣装部に提出したんですよね。僕が担当した怪人の数は五体ですよ。それを三野村さんは今朝、病院に行くまでの間に完成させたんですか？」

志村にまくし立てられた森田は、とうとう言い訳が思いつかなくなったのか、開き直るように黙り込んだ。二人しかいないオフィスに気まずい時間が流れる。

深いため息をつきながら、森田が口を開いた。

「志村君、その感じ……もしかして、衣装部でデザイン画を見てるのかな。だとすれば、君の気持ちは分かるけど、こっちにだって色々と事情があるんだよ」

森田がくるりとオフィスチェアを回して、逃げるようにパソコンの方を向いた。

「それにデザイン部は元々、長い間、僕と三野村さんの二人だけだったんだ。三野村さんが倒れちゃったから、社長が新人を雇ったけど、それまで全てのデザインは、三野村さんが描いてたんだよ」

「全て？」

「そうだよ、だから……仕方ないじゃないか」

森田は背中を丸めると仕事に戻った。

――仕方ないじゃないか。

志村は森田が最後に口した言葉が気になった。森田の言い方はどこか、自分より立場の強い者に逆らえず、嫌々従っているようには聞こえなかったのだ。

それから、志村と森田は仕事を黙々とこなした。

十二時を過ぎたところで、志村も休憩に出ようと思ったが、そうすると森田が席を外したら、オフィスにいる人間が誰もいなくなる。さすがにそれはマズいと思って、鳳が休憩から戻るまで待つことにした。

鳳が休憩から戻ってきたのは、二時を過ぎたころだった。

手にはレコード屋のレジ袋がぶら下がっている。趣味のレコード漁(あさ)りをしているうちに時間を忘れたのだろうか。

それまで、長い沈黙と空腹に耐えていた志村が冗談半分、抗議半分の視線を送った。

森田がトイレに向かった隙に、サボりの達人が両手を合わせる。

「ごめん、シム。渋谷まで行ってきちゃった」

5

その日の夕方。退勤時刻も迫った頃、志村と鳳はアクションショーの打ち合わせに参加するため、一階の稽古場に向かった。

MHFにはさまざまな部署があるが、経費削減のため、ご当地ヒーローにとって欠かせない、アクションショーなどの現場で働く〈イベントスタッフ〉が存在しなかった。

イベントスタッフは社歴に関係なく、各部署からローテーションで集めるルールになっている。イベント参加を免除されているのは、おばちゃんしかいない衣装部と、現場の厳しさに耐えられず退職する者が続出した映像部のみである。代休はもらえるが、消化できるかは別問題なので、平日は通常業務、休日はアクションショーと、一週間休みなく働き続ける社員も多く、大きな負担となっていた。

デザイン部に至っては、志村と鳳のどちらかが（あるいは両方が）必ずイベントに参加することになっていた。そのため、志村はデザイン部というのは建前で、自分はイベントスタッフとして雇われたものだと思っている。

志村と鳳はエレベーターから降りると、稽古場の扉を開けた。

稽古場は、床は木目調のフローリングで、壁一面が鏡張りになっている。室内にはホワイトボードや長机も置かれており、社員の会議室としても使われることが多かった。

長机を囲むようにパイプ椅子が並べられ、そこに次回のアクションショーのスタッフに割り振られた七人が集まった。

長机の片側に並ぶのは、外回りから戻ってきた営業の勝田と工藤。そして、デザイン部から志村と鳳の四人。その向かい側に座るのは、工房長の雪永、監督の神無月（かんなづき）、スーツアクターの河野（かわの）の三人である。

「ええーっ、じゃあ、今度の日曜にあるイベントの打ち合わせを始めんぞ」

この場を仕切るのは営業の勝田だった。商談がエキサイトしたのか、顔に疲労が見える。隣には、イベント進行台本の束を持った工藤が立っている。

「では工藤、説明ぇーっ」

「了解です」

工藤がホッチキスで綴じられた進行台本を、一人一人に配って回る。

スーツアクターの河野が、台本を受け取ると「ぷっ」と笑った。

「なんか新鮮っすね」

河野は営業部の二人を、もの珍しそうに眺めてはにやけている。

エラの張った頬、尖った鼻、長くしゃくれた顎にくねくねの前髪をした河野が笑う姿は、トランプのジョーカーの絵柄にそのまま採用できそうであった。

勝田が「なんだよ」と訊くと、薄手の黒いタートルネックを着た河野は、首元に手をやり、ネクタイを締めるジェスチャーをした。

「勝田さんの背広姿、初めて見ましたけど、完全にヤクザじゃないっすか」

「うるせえ、殺すぞ」

勝田が言われたそばから物騒な言葉を返す。

今回集まった七人の中で、この河野という男だけが、MHFの社員ではない。

フリーランスのスーツアクター・河野ケンジは、『マチダーマン』の宿敵・ウロボロス将軍に仕える幹部怪人を長年務めているが、他にも戦闘員や通常の怪人など何でもこなす、便利屋のような存在だった。

自分より上の立場の者に対するゴマの擂り方と、フリーランスの身軽さを社長に気に入られ、最近ではアクションショーの殺陣や台本まで河野が任されるようになった。

そのため、ＭＨＦに河野が出入りする頻度も増え、役者陣にとっては珍しい、勝田の背広姿を見て、からかったというわけである。

「なんか、また新しくイベント取ってきたんだって？　勘弁してよ、勝っちゃん」

緑のスカジャンを着たスポーツ刈りの男がぼやいた。監督の神無月玲司である。

「こっちは通常業務だけでパンパンだし、夏からは『マチダーマン６』の撮影も始まるってのにさぁ……これ以上、アクションショー増やすって、俺らを殺す気？」

神無月があくびをしながら目をこすった。しばらく寝ていないのか、目の下にはクマができており、手元にはエナジードリンクが置かれている。

「バカヤロウッ！　仕事を取ってくんのが俺の仕事だ。俺が増やした仕事のせいで、誰かが過労死したら、社長から勲章をもらいたいくらいだっつーの」

勝田がキーキーッと吠える。

元々、映像部の社員だった神無月は、テレビ版『マチダーマン』の監督を放送開始から現在まで務めている。マチダーマンの撮影以外の時期は、ＭＨＦの元々の収入源であったＣＭやローカル番組の映像制作を任されており、常に仕事に追われていた。

神無月が力無く俯くと、同調するようにどこからともなく、ため息が漏れる。

「たく、どいつもこいつも……おい、工藤。とっとと説明始めろ」

「わっ、わかりました」

勝田がぼうっと立っていた工藤に指示を出す。工藤が慌てて進行台本を読み上げる。

「えっと、次回のイベントは四月十七日の日曜日、場所は『町田ターミナルプラザ』ですね。ここにはいませんが、脚本家の江川先生も当日手伝いに来てくれます」

「げっ、トオルちゃんも来るんだ」

神無月が顔をしかめる。話に出たのは、江川徹という『マチダーマン』の脚本家を務める男だった。江川は、河野と同様にMHFの社員ではないが、社長の命令で時折、アクションショーを手伝いに来ていた。

「あの人、部外者なのに現場でめちゃくちゃ口出しするから面倒なんだよなぁ」

神無月の愚痴に、工藤が苦笑いすると「続けますね」と説明を再開した。

「ショーは2ステージで、一回目は午前十一時から、二回目は午後二時からです。どちらも、ショーの後にキャストたちによる撮影会があります」

志村は工藤の説明を聞きながら、この場にいるメンバーを順々に眺めた。シャドウジャスティスのスーツが何者かに盗まれたのだとしたら、犯人は身内の可能性が高い、と志村は考えていた。

そもそも盗まれたのが、MHFの看板ヒーローであるマチダーマンのスーツだったら、翌日には犯行はバレていただろう。イベント、営業、メンテナンスと……社内で誰一人、マチダーマンのスーツを触れない日などないからだ。逆に言えば、犯人はシャドウジャスティスが紛失しても、すぐには気づかれないことを知っていたのだ。

つまり、社内事情に詳しい人物が犯人の可能性が極めて高い。

地下倉庫の鍵は、社長の他に、監督や各部署長が持たされている。この中でいえば、営業部長の勝田、工房長の雪永、監督の神無月は、自由に倉庫に出入りすることができる。

そして、誘拐犯を殺した謎のヒーローがシャドウジャスティスだった場合、志村は今、殺人犯を追いかけていることになる。非日常的な状況を自覚し、息を呑む。

――スーツを持ち出したのは、この中に？　それとも……。

「現場は屋外ですが屋根はあるので雨の心配はありません。ただ、風には気をつけなきゃいけないですかねぇ。前に強風でテントがぶっ倒れたことがあります。注意点はそんなところでしょうか。特に質問がなければ、これにて解散……って感じでしょうかね」

説明を終えた工藤が、上司の顔を覗く。勝田は無言で頷いた。

志村も鳳も、一刻も早く帰りたい一心でうんうんと頷く。

――時刻は夜七時前。

まもなく退勤時刻が迫っていた。このまま打ち合わせが終われば、今日の仕事は終わりだな、と志村の口元が緩む。

工藤が打ち合わせに参加したメンバーをぐるりと見る。河野も神無月も意見はないようで、工藤が「それでは……」と言いかけた時だった。

「ちょっといいかな」

工房長の雪永が無愛想な口調で挙手をした。

さすがに粉塵マスクはここでは着用していない。

「はいっ、なんでしょう雪永さん」

なぜだか不機嫌そうな雪永に、工藤がおそるおそる訊ねた。

「みなさん、アクションショーの台本をちゃんとお読みになりましたか」

雪永が進行台本の最後にあるショー台本を指で叩いた。志村が無意識に身構える。

雪永の妙に丁寧な口調が、噴火する前の火山と重なって見えたのだ。

「台本ですか?」

工藤が怯えた口調で聞き返す。

勝田が丸めて肩たたきにしていた台本を面倒くさそうに開くと、舌打ちした。

「おい、台本がどうしたんだよ。ハッキリ言えや」

顔を向けずに小指で耳の穴をほじる勝田を、雪永がジロリと睨んだ。といっても、あくまで目は笑っている。弓が大きくしなるように、雪永の目が細く、長く、その形を変えていく。

「スーツが多いんだよ」

「あ……？　だから、ハッキリ言えよ」

勝田が眉間に皺(しわ)を寄せる。

長机を挟んで、狐と猿が睨み合う。ピリピリとした空気が稽古場を包んだ。

どうやら、これから喧嘩が始まる——定時に退社するのは不可能だと悟った志村は、隣に座る鳳を見た。鳳も同じ思いなのだろう、渋い顔をしながら首を横に振った。

突然、雪永が人差し指を立てた。さらに中指、薬指と三本の指を立たせていく。

「マチダーマン、マチダーレディ、ウロボロス将軍……ここまではレギュラーキャラだから、ショーで登場するのは分かるよ。ただ、なんで、それ以外に、怪人が四体も登場するんだよッ⁉　でかいイベントでもないのに、頭おかしいんじゃねえのッ⁉」

怒りを爆発させた雪永が、台本を机に叩きつけた。その場にいる全員が凍りつく。

——ど、どういうこと……⁉

申し訳なさそうな顔をしながら、志村は雪永の顔色を窺った。

恐怖だったのは、誰一人として、工房長がそこまで怒る理由が分からなかったことだ。その状況が、より雪永を苛立たせる。

喧嘩腰だった勝田ですら、怒りよりも意味不明さが勝ったのか、仁王像のような顔が徐々に、感情のない軟体生物のようになっていった。

口をすぼめた勝田が、本当に蛸のような言葉を口にした。工藤が震えた声で訊ねる。

「スーツが多いと、まずいんでしょうか？」

その言葉が火に油を注いだのだろう。雪永の目が今度は狐の面のように吊り上がり、小動物なら殺せてしまえそうな声量で怒鳴り散らした。

「いいわけねえだろッ！　あんたらはショーが終わったら、それでおしまいだけど、工房や衣装部は、みんなが打ち上げでバカ騒ぎしてる間、ショーで使ったスーツの洗濯や、ぶっ壊れたアーマーの修復とか、やることがたくさん残ってるんだよ。酷い時なんて、後始末が長引いて日付を回っちまう時だってあるんだ……。スーツの数を増やすってことは、それだけ私たちの負担が増えるってことなんだよ、ボケナスッ！」

ようやく、雪永が怒っている理由が分かり、全員が「ああ～っ」と納得する。

「ああ～っ、じゃねぇ！　台本を見ろ、午前の部と午後の部の登場人物を」

雪永の怒りは止まらない。全員は慌てて台本をパラパラとめくった。

「あっ」

志村が雪永の言いたいことに気づいた。たしかに、このショーの台本は妙だった。

「午前と午後で……別々の怪人が二体ずつ登場するんだ」

この時点で怪人が四体、それに河野が演じる幹部怪人、複数のザコ戦闘員、さらにレギュラーキャラを合わせると、このショーで登場するスーツの数は十体を超えた。

志村の疑問の声に、雪永が「そう！」と指をさした。

「どうして、でかいショーでもないのに、1ステージに怪人を二体も登場させるんだよ？　しかも、ご丁寧に午後の部に登場する二体の怪人は、別の怪人を使うときた。役者の人数が五人しかいないのに、使うスーツが倍以上あるっておかしいだろ。だから、ゴールデンウィークが始まったら、イベントの忙しさはピークに達するんだ。といっても、こういう小さなショーで、工房や衣装部の負担を増やすんじゃねえよ！」

「ひッ……ス、スミマセンッ」

堪らず工藤が、頭が膝につきそうになるくらい体を折って謝った。といっても、台本を書いたのは工藤ではない。工藤はただただ、雪永の怒りを鎮めるために謝り続けた。

言いたいことをぶちまけたせいか、雪永の表情が徐々に元に戻っていく。

「ということで、誰が台本書いたか知りませんけど、次からはショーに出す怪人の数を減らしてもらえますかね。その方が荷物も少なくなるし、みんなも楽でしょ？」

「お、仰る通りです、工房長」

鳳がそう言うと、他の者も続々と頷いた。ただ河野だけが、納得のいかない様子で首を傾げていた。

「ひでえ言われようだなぁ」

河野が独り言のように呟いた。それを聞き逃さなかったのか、雪永がぴくりと反応する。

今回のアクションショーの台本を書いたのは、河野だった。

「怪人が多いのは、たくさん出てきた方が、客の満足度が高いっていう社長のオーダーっすよ。仕方ねえじゃねえっすか」

河野がパイプ椅子の背もたれにのけぞりながら、不貞腐れたように反論する。

その後も、誰に向かって言うわけでもなく、「発注もギリギリだし」、「ギャラも安いのに」といった文句をブツブツとこぼす。

その態度に雪永は明らかに苛ついていたが、河野はMHFの社員ではないので、さすがに直接怒鳴りつけるようなことはしなかった。代わりに、皮肉たっぷりの笑みを浮かべる。

「江川先生が台本を書く時は、スーツは増えないんですけどねぇ」

顔を横に向けたままの河野が、眉をひそめた。

「江川先生に比べると、河野さんの台本はアレだから……社長は台本の質じゃなくて、数を求めちゃうんじゃないですかねぇ」

「なんだって……？」

雪永が言ったことは正しかった。それ故に河野の顔が険しくなる。

スーツアクターでありながら、殺陣の指導に台本まで任される河野に、入社当時は志村も驚いたものだが、なんてことはない。イベントスタッフを社員がやるように、要は単なる経費削減なのだ。本来ならショーに欠かせない殺陣師も脚本家も呼ばずに済むのだから、その分、経費は安く済む。だが、確実にショーの質は落ちる。質と金を秤(はかり)にかけた社長が、金を選んだだけなのだ。

図星を突かれた河野が、雪永を睨む。

再び喧嘩が始まりそうだった。鳳が「ラ、ラウンド2？」と小声で呟いた。

その時、内輪揉(も)めにうんざりした神無月が口を挟んだ。

「二人とも、勘弁してよ。俺、寝てないんだ」

「薫ちゃん。専業作家のトオルちゃんと、スーツアクターの河ちゃんの台本を比べるのは、さすがに酷すぎるでしょ」

神無月の言葉に、雪永はばつの悪そうな顔をした。

「それにテレビの脚本だったらともかく、アクションショーの度にあの人にホン書いてもらってたら、予算がいくらあっても足りないよ」

「私はただ、バカみたいにスーツを使うなって言ってるだけで……」

そう言いながら雪永の言葉はフェードアウトしていった。目の下にクマを作った男に、『やめてくれ』と懇願されたら、さすがの工房長も空気を読むらしい。

「じゃ、おしまいにするか」

勝田の一言で打ち合わせは終了した。気まずい雰囲気を残しつつ、それぞれが席を立つ。

最後に場を和ませようとしたのか、工藤がやけに明るい口調で話し出した。

「そういえば、皆さんニュース見ました？　やばくないですか、あの事件」

何気ない一言だった。全員がきょとんとした様子で工藤に目を向ける。

その中で、河野だけが、なぜか異常な反応を示した。

他の者が工藤に目を向ける中、志村が青ざめた表情の河野を凝視する。

河野は両目を見開き、歯を食いしばりながら硬直していた。そして、判決を言い渡される罪人のように、工藤が次に口にする言葉を待ち構えているようだった。

「ニュースって、ひかる君誘拐事件のこと？」

鳳が訊ねると、工藤が首を縦に振った。

「そうです。よりによって、ヒーローが助けてくれたなんて……あの子ども、とんだお騒がせ小僧ですよねっ」

工藤の言葉に今度は、志村が異常な反応を示した。

「えっ……それって、どういう意味ですか。何か進展でもあったんですか」

志村の視線が、河野から工藤に移る。

「めちゃくちゃ食い付きますね、志村さんっ。進展っていうか、例のひかる君って誘拐された子が、今さらになって、事件について口を閉ざすようになっちゃったんですって」

「は？」

志村が目を丸くした。知らない情報だった。

「アレ、みんなニュース見てないんですか。僕と勝田さんは車運転してる間、車内にテレビ付いてるんで、ニュースとか流しっぱなしなんですよ」

工藤が全員に問いかける。さすがに仕事中にニュースを見ることはできない、と思いきや、鳳だけが「ネットで見た見た」と答えた。

神無月がおずおずと手をあげた。

「ごめん、俺、その事件知らない」

「ええーっ、そんなことあります？」

工藤が大声で驚くが、神無月は「寝てないんだよ」とだけ答えた。

神無月には悪いが、志村は事件の説明を後回しにして、工藤に気になることを訊ねた。

「それより、ひかる君が事件について口を閉ざしてるって、どういうことですか」

「ニュースによると……事件から二日経ったし、警察もひかる君から詳しい話を聞き出そうとしてるんですけど、なぜか何も語らなくなったんですって。交番に保護された時はヒーローが助けてくれたって、自分から絵まで描いてたのに、今はダンマリなんて変な話でしょう」

たしかに、意味が分からない。志村が無言で頷いた。

「それで、こっからは世論というか、要はネットの反応なんですけど。ひかる君が最初から嘘をついていて、話が大きくなってしまったから恐くなり、今さらダンマリを決めこんでんじゃないかって説が有力みたいですね」

工藤の言葉が信じられず、志村の顔が歪む。

「ふうん。まあ、子どもって大人の目を引くために意味不明な嘘とかつくからなぁ」

雪永が納得したように、腰に手を当てる。

「俺は最初からそんなこったろうと思ってたよ。おら、いくぞ」

勝田が工藤の背中をはたいて稽古場から出ていく。すぐに工藤がその後を追いかける。それをきっかけに、他の者もぞろぞろと稽古場から退出する。

ひかる君の話に夢中になっていた志村は河野を見た。河野はさきほどの動揺が嘘のように、涼しい顔をしたまま去っていった。

稽古場は志村と鳳の二人だけになった。工藤の言った情報を咀嚼（そしゃく）している志村に、鳳が声をかける。

「シム、帰ろ」

壁に架けられた時計を見たら、とっくに定時を過ぎていた。

6

志村と鳳はいつも通り、仕事終わりに駅前の居酒屋に立ち寄った。

昼休みがズレたことで、今日はそこまで二人で話す機会がなかった。志村は今日分かったことをまとめて鳳に報告した。

志村にとって重大なのは、消えたシャドウジャスティスの行方なのだが、鳳が興味を示したのは、三野村の奇行についてだった。

「三野村さん、ちょっと異常だなぁ。まだ、提出すらしてない俺担当の怪人まで、自分で描いて衣装部に回しちゃってるんでしょ」

「はい。最初から、自分で描く気でいたんでしょうね」

「まあ、俺は給料さえ貰えれば別に構わないんだけどさ。にしても、怪人デザインって、人から仕事を奪ってまでやりたいことかねぇ」

鳳が串カツを口に挟んで、竹串をぐりぐりと回しながら引っこ抜いた。

「僕もそれが分かりません。業界大手の特撮作品ならともかく、ご当地ヒーローの怪人デザインですよ。出世が絡むわけでもないだろうし、ましてや三野村さんはデザイン部の部長じゃないですか」

志村はスライスされたキャベツを箸でつかむと、ソースに漬けて口に運んだ。

――怪人といえば、あれは何だったんだろう。

パリポリとキャベツを嚙み砕いている内に、志村は昨夜のことを思い出した。深夜のオフィス、三野村から地下倉庫の鍵を借りた時、ちらりと覗いた三野村の液晶タブレットに映っていた、描きかけの醜悪な怪人。あれは一体なんだったのか。志村が衣装部で見た『マチダーマン6』のデザイン画には、あの醜悪な怪人はいなかった。

――三野村は自分たちが知らない、何かのデザインを任されている？

志村が思考に耽っているところに、鳳が顎鬚を搔きながら笑った。

「それにしても、誘拐事件の方は残念だったねぇ。俺も仕事中、ネットを見てたけど、早い段階で、ひかる君が嘘ついてる説に流れてった感じだったね」

「どうなんでしょうね」

ひかる君が事件について口を閉ざすようになったのは、志村にとって何とも複雑な展開だった。

ひかる君を助け出した謎のヒーローが存在しないならば、シャドウジャスティスのスーツが消えたのは、単なる紛失か、事件とは無関係の盗難ということになる。

「それにしても、どうして突然、ひかる君は何も喋らなくなっちゃったんですかね」

「そりゃ、嘘がバレるのが恐くなったからじゃないの」

鳳の言葉に志村は「う～ん」と首を傾げる。本当に理由はそれだけなのだろうか。

「せめて、ひかる君と会えたらなぁ。ひかる君にシャドウジャスティスの写真を見せたら、一発で白黒つくのに」

「どうだかねぇ。子どもの記憶っていい加減だし、『君が見たのはこれだよね』って決めつけて見せちゃったら、勝手に記憶を改ざんしちゃって、そう思い込んじゃうんじゃない？」

冷静と言うべきなのか、鳳は意外なほどに、志村の考えに対して一定の距離を保っていた。志村は少し拗ねてため息をついた。

「鳳さんもですけど……ＭＨＦのみんな、この事件に対して、びっくりするくらい無関心ですよね。ぶっちゃけ鳳さんはどう思ってるんですか。この街でヒーローの格好をした誰かが、悪人を殺してるんですよ？」

志村の真剣な表情に、鳳は目を丸くすると、少し間を置いてから自分の意見を口にした。

「俺からすると、シムがちょっと盛り上がっちゃってるように見えるけどね。現に今は、謎のヒーローが本当に存在したのかも疑われてるじゃない」

「ま、まあ……」

口ごもる志村に、鳳は追い打ちをかけた。

「それにMHFのみんなが無関心って言ったね、そりゃそうだよ。この前、町田で活動している芸人が、麻薬の売人をやってたのがバレて捕まったって話をしたよね？」

「ありましたね、そんな話」

志村の中ではその話もなかなかインパクトのある事件だったが、ひかる君誘拐事件のせいで、完全に話題を掻っ攫(さら)われた印象があった。

「その捕まった芸人にも所属事務所があって、先輩とか後輩とか芸人仲間がたくさんいたはずだよね。じゃあさ、その芸人の仲間は今頃、自分の身近な芸人も麻薬の売人なんじゃないかって、恐がってるわけ？」

「い、いや……それはどうですかね」

「そう、普通はそんなことないよね。だって、麻薬の売人やってる芸人がいたとしても、それはそいつが滅茶苦茶ヤバい奴だった……ってだけなんだもん。謎のヒーローだってそうだよ。仮に本当にヒーローの格好した奴が人を殺したとしても、それはそういうヤバい奴がいたってだけで、普通は自分の周りとは無関係だと思うでしょ」

鳳の考えに、志村は何も言い返すことができなかった。

志村がこの事件に夢中になっているのは、ひかる君が描いたイラストとシャドウジャスティスが似ていたということと、そのタイミングでシャドウジャスティスのスーツが消えたことに気づいたというドラマティックな展開が重なったことが大きい。Ｍ
ＨＦの人間が、ひかる君誘拐事件に対して無関心なのは、言われてみれば当然だった。

「だから、シムがやってることを芸人側で置き換えると……麻薬の売人として捕まった芸人のニュースを見て、事務所のマネージャーに『きっと、ウチの先輩も麻薬の売人だと思いますよ。だって、あの人のネタ、クスリやってるとしか思えないくらいブッ飛んでますもん』って騒ぎ立てるようなもんだよねぇ。ぶわはははッ！」

志村が顔を俯かせていたので、鳳は強引に笑い話に持っていった。鳳の笑い声に釣られて、志村も気持ちが明るくなった。

「そいつ、迷惑すぎますよ。イロモノ系の芸人、全滅じゃないですか」

「ぶはははッ！　『シムの前で、トリッキーなネタやったら、売人扱いされるぞ』って噂が流れて、シムの出るライブでは、みんな正統派漫才しかできなくなったりしてさぁ」

それから二人は終電近くまで飲み続けた。いつも通り、小田急線の改札まで鳳を見送ると、ふらふらになりながら、元格闘家は駅の掲示板を指さした。

「シム、見てみなって。この街にはウチ以外のヒーローだって存在するんだよ」

掲示板には町田市に関わるポスターが掲示されている。その中の一枚を志村は見た。

〈真実の探究者・ディテクティバインのヒーローショー！〉と書かれたポスターには、手作り感満載のヒーロースーツに身を包んだ者が写っている。

個人で活動しているヒーローなのだろう。それにしても、ポスターのクオリティが低い、と志村は思った。画像の切り抜きは雑だし、マスクのバイザーに反射して映る自宅の本棚くらい修正して消せばいいのに、と眉をひそめる。極め付けはポスター内の文字デザインだった。

「なんで初心者って、やたらと文字を虹色のグラデーションにしたがるんですかね」

隣には、町田警察署の交通安全大使に認定されたマチダーマンが、飲酒運転を反対するポスターが並んでいる。ポスターもスーツもクオリティの差は歴然だった。

「こう見ると、ＭＨＦって結構頑張ってる方なんですね」と志村は笑った。

「俺が言いたいのは、ヒーロー活動は何もウチだけの専売特許じゃないってことだよ」

鳳はそう言うと、「じゃっ」と手を振って改札の中へ消えていった。

志村は今日も真っ直ぐ帰らず、繁華街をフラフラと歩き始めた。

——謎のヒーローの正体は何なのか。

志村がシャドウジャスティスの行方を追うため、社内を駆け回っているうちに、世間はすでにその存在自体を疑い始めている。全ては志村の妄想なのだろうか。

——三野村は何を企んでいるのか。

本人に問いただしたところで、素直に話すだろうか。まず、森田がそれをさせない気がした。それでも明日、三野村に何かしらの探りを入れてみようと、と志村は思った。

「おっパブいかがっすか？　いいおっぱい入荷してますよっ」

自問自答する志村に、客引きが絡んでくる。

志村は適当な横道に入り、客引きを振り切ると、そのまま自宅に帰ることにした。

結論から言うと、翌日から三野村は会社に来なくなった。

森田に理由を訊ねると「無理が祟って体調を崩した」とのことだが、志村には自業自得としか思えなかった。自分の仕事に加え、裏で志村と鳳の分の怪人まで手がけていたのだ。尋常ではない仕事量を抱えていたことになる。

ひかる君誘拐事件も、目立った進展もないまま、五日が経過した。

そして、四月十七日　日曜日。マチダーマンのアクションショーの日がやってきた。

第三章　ハイエナ騎士

1

四月十七日　日曜日。

早朝六時にＭＨＦの稽古場に集合したイベントスタッフとキャストたちは、台本の読み合わせや、殺陣の練習をして、午前九時には二台の車に分かれてイベント会場に向かった。

一台目のハイエースは勝田が運転し、工藤、鳳、雪永、神無月とイベントスタッフたちが同乗している。二台目のハイエースは志村が運転し、五名のキャストたちを乗せていた。

社長の山岡と脚本家の江川は、それぞれイベント会場に現地集合することになっている。

「志村さぁん、今の信号は渡れたでしょ」

町田駅前通りを走行中、日比野ハルタが運転席に蹴りを入れた。

「ちょ、ちょっとやめてくださいよ。安全運転ですってば……」

志村はバックミラー越しに、真後ろに座るハルタに抗議の視線を送る。

マチダーマン役の日比野ハルタは、志村に対して、面白い話をしろだの、隣の車線を走るイチャついてるカップルにクラクションを鳴らせなど、車内で王様のような振る舞いだった。幸い、今回のイベント会場は、ＭＨＦから十五分ほどの距離にある近場だったが、これが遠方になると、高速道路の中で延々とハルタのパワハラが続く。

「ところで、美奈ちゃん、今回の台本で相談があるんだけど」

唐突にハルタが隣に座る役者に話しかけた。それまで窓の方を向いていた女性がゆっくりと振り向く。

「なに？」

白Ｔシャツに紺のマキシスカート、黒いキャップを被った女性が訊ねた。『マチダーマン』のヒロイン、マチダーレディ役を務める水原美奈である。

志村はバックミラーに映る美奈を見て、頰が緩んだ。

整った顔立ちに肩まで伸びた亜麻色の髪は、アイドルのように可愛らしく、ご当地ヒーローのキャストにするにはもったいない！　というのが、志村の本音だった。

現在、二十二歳の美奈は小さなタレント事務所に所属しながら、十七歳の時に大手飲料メーカーのイメージガールに選ばれて、世間で注目を集めた。そのまま、ブレイクすると思いきや、突如としてタレント業を休業。それから一年後に復帰して、マチダーレディのような、あまり出世に縁がなさそうな仕事ばかりしている不思議な経歴の持ち主だった。

「ここなんだけどさ、マチダーマンがピンチになった時のシーンだよねぇ」

ハルタが美奈の膝元に台本を置くと、くっつくようにすり寄った。

「美奈ちゃんの『マチダーマンが立ち上がるのを、私は信じてる！』ってセリフをカットして、無言で僕のことを力強く抱きしめる方が、観客に必死感が伝わるんじゃないかなぁ」

「必死感？」

肩を寄せるハルタに対して、美奈が眉をひそめた。

「そう、結局セリフだと説明になっちゃうんだよねぇ。最近、ＹｏｕＴｕｂｅで昔の映画とかも観てるんだけど、名シーンって無言の方が多いんだよ」

「いや、でもここって名シーンっていうか、いつものお決まりのやりとりじゃない？」

「だからこそ、マンネリを避けるために変えてもいいと思うんだけどなぁ。この前、海外の映画監督に密着した番組をＹｏｕＴｕｂｅで観たんだけどさぁ――」

車内ではハルタの不毛な演劇論が続く。志村は小さくため息をつきながら、ハンドルを切った。

ＭＨＦが『マチダーマン』の活動を始めたのは十年前。シーズン5までがテレビ放送されているが、主役のマチダーマンとヒロインのマチダーレディのキャストは、数年ごとに変更されている。

　これは別に決まりがあるわけではなく、数年以内に役者側が現場に耐えられず逃げて行くか、社長が役者を気に入らなくなり、クビにするからである。

　日比野ハルタと水原美奈は三代目の主演ということになるが、一方で十年前から変わっていない役者たちもいる。

　志村はバックミラーから後部座席を覗いた。ハルタと美奈がいるシートの後ろに、物言わぬ三人の男たちが並んでいる。マチダーマン旗揚げ時代からアクションショーで戦い、そして散り続けている、悪役たちだ。

　戦闘員や怪人を演じる、スーツアクターの中嶋次郎（なかじまじろう）。

　敵幹部のハイエナイトを演じる、ＭＨＦのなんでも屋、河野ケンジ。

　そして、マチダーマンの宿敵・ウロボロス将軍役の陣内豪（じんないごう）。

　華のあるハルタや美奈と比べて、長年悪役を演じる三人のオーラは暗く、重い。

　特に四十代後半、キャストの中で最年長である陣内豪の威圧感は凄（すさ）まじい。スパイクのように尖った髪に、鷹（たか）のように鋭い目。レザージャケットに身を包み、太い腕をがっしりと組んで、ただ一点を見つめている姿は、本陣で佇（たたず）む戦国武将のようだった。

「ねえねえ、中嶋さんは最近の特撮について、どう思いますか」

会話に乗り気ではない美奈に調子が狂ったのか、ハルタが後ろのシートに顔を向けた。ハルタの話題はいつの間にか、最近の特撮番組についてに変わっていた。

「平成初期以降の特撮って、人が全然死ななくなったりしてヌルくなった時期があったじゃないですか。俺、昔みたいに敵も味方も死にまくる作品が好みなんですよねぇ」

ハルタに意見を求められ、中嶋がニコニコと答えた。

「今はコンプライアンスとか、色々と厳しい時代ですからね」

オールバックに髭もじゃ顔の中嶋次郎は、プロレスラーのような風貌をしていた。いや、実際にレスラーを目指していたのだが、スターを目指すには小柄であることと、テディベアのようにつぶらな瞳が災いして、デビューに至らず、スーツアクターとなった。

「いやいや、なにがコンプライアンスですか。俺たち表現者は、そういう社会の圧力と戦わなくちゃいけないんですよ」

中嶋の当たり障りない回答は、ハルタの特撮論に火を点けたようだった。

「最近じゃ、怪人が死なずに改心したり、正気になって人間に戻るみたいな展開もありますけど、ヌルすぎますって。悪人は死あるのみ！　正義のヒーローといってもやる時はやらなきゃ。安っぽい理由で悪人を許す方が、よっぽどコンプライアンス違反でしょ」

おそらく方々で同じような話をしているのだろう。ハルタが流暢に思いの丈を叫んだ。

その時、頭の後ろで手を組んでいた河野がくつくつと笑った。

「ハルタくん、そりゃ俺たち悪役からしたら困る話ですって。改心、和解、贖罪（しょくざい）……結構じゃないですか。怪人だからって毎回毎回、殺されちゃかないませんって」

河野の言葉に、ハルタはやれやれといった風に肩をすくめた。

「陣内さんはどう思いますか。先輩の意見を聞かせてくださいよ」

無邪気に話を振るハルタに対して、陣内は目を合わせるだけで質問に答えなかった。

それが気に入らないのか、ハルタが意地悪そうな笑みを浮かべた。

「陣内さん、聞きましたよ。ちょっと前も、駅前であった殴り合いの喧嘩を仲裁したっていうじゃないっすか。マジで尊敬しますよ、リアルヒーローっすよ！」

志村がぴくりと反応した。そんな話は初耳であった。

「喧嘩じゃない。あれは、一方的な暴力だった。だから止めたまでだ」

陣内の回答に、ハルタはひゅうっと口笛を吹いた。

「さすがは元ヒーロー！　しかも、そのボコってた奴と、その仲間たちを相手に無双したらしいじゃないっすか。三対一って聞きましたよ、最強じゃないっすか～っ」

陣内は自慢するわけでもなく、ただただ尾鰭が付いた噂話を訂正した。

「無双？　そんなわけあるか。こっちだって怪我したよ、まったく……」

三対一だったのは本当らしい。リアルヒーローというよりは、リアル悪役なのでは？　と志村はごくりと息を呑んだ。それから、ハルタが妙なことを口走った。

「そういえば、誘拐犯をぶっ殺したあのヒーローって、どんな奴なんだろう。一度、話してみたいっすね」

ハルタの言葉が気になったのか、中嶋が首を傾げた。

「え？　あれって結局、ひかる君って子の嘘だったのでは」

「いいや、どうっすかね」

ハルタがにやりと笑った。志村は思わず耳を傾ける。

「ＹｏｕＴｕｂｅであの事件の考察動画があったんで、見てみたんですよ。そしたら、ひかる君が突然口を閉ざしたのは、精神が崩壊した説があるみたいっすね」

「精神が崩壊？」

中嶋がぽかんとした顔をする。

「誘拐犯が何者かに殺されたのは事実じゃないっすか。もし、最初にひかる君が言った通りに、ヒーローが助けてくれたのだとしたら、ひかる君はヒーローが誘拐犯を殺している瞬間を目撃してるかもしれないんですよ？　そんなのトラウマ確定じゃないっすか」

「たしかにエグいっすね。それで、病んでしまったと?」

中嶋の言葉にハルタが自信満々に頷いた。そこに河野が口を挟む。

「もっと、恐いパターンもありますねぇ」

志村は、不気味に笑う河野をミラー越しに見た。ハルタが「なんすか?」と促す。

「ひかる君が謎のヒーローに口止めされている可能性もあるんじゃないの」

「口止め? どういうことっすか」

ハルタは子どものように目を輝かせると、体を完全に後ろに向けた。

「謎のヒーローはきっと、ハルタ君のように悪人を許せない正義感が強い人物だったんでしょうね。なら、悪人を一人殺しただけで、このままフェードアウトしますかね」

志村が息を呑んだ。無意識にハンドルを握る力が強くなる。

——いきなり何を言ってるんだ、こいつは。

ハイエースが立体駐車場に入った。ぐるぐるとスロープを回りながら、屋上を目指す。

「つまり、もっともっと悪人を殺すために、ひかる君に余計なことを言わないよう頼んだんじゃないですかね」

「事件はまだ終わってないってことっすか? てことは、ひかる君は本当に……」

ハルタが興奮気味に河野に訊ねる。

「――やめてよッ」

窓の方を向いていた美奈が、突然声を上げた。

「えっ、どしたの美奈ちゃん？」

ハルタがおどけた顔で、美奈の顔を窺う。

「ごめんなさい。ただ、ショーの前に殺人事件の話ばかりされて、気分が悪くて……」

美奈が俯くと、ハルタが「マジごめん」と言いながら背中を撫でた。

「ていうか河野さん、何でそんなに詳しいんすか。さっきの説、ネットでも見たことないっすよ」

美奈に気を遣ってか、ハルタが小声で訊ねた。河野が鼻を掻きながら答える。

「未解決事件っていうんですかね、そういうのを趣味で追うのが好きなんですよ。あんまり良い趣味じゃないんで、人には滅多に言いませんけど」

「えっ、カッケェ～！　解決した事件とかってあるんすか？」

「いやいや、それはさすがに。調べてる事件はほとんどが時効を迎えてるし、犯人だと思われる人間がすでに死亡しているケースも多くてねぇ。完全に自己満足ですって……ただ」

河野が一呼吸置いた。回転する景色の中でエンジン音だけが響く。

「三十年前にあった児童殺人事件がね、ぼちぼち犯人が分かりそうなんですわ」

車内がざわついた。その中で、陣内だけが腕を組んだまま一点を見つめている。

「ちょっと河野さん、どういうことっすか。詳しく詳しくっ」

ハルタが、美奈に気を遣っていたことなど忘れて、はしゃぎだす。

「おっと勘弁勘弁っ。どのみち、とっくに時効の事件ですからね。もうちょっとでハッキリするんで、それまで待っててくださいな」

河野が両手を合わせて、強引に話を終わらせる。そこで車が屋上に到着した。

「みなさん、着きました」

志村がエンジンを切りながら振り返る。

「おつかれ、志村ちゃんっ」

ハルタは、特に理由もなく志村の頭をはたくと、勢いよくドアを開けた。

「イッツ・ショータイム♫」

口笛を吹きながら、我らがマチダーマンがハイエースから降り立った。

2

イベント会場の町田ターミナルプラザは六階建ての複合施設である。一階はバスターミナル、二階はJR町田駅の改札口に直結していて、周辺にはパイナップルを使ったラーメン屋など、個性的な店舗が連なっている。

そのターミナルプラザ二階の連絡デッキを、ヒーロースーツに身を包んだ男が練り歩く。

市の花として制定されているサルビアのように真っ赤なスーツ、町田の頭文字からとったM字型のバイザーが付いたマスク。熱い日差しと声援をその背に受けるのは、ご当地ヒーロー・マチダーマンだ。

行き交う人々が思わず足を止め、スマホをかざす。マチダーマンはその度に、三本の指を立て、それを逆さにしたようなポーズを取った。町田のMをもじったもので、マチダーマンの決めポーズ、マチダーピースである。

「あの、写真撮ってもいいですか」

後ろから、赤ん坊を抱えた夫婦が声をかけてきた。マチダーマンの隣に付き添う、赤いスタッフジャンパーを着た男が「どうぞどうぞっ」と答える。

「よろしければ、お撮りしましょうか。ご家族みんなで写りましょうっ」

スタッフがそう言うと、夫婦は喜んでスマホを預けてマチダーマンの隣に並んだ。

「はぁい、チーズっと。写真確認してくださいねぇ。十一時からアクションショーも始まるので、ぜひ観に来てくださいねぇ」

スタッフが笑顔で夫婦を見送っていると、マチダーマンのTシャツを着た十歳ほどの少年が近寄ってきた。

マチダーマンが少年に手を振ると、少年は顎に手を当てて「ふむふむ」と呟いた。

「志村さんでしょう」

「えっ」

真っ赤なマスクから、うっかり声が漏れた。

マチダーマンが否定するように慌てて両手を振る。

「いや、ぜったい志村さんでしょ？　特撮ファンのこと、なめちゃダメですよっ」

少年の追及はなおも止まらない。何のことやらと肩をすくめていたマチダーマンは、周囲に人がいなくなった瞬間を見計らって、少年に顔を寄せた。

「楓(かえで)くん、やめてくれ」

堪らず少年に泣きつく。少年もとい楓は「やっぱ志村さんか」と満足そうに頷いた。

「お父さんはどうしたの？」

ヒーロースーツを着たスタッフが言葉を発するのは禁止されているので、志村はボソボソと周りを気にしながら話した。

「パパは買い物中っ」

楓が指さす先に、物販でマチダーマンのグッズを大量に買い込む男がいた。

志村は感謝の気持ちを込めて、物販に向かって手を合わせる。

楓は特撮好きの父親の影響か、マチダーマンのアクションショーに欠かさず通い、どうやって覚えたのか、スタッフの名前すら把握している。しかも、体型の違いや挙動から、スーツの中に誰が入っているのかを瞬時に見破ることができた。

「おお、楓くんじゃんっ」

ここでようやく、口をきけないマチダーマンの代わりを務める鳳が戻ってきた。

「シム、そろそろテントに帰ろっか」

常連客の前なので、鳳は普通に志村の名を呼んだ。これも本来は許されない。マチダーマンのスーツを着た志村が無言で頷く。

志村と鳳は、アクションショーが開催されるまでに見物客を呼び込む、練り歩き（グリーティング）を任されていた。マチダーマンのスーツは、スタッフたちが着用する機会も多い。そういった際に、ハルタと身長の近い志村は、マチダーマン役をよく任されていた。

「志村さん、またね〜っ」

楓が中の人の名前を大声で叫びながら去っていく。たまらず志村がバイザーを手で覆う。

「それにしても、今日は暑いねぇ。夏みたいだよ」

オフィスにいる時とは違い、長い髪を後ろに結んだ鳳が額に浮かぶ汗を拭った。

「スーツの中は地獄でしょ」

志村はうんうんと頷いた。鳳に釣られて汗を拭おうとするが、マスク越しなのでそれも叶わない。

全身タイツにプロテクターを装備した格好となるヒーロースーツの着心地は、夏は暑くて冬は寒いの一語に尽きる。とりわけ、マスクは空気穴はあるといっても、息苦しく、バイザー越しの視界は狭く、慣れていないと真っ直ぐ歩くことも難しい。

よりによって今日は、最高気温二十八度という夏並みの暑さだ。軽やかに写真撮影に応じる裏で、志村の全身は汗でびっしょりと濡れていた。

アクションショーの会場は市民広場と呼ばれる、屋外ステージとなっている。その横に建てられた控室代わりのテントに、鳳の先導でマチダーマンが帰還した。

「ぶはぁっ」

マスクを脱いだ志村が、滝のように流れる汗をタオルで拭う。スーツボックスや音響機材、ステージ上を確認できるモニターなどが置かれたテント内は、着替えの様子を見られないようにしっかり閉じられているので、うだるような暑さだった。

ショー開演の三十分前。キャストたちは屋上駐車場で殺陣の練習をしていて、テントの中には、スタッフが二人しかいなかった。

モニター前でパイプ椅子に腰掛ける監督の神無月。そして、その隣に立つのは脚本家の江川徹である。

外注の脚本家である江川は、本来イベントスタッフではないが、社長が高い原稿料を払っているからという理由で、定期的にショーに顔を出すよう強要している。とはいえ、本人も現場の雰囲気を見るのは大切なことだと言っており、取材半分の気持ちで自主的に手伝いに来ているようだった。

「お疲れ、シムラちゃん。いいところに来てくれた」

今日も目の下にクマを浮かべた神無月が、疲れた顔で志村を見上げる。

「いいところ?」と志村が首を傾げると、神無月は隣にいる江川に親指を立てた。

「トオルちゃんがいつも通り、ショーの台本にキレてるのさ。クレーム対応任せた」

神無月の言葉に、江川が不服そうに咳払いをする。

「私だって重箱の隅をつつく趣味はないよ。ただ、最近の台本はあまりにも酷い」

ギンガムチェックのシャツに、ベージュのカーディガン、白髪混じりのパーマに、綺麗に整えられた口髭。紳士然とした江川が進行台本を手ではたいた。

「まず、怪人が登場する理由がない。『町田市民を絶望させるため』という、何だかよく分からない説明だけで、勝手に暴れて、成敗される。これじゃヒーローが自分を引き立てるために、やられ役を仕込んだようなものじゃないか」

「そんなこと誰も思わないよ」と神無月がため息をつく。

「それにマチダーマンがウロボロス将軍を倒すシーンだって、何の理由もないじゃないか。ただただ、時間がきたらピンチになって、観客の声援を受けて倒すだけ……。見れば見るほど頭が痛くなる台本だ。いいかい、観客は敵を倒すこと自体に興奮するんじゃない。自分より強大な敵に対して、どうやって突破口を開くかということに関心を持ち、知恵と勇気を振り絞り、納得のいく形でそれが成された時に、初めてカタルシスを覚えるんだよ！」

「なるほどですねぇ……おっと」

遠巻きで合いの手を打っていた鳳が、あたかも用事を思い出したかのような演技をして、テントから出て行った。きっと煙草を吸いに行ったのだろう。

志村も親身になって頷きながら、両腕に装着したプロテクターを外し始めた。このまま、江川の話を聞いていたらショーが始まってしまう。

タイツの上に装着する各種アーマーは、緩衝材にも使われる〈発泡ウレタン〉と呼ばれる素材でできている。軽いがその分、防具としての役目は果たさない。タイツへの固定は、ホックやファスナーではなく、アーマーの裏側に付いたマジックテープによって行うので、多少体格がちがう人間でも強引に装着することができる。

志村が脱衣している横では、監督と脚本家の口論が続いている。

「そんなに台本に文句があるなら、河ちゃんに直接言えばいいじゃないの」

神無月がぼやくと、江川が呆れ顔で抗議した。

「ショーの後、毎回、河野君には台本の感想を伝えているよ。ただ、彼は私の意見など聞く耳を持たない。ならば、責任は彼を使い続ける運営側にあると思って、こうやって君に訴えているんじゃないか」

返答に困った神無月が頭を掻いた。江川の言葉は止まらない。

「だいたい、どうしてこんなに怪人をたくさん出すんだ？　それより一体に絞って、その怪人のバックボーンを掘り下げた方が、観客の記憶に残るだろう」

志村がボディアーマーをスーツボックスにしまった時だった。延々と続く江川のダメ出しにうんざりした神無月が、とうとう口を開いた。

「先生、あんまり外野が現場に口出ししないでくださいよ」

「外野だって？　マチダーマンの立ち上げから脚本を書いてきた、私がか？」

江川の語気が荒くなった。神無月が折り畳みテーブルに置かれたエナジードリンクに手を伸ばす。プルタブに指をかけ「プシュッ」と炭酸が抜ける音がテントに響いた。

「トオルちゃん。社長が何でショーの台本を、河ちゃんみたいな素人に書かせてるか分かる？　一番は金だよ。台本一本、数千円で、河ちゃんは喜んで書いてくれるからね」

「酷い搾取だ……第一、金を浮かすのはそこじゃない」

江川が眉をひそめる。神無月はそれを無視して、話を続けた。

「次に内容だよ。トオルちゃん、頑張ってくれるのは嬉しいんだけど、たかだかアクションショーなのに、『舞台なの？』ってスケールの台本書くじゃない。ウチはよほどのことがない限り、当日以外に集まって稽古をすることがないんだ。それやると役者の拘束費が余計にかかっちゃうからね。だから、どんなに河ちゃんの台本がチープでも、怪人がたくさん出る分、見応えはあるし、セリフも少ないから役者の負担が少なくていいんだよ」

「なるほど……怒る気も失せるほどに愚かしいな」

脚本家は軽蔑するように、パイプ椅子に座る監督を見下ろした。

江川はよく言えば情熱的な、悪く言えば頭の堅い脚本家だった。

担当する脚本で納得がいかないことがあると、二十四時間土日関係なく、会社に打ち合わせをしに来るらしく、神無月はそれに振り回されて睡眠時間を削られている。

仕事に対する執念は、三野村に近いものがある。

神無月はエナジードリンクに口をつけると、ポキポキと首の骨を鳴らした。

「勘弁してよ、トオルちゃん。東映様が一話撮る予算で、こっちは1クール撮ってもお釣りが出るような、カツカツの状況でやってるんだ。理想ばっかり押し付けないでくれよ」

神無月の投げやりな態度が気に入らないのか、江川が唇を震わす。

気まずい空気の中、志村は汗で濡れた全身タイツをそろりと脱いで、洗濯袋の中に放り込んだ。マチダーマンのマスクとアーマーは、この後、ハルタが使用するが、タイツは着回さずに替えを用意する。

監督と脚本家が睨み合っていると、テントの中にスタッフが一人入ってきた。一服を終えた鳳が戻ってきたのだろうかと、志村が振り向く。

「あれっ、どうしたんですか」

志村の目の前には、雪永が立っていた。首元が広がった黒Tシャツに、スキニージーンズ、その上にスタッフジャンパーを着た雪永は、工房で見る時とは違い、爽やかな印象だった。

ショーが始まるまでの間、雪永は工藤と共に物販の店員をしているはずだった。何より奇妙なのは、雪永が珍しく顔を緩ませて笑っているのだ。志村は、雪永が皮肉を言う時以外で笑う姿をほとんど見たことがなかった。

ただならぬ雰囲気に気付いて、監督と脚本家も、テントの入口で佇む工房長に注目する。ニコニコというよりは、デレデレとした顔で笑う雪永が、とうとう口を開いた。

「やばい……キリシマ・ジョーが来てる」

「キリシマ・ジョーって、あの俳優の？」

志村がすっとんきょうな声で訊ねると、雪永は顔を赤らめて、首を縦に振った。よく見ると鼻息が荒い。よほど興奮しているようだった。

「どういうことですか？」志村が首を傾げる。

キリシマ・ジョーとは、数多くのヒット映画に主演している人気俳優だった。

国民的な俳優が、こんな場末のアクションショー会場にいるわけがない、とその場の誰もが雪永に疑いの目を向けた。

「いやいやッ、マジだから！　マジやばいって！」

語彙力を失った雪永に、志村は「物販は大丈夫なんですか？」と手短な疑問を訊ねた。

「そっちは平気……ていうか、物販の客も落ち着いてきたから、私は店番を工藤に任せて、近くのカフェでクレープでも食べようとしたんだ。そしたら、会場に明らかに一般人とはオーラが違う人がいて……よく見たらそれが、キリシマ・ジョーだったんだよ！　サングラスとかして変装してたけど、絶対に人違いじゃない。私はファンだから分かるんだ」

興奮する雪永に、神無月が「まてよ」と顎に手を当てた。

「キリシマ・ジョーがブレイクする寸前に、CMの撮影で仕事したことがあってさ」

「えッ……やば！　監督、キリシマ・ジョーと仕事したことあるの？」

話の途中で身を乗り出す雪永を、神無月は手を突き出して制した。

「もう十年以上前かな。その頃、ちょうどウチがマチダーマンを立ち上げようとしていた時期でさ、空き時間にそのことを話題にしたら、彼が『俺の地元じゃん』って笑ってた気がするんだよなぁ」

「ほお、キリシマ・ジョーが町田出身だったとは驚きだ」

江川が興味深そうに口髭を撫でる。志村は小首を傾げた。

「でも、キリシマ・ジョーがアクションショーを観に来てるとは限らないのでは？」

町田ターミナルプラザは様々な店舗が並ぶ複合施設である。周囲にいる人が皆、アクションショーの見物客とは限らない。

「それが、遠巻きで見守る感じだけど、明らかにキリシマ・ジョーはアクションショーの開演を待ってるんだよ。ほら、ここだって！」

雪永はテント内に設置されたモニターを指さした。モニターには、テント内でもステージの様子が分かるように、観客席後方に置かれたカメラの映像が常に流れている。

開演十五分前。まだ空っぽのステージの前に、大勢の観客が集まっている。最前列は子どもたちが地べたにしゃがみ込み、その後ろに並べられたパイプ椅子には家族連れやキャストのファンたちが座っている。雪永が指さしたのは、さらにその後方……パイプ椅子に座らず、立ち見をする人だかりだった。

「ほら、ギリギリ映ってる。キリシマ・ジョーだよっ」

雪永はモニターの端に映る男を指さした。日本人離れしたすらりとした体型に、モニター越しでも漂う服装の高級感。背中を向けているとはいえ、たしかにその男には特別な存在感があった。

「おいおい、あり得ないだろ」

神無月がごくりと喉を鳴らした。

「社長はこのことを知ってるのかい？」

江川が訊ねると、雪永は「実はその……」と口ごもり、気難しい顔をして答えた。

「私がキリシマ・ジョーを発見した直後に、社長が会場入りをしたもんでさ。テンション上がっちゃってたから、ペラペラと話しちゃったんだよね。そしたら、社長も千載一遇のチャンスだって、盛り上がっちゃって……」

雪永が、モニターに映るキリシマ・ジョーの近くで、怪しい挙動をしている二人を指さした。それは、名刺を握りしめて話しかけるタイミングを見計らっている営業の勝田と、その背中を押すように凄んでいる社長の山岡だった。

「げっ、何やってるんですか、あの二人は」

志村が怪訝な表情でモニターを見つめる。

「私みたいな長年のファンでさえ、遠慮して声かけないでいるのに……あいつら、うまいことキリシマ・ジョーと繋がろうとしてんだよ。ほんと、汚ねえよなぁ。社長なんて小心者だから、勝田に話すきっかけまで押し付けてさぁ」

雪永が目に怒りを滲ませてモニターを睨む。その視線は次に、隣にいる志村に移った。

「ていうか、何でお前はいつまでもパンツ一丁なんだよ。殺すぞっ」

「うわぁッ、す、すみません」

志村は、神無月と江川が口論してる辺りから中断していた着替えを慌てて再開した。

開演五分前。一服していた鳳や、屋上駐車場で練習をしていたキャストたちが、ぞろぞろとテントに戻ってきた。広々としたテントが、あっという間にすし詰め状態になる。

キリシマ・ジョーが来ていることを聞かされたキャストたちは、さきほどの志村たち以上に色めき立った。テント内にどす黒い熱気が充満する。

「キリシマ・ジョーがマチダーマンにハマって、いろんな番組で宣伝してくれたら、俺たち売れるんじゃね？」と大はしゃぎのハルタ。一方、楽観的になれない者たちもいる。

「でも、逆に絶対にしくじれないなぁ」と中嶋はプレッシャーを感じているようで、美奈も同じ気持ちなのか、雑念を振り払うように台本を見つめている。

「しかし、何の目的で来たんでしょうねぇ。隠れ特撮マニアってわけでもないでしょうに」

河野はキリシマ来訪の理由を気にしており、陣内はモニターに映るキリシマ・ジョーを無言で見つめるばかりであった。

ショーの開幕が迫った時、テントに社長の山岡が飛び込んで来た。その場にいる全員が、反射的に「お疲れ様です」と一礼する。

山岡の後ろには社長の言葉を待つように勝田が控えている。

他の全員が固唾（かたず）を呑んで見守る中、山岡の顔が突然、鬼の形相に変わった。

「お前ら、もう聞いてるな。マチダーマンが始まって以来、最大のチャンスが訪れた。このショーの結果次第で、マチダーマンの未来が変わると言ってもいい！」

山岡は一呼吸置いて、テント内のキャストとスタッフをぐるりと見回した。

「いいか、失敗は許されない。死にたくなければ……このショー、絶対成功させろ！」

そう言うと、山岡はテントから出て行った。社長直々の激励に、その場にいる全員が顔を見合わせる。誰もが、ある言葉を言い出せなかった。

「一分前だ。それじゃ、みんな頑張ろう」

江川がスタッフジャンパーを羽織ってテントから出て行った。脚本家でもあり、カメラの技術もプロ級の彼の役目は、アクションショーの様子を撮影することである。

「シム、のちほどっ」

鳳も江川に続いて出て行った。鳳はアクションショー中の会場整理を任されている。

走り去る鳳の背中を見送りながら、志村は誰もが言えなかったことを心の中で叫んだ。

——失敗は許されない？……マチダーマンのショーが、一つのミスもなく終わったことなんて、今まで一度だってなかったじゃないか！

当たり前である。午前十一時にやるショーの稽古を、早朝に集まってやっているのだから。圧倒的な準備不足を、ご当地ヒーローという言葉に甘えて誤魔化し続けてきただけなのだ。誰もそれを口にできなかった。志村は社長の言葉を反芻した。

——死にたくなければ……このショー、絶対成功させろ！

それは裏を返せば、ショーの失敗は死を意味するということだった。

3

午前十一時。屋外ステージにて、マチダーマンショーが始まった。

テント内にいるのは、志村、雪永、神無月、勝田のスタッフ四名。ハルタ、美奈、陣内、河野、中嶋のキャスト五名。合わせて九名の人間が、機材とスーツボックスに囲まれたテント内でひしめき合っている。

音響担当の神無月がマチダーマンの主題歌を流した。スマホをいじっていたり、おしゃべりをしていた観客たちが、一斉にステージに注目する。

テントの出入り口の側では、女子高生の制服姿の美奈が、出番を前に深呼吸していた。

「美奈ちゃん、準備はいい？」

雪永が美奈にピンマイクを取り付ける。美奈はマイク部分を指先で軽く叩き、マイクが正常に作動しているかチェックすると、微笑みながら頷いた。

「はい。では、いってきます」

出入り口となるカーテンをめくり、美奈が勢いよくテントを飛び出した。

「町田で休日をお過ごしのみなさま、こんにちはーーっ！」

ステージ中央で美奈が手を振ると、客席が沸いた。最前列でしゃがみ込んでいた子どもたちは立ち上がり、美奈のファンが熱い拍手を送る。

キャラクターショーでは、いわゆる〈司会のお姉さん〉が前説や進行をすることが多いが、MHFでは経費削減のため、その役目をヒロインの美奈に任せていた。

「マチダーマンがピンチになっても応援できるように、今のうちに練習しておこっか！　せ〜〜〜の……マチダ〜〜マ〜〜〜〜ンっ！」

美奈が観客にお決まりのコール&レスポンスをしてる間、志村はテント内のモニターから、ステージの様子を確認した。会場に設置された四十脚ほどの座席は満席で、立ち見に釣られた通行人が続々と見物に加わっていた。

その中で赤いスタッフジャンパーを着ている者たちがいる。ステージ脇でマチダーマングッズを販売しているのは物販担当の工藤。会場を動き回り一眼レフカメラを構える江川。客席後方で、通行人を呼び込みながら会場整理をする鳳の三人だ。ここまでは、見慣れた光景である。いつもと違うのは、人気俳優のキリシマ・ジョーが大勢の観客に紛れて、このショーを見守っていることと、その後ろで社長の山岡が腕を組んで様子を窺っていることであった。

山岡は少しでも対等に振る舞うために、まずは完璧なショーを見せて、キリシマを感動させてから近づこうと企んでいるようだった。

「どれどれ、今日のステージはどんな感じっすか」

白のVネックに赤いシャツを羽織ったハルタがモニターを覗き込んだ。先に出ている美奈と同じく、まだ変身前の私服衣装のままである。

「へえ、けっこう客入ってるっすね。キリシマ・ジョーもちゃんといるじゃないっすか！」

ハルタがガッツポーズをする。そこに陣内と中嶋も近寄った。

「ひぇ～、こんな状況でミスしたら、社長に殺されますよ」

黒の全身タイツに身を包み、鳥の頭蓋骨のようなマスクを被った中嶋が頭を掻いた。中嶋の最初の役は『カラスカル』という名の所謂、ザコ戦闘員である。

「いつも通りやればいいさ」

黒い西洋甲冑に二本角の兜、悪役お馴染みの白塗りメイクがされた陣内は、落ち着いた口調で怯える戦闘員を諭した。その貫禄は、まさしくマチダーマンの宿敵『ウロボロス将軍』そのものだった。

ヒーローと戦闘員と悪の親玉が、肩を並べてモニターからステージの様子を窺う。それは、志村がアクションショーの裏側で最も好きな光景だった。

志村はモニターを見つめる陣内に目を向けた。キャストもスタッフも、キリシマ・ジョーという存在に激しく動揺している中、陣内だけが冷静さを保っている。それどころか、まるで歳の離れた弟を見るかのような優しい目で、モニターに映る人気俳優を眺めていた。

「ちょっと、失礼。ご相談が……」

カラスカルの衣装にマスクだけ外した状態の河野が、音響担当の神無月に声をかけた。

「どうした、河ちゃん」

河野が薄気味悪い笑みを浮かべながら、神無月に耳打ちをして何かを伝えた。

「はあ？　無理に決まってんだろ、ショー始まってんだぞっ」

神無月が険しい顔で河野を睨む。テントにいる全員が、何事かと二人に注目した。

「いいじゃないっすか。スタッフさん的には着替えが減るんで、むしろ助かるでしょ」

「そんなわけないだろ……今さら、流れを変えて混乱する方が嫌だよ！」

「安心してくださいって。俺、アドリブ得意なんでっ」

突然、口論を始めた河野と神無月。そこに怪訝な顔をした勝田が口を挟む。

「うるせえぞ、お前ら。ていうか、オープニングアクトをとっとと始めろよ！」

河野は笑って頷くと、カラスカルのマスクを被った。

「ということで、お願いしますね監督っ」

戦闘員となった河野が親指を立ててテントから出て行った。全く同じ衣装の中嶋が慌てて、その後に続く。「どうなっても、知らねえぞ」と神無月が舌打ちした。

ステージで前説をしていた美奈の前に、二体の戦闘員が現れた。突然の敵の登場に子どもたちが悲鳴を上げる。河野と中嶋は美奈を挟むと、くねくねとした動きで相手を威嚇した。

テントの中では、勝田がマイクを握って「カァーッ！　カァーッ！」と叫んでいる。戦闘員のマスクは顔を完全に覆っているため、ピンマイクを仕込むことができない。そのため、勝田がモニターの動きを見ながら掛け声を当てる必要があるのだ。

迫真の演技に、志村が笑いを堪える。ステージでは、美奈が戦闘員二人を相手に殺陣を演じていた。

「さあて、そろそろ俺の出番っすね」

ストレッチをしながら体を温めていたハルタが、ピンマイクのスイッチを入れた。

「イッツ・ショータイム！　そこまでだ、悪党ども！」

ハルタがテントを飛び出し、二体一で苦戦していた美奈の元に駆けていく。女性ファンたちが黄色い声援を送った。

ハルタが打点の高いハイキックや、鮮やかな回し蹴りを戦闘員に叩き込む。それに合わせて、神無月がサンプラーを操作し「バキッ」「ドカッ」といった効果音を流し、その隣で勝田が苦悶の表情を浮かべながら「ギイェエァ〜ッ！」と絶叫する。

このようにアクションショーでは、ステージの動きに合わせた効果音と掛け声によって、迫力のある殺陣を演出している。マチダーマン旗揚げ時代からの古参である勝田と神無月は、阿吽の呼吸で、本来なら殺伐とした殺陣を華やかにしていった。キリシマ・ジョーに見られているせいか、ハルタのアクションはいつも以上に熱がこもっており、観客もそれに呼応するように盛り上がっていく。その熱に誘われ、会場の前を行き交う人々も思わず足を止めているのか、会場整理を任されている鳳が、通行人を次から次へと最後列に案内している。

オープニングアクトと呼ばれる、ショーの摑みが終わる寸前だった。ハルタがとどめの一撃を見舞うために、河野に向かって飛び蹴りを放った。それを受けた河野が、あまりの衝撃で客席めがけて吹っ飛んでしまった。

「危ない！」と志村が叫んだ。

最前列に座席はなく、小学生以下の子どもたちがしゃがみ込んで、ショーを見学している。子どもが吹っ飛んだ戦闘員の下敷きになったら、もうショーどころではない。

その時、偶然にも後からやってきた子どもを最前列に案内していた鳳が、河野に向かって飛びかかった。

河野を受け止めた鳳は、派手な音を立てて客席の脇に倒れた。最前列に突っ込むことは阻止できたが、明らかなアクシデントに会場は静まり返った。

ステージ上のハルタと美奈も、中嶋も、思わず動きを止めて棒立ちになる。数秒の沈黙の後、河野がよろよろと起き上がった。すぐさま江川が駆けつけ、鳳に肩を貸して会場からフェードアウトする。

「勝田さん！」

志村が勝田の肩を叩いた。最悪の事態は防げたのだ、ならば一刻も早くショーを再開しなければならない。勝田が慌てて「ギィエ〜〜ッ！」と断末魔を叫んだ。それに合わせて、河野と中嶋がテントに撤退する。

こうして、オープニングアクトが終了した。ステージではしばらく、ハルタと美奈の寸劇がある。その間に、河野と中嶋は怪人のスーツに着替えなくてはならない。

「あのガキ、思い切り蹴りやがって……殺すぞ！」

テントに帰ってくるなり、河野が戦闘員のマスクを床に叩きつけた。

「怪我はありませんでしたか？」

志村が心配そうに声をかける。河野は右手首を軽く振ると、顔を歪めた。

「倒れた時に右手を痛めた。クソが……」

「大丈夫なんですか？」

「これぐらいは、なんとかなる。それより早くスーツを！」

河野が苛立たしそうに指示する。

横では、雪永がすでに中嶋に怪人スーツを着せている。志村もスーツボックスの蓋を開けて、中からアーマーを取り出した。

志村と雪永の役目は、キャストの着替え補助である。スーツは一人で着るには時間がかかるため、ショーでは着替えを手伝う人物が必要となる。

「待った、それじゃない」

戦闘員のスーツを脱ぎ捨てた河野が手を突き出した。台本では、この後のメインアクトと呼ばれるパートで、河野は『カマキリーパー』というカマキリと死神を合わせたような怪人で登場するので、志村が用意したボックスに間違いはない。

「いや、河野さんは次、この怪人で……」

慌てて台本を確認する志村に、河野は「だから、変えたんだよ」と答えた。

「メインアクトは、ハイエナイトで出る」

河野がカマキリ怪人のスーツボックスを足で払った。

「えっ……ちょっと、どういうことですか」

状況が理解できず、志村は困惑した。マチダーマンのショーは、戦闘員と戦うオープニングアクト、怪人と戦うメインアクト、そして幹部怪人のハイエナイトと悪の親玉・ウロボロス将軍と戦うファイナルアクトの三部構成となっている。ここで河野が怪人ではなくハイエナイトに着替えると、後々のショーの展開に狂いが生じてしまう。

「だから、ハイエナイトで最後まで出続けるんだって。俺にとっちゃ、この役が本命なんだ。たまには目立たせてくれよ。そっちだって、着替えが一回減って楽になるじゃない？」

河野はそう言いながら、ハイエナイトのスーツボックスを勝手に開いた。志村は、先ほどの河野と神無月の口論を思い出した。

「神無月さん、いいんですか？　ショーの内容変わりますよね、台本どうなるんですか？」

志村が訊ねると、自分の仕事に集中している神無月が面倒くさそうに答えた。

「俺だって、知らないよ。ただ、話の辻褄は、アドリブでなんとかするって言ってきかねえんだ。もう、やらせてやれよ。何かあったら責任とってもらえばいい」

「でも、今さら……」と志村がなおも抗議すると、河野がハイエナイトのボディアーマーを押し付けてきた。

「バカの一つ覚えで無名の怪人が出続けるより、幹部が出てくれた方が観客も喜ぶでしょ？　ほら、時間ないぞ！　とっとと着替えるの手伝えって」

その台本を書いたのはお前だろ、と思いながら志村は渋々、河野の着替えを手伝うことにした。隣では、雪永がF－1のピットインのようにテキパキとした動きで、中嶋に怪人のパーツを装着させている。あっという間に中嶋は、迷彩柄のタコの怪人

『タコマンド1』へと変身を遂げた。

「ファスナー頼んだっ」

灰色の全身タイツに着替えた河野が背中を志村に向けた。腰から上がぱっくりと開かれたファスナーを、志村が上に閉じていく。河野の背中は汗でびしょ濡れになっていた。インナーとして着ている長袖のTシャツを絞れば、ぼたぼたと汗が溢れ落ちそうなほどに。

――みんな、キリシマ・ジョーのせいで舞い上がっているんだ。

志村にとって、キリシマ・ジョーは有名人に過ぎないが、同業者である役者陣の心境はそれだけでは済まない。冷静さを失った役者たちを見て、志村は胸騒ぎを覚えた。事故とは、こういった状況の中で起きるのではないか……。

遅れを取り戻すように、志村が素早く河野の体にボディアーマーを装着させた。同時に河野が自身の両手両足にプロテクターを装着する。次に志村がピンマイクを取り付ける。ハイエナイトのマスクは口元を晒（さら）しているタイプなので、ステージ上でも言葉を発することができる。

最後に、西洋騎士の兜に獣の鬣（たてがみ）が付いたマスクを装着して、闇の獣騎士・ハイエナイトが完成した。

「すいませんねぇ、準備できましたっと」

河野が得物である巨大な曲刀を摑むと、刀身をくるりと回転させた。

ウロボロス将軍の懐刀（ふところがたな）・ハイエナイトは、悪人でありながら武人肌の主と違って、姑息（こそく）で冷酷な性格をしている。出世欲が強く、隙あらば主の寝首さえ掻こうとしているその姿は、少しずつＭＨＦで幅を利かせていく河野の本性のようだった。

河野と中嶋が、陣内に向かって手をかざした。

「じゃあ、もうひと暴れしてきますわ。将軍っ」

陣内が頷くと、二体の怪人はテントを飛び出した。メインアクトの開幕である。

フリートークをしていたハルタと美奈を、河野と中嶋が急襲する。ステージ中央で中嶋が前屈みになり、その背中を踏み台にするように河野が側宙で飛び越える。そして、そのまま空中で蹴りを放った。

「奇襲、不意打ち、お安い御用！　ウロボロス軍の何でも屋・ハイエナイト様だぁーッ！」

着地と同時に河野が名乗りを上げた。

よくある構図だが、ヒーローは生身のままでは戦闘員に勝てても、怪人には敵（かな）わない。さきほどの恨みを晴らすかのように、河野がステージで暴れ回る。

「こ……このやろう！」

ハルタが拳を振り上げて、背中を向けた河野に突進する。間合いに入った瞬間、河野が大きく腰を反ったまま跳躍した。

両手を使わずに後方に宙返りするバック転の発展系――バックレイアウト。さらに、そのバックレイアウト中に、真っ直ぐに伸ばした足を相手に向かって振り下ろす。着地と同時に会場から歓声が巻き起こった。

「うそッ……フラッシュキック⁉」

テント内で思わず志村が声を上げた。難度が高いため、今日のような小さなイベントでは決して見せない、河野の大技だった。隣に立つ陣内が眉をひそめた。

「稽古では今のところは、ただの回し蹴りだった。

陣内の言葉で、志村は途端に不安になった。すでに台本は崩壊している。このまま、皆が好き勝手に立ち回って、何事もないまま終われるとは思えなかった。

「きゃあ！　ここは、マチダーパワーが溜まるまで逃げましょうっ」

美奈に腕を引っ張られる形で、ハルタがテントに撤退する。

「ちぇっ。河野さん、はりきりやがって」

戻ってきたハルタと美奈はピンマイクを取り外すと、すぐさま着ている衣装を脱ぎ捨てた。いよいよ、二人が変身する。

志村はマチダーマンの、雪永はマチダーレディのスーツボックスを用意した。ヒーローが不在となったステージでは、怪人たちが最前列の子どもを恐がらせている。

「足！　ベルト！　アーマー！　肩！　腕！　マスク！　……はい、オッケー！」

雪永がほとんど棒立ちの美奈に次々とパーツを装着していく。スーツの扱いに慣れている工房長は、志村とは比べ物にならないスピードで美奈の変身を完了させた。

マチダーマンとは対照的な青のボディに、オレンジ色のバイザー。市の鳥として制定されているカワセミをモチーフにした戦うヒロイン『マチダーレディ』が、雪永にぺこりと頭を下げた。

「いつも、全部やってもらってスミマセン」

「ううん、こっちの方が早いから」と雪永が美奈に優しく手を振る。そして、横でもたもたとしている志村とハルタに目を向けると「何やってんだ、お前ら」とため息をついた。

志村は、全身タイツに着替えたハルタの背中のファスナーを閉められずに焦っていた。ファスナーが生地を噛んでしまったようで、上にも下にも動かなくなってしまったのだ。

「ちょっと、志村さぁん。何やってんすか、早くしてくださいよ」

「そんなこと言われても、びくともしなくて……」

焦れば焦るほどファスナーがタイツに食い込んでいく。

ほとんどのアクションショーでは、変身前のキャストと、変身後のヒーローは別々の人間が演じている。ヒーロースーツを着たアクターが別にいたら、変身の際にキャストとヒーローが瞬時に入れ替わることができるからだ。しかし、MHFでは経費削減のため、キャストが実際にヒーローに変身する。これは「ある意味、リアルだ」と、一部の特撮ファンの間では支持されていた。

「じゃあ、私、出ますね」

美奈がそう言うと、神無月が頷き、サンプラーから音声を再生する。

『そこまでよ！　マチダーレディ変身っ！』

それと同時に美奈がステージに飛び出した。

変身状態ではフルフェイスマスクを被るため、ピンマイクは使用できない。そのため、美奈やハルタは、あらかじめ台本の台詞（せりふ）をサンプラーに録音しており、神無月が効果音同様、動きに合わせて再生することになる。

マチダーレディが怪人を相手に殺陣を演じる。幼い頃からバレエを習っていた美奈の立ち回りは、動きづらいヒーロースーツを着ているとは思えないほど華麗だった。

テントでは、着替え補助の役目を終えた雪永がマチダーレディの掛け声を担当していた。これも事前に本人の音声をサンプラーに録音しておくこともできるが、膨大な掛け声をいちいち揃えるよりも、誰かが動きに合わせて声を当てる方が楽だからだ。

それに、長台詞ならともかく、短い掛け声ならば、別人が演じても違和感を覚える者は少ない、はずなのだが……。

「はぎぃッ！」「ぐぼべェッ！」と妙に熱のこもったタコ怪人の呻き声を発している勝田の隣で、「やあ〜っ、とお〜っ」と雪永が棒読みで声当てをしている。

相変わらず下手過ぎると、志村は顔を手で覆った。

美奈の代わりを務める人物が他にいないとはいえ、雪永の声当ては、話題性で洋画の吹き替えに抜擢されたものの、演技力が酷過ぎて炎上するタレントのようだった。

オープニングアクトのアクシデントで一度は壊れた空気が、河野と美奈のアクションによって徐々に熱を取り戻していった。

美奈が華麗に立ち回るが、二体一では分が悪い。次第にマチダーレディは劣勢となり、ステージ上に倒れ込んでしまう。

ハイエナイトが最前列の子どもを一人捕まえて、ステージ上に連れてくる。まだ五歳にも満たなそうな男の子は恐怖で今にも泣き出しそうだ。

「出てこい、マチダーマン！　この子がどうなってもいいのか」

河野が子どもを抱えたまま笑い出すと、とうとう子どもは泣き出してしまった。

美奈が倒れたままの状態で客席に向かって手をかざした。

『うう……マチダーパワーさえ溜まれば、マチダーマンの変身が可能になって、こんな怪人たち、やっつけてくれるのに……会場のみんな！　みんなの応援をマチダーパワーに変えて！』

美奈の願いに応えるように客席から「マチダーマーン！」と声援が返ってくる。

しばらくは音声の台詞になるので、雪永はマイクを置いて、モニターから目を離した。

「ん、どうしたんだよ。準備できてるんだろ？」

雪永は怪訝な表情で、ハルタと志村を眺めた。さすがにファスナー問題は解決しており、ハルタはマチダーマンのスーツに着替え終えていた。

「いや……それが」と志村はテント内を見回しながら答えた。

「マチダーマンの右腕のプロテクターが見当たらないんです」

「はあ？」

雪永がマチダーマンに目を向ける。右腕にあるはずのプロテクターが装着されておらず、赤いタイツが露わになっていた。

「なんで、ねえんだよ」

「分かりません、今探してるんですが……どこかに紛れちゃったのかもしれません」

「いや、何やってんだよッ！　もうすぐ出番だろッ！」

ステージではすでに二度目の〈マチダーコール〉が行われている。本来なら、次のコールで飛び出すことになっていた。

騒ぎに気づいて、神無月が振り向いた。

「え？　なに、トラブル？」

「マチダーマンのプロテクターがないんだってさ！　監督、時間稼げる？」

「えっ？　無理無理無理無理……もうコール入っちゃってるから！」

ステージ上では、美奈が客席に向けて力いっぱい手を伸ばしていた。無視するわけにもいかず、その動きに合わせて、神無月が音声を流す。

『もっと、もっと！　もっと大きな声でマチダーマンの名前を呼んで』

客席から三度目のマチダーコールが返ってくる。しかし、ヒーローはいつまで経っても現れない。気まずい空気が会場に流れた。

「ハルタさん、すみませんが、もう出てください！」

志村がテントの出入り口を指さす。しかし、マチダーマンはその場から一歩も動かない。

「ハルタさん、聞こえますか？　もう出てくださいっ」

志村がマスクを覗きこむと、青いバイザーの向こうで、ハルタと目が合った。

「いやだ、このままじゃ出れないっす」

マスクから漏れた言葉に、志村は耳を疑った。登場のタイミングはとっくに過ぎている。

「志村さん、早くプロテクターを探してください……こんなみっともない姿で、キリシマ・ジョーの前に出れないっす。俺、スーツが揃うまで絶対に出ないっすから」

ハルタが志村に向かって両手を突き出した。勝田が二人に向かって吠える。

「何やってんだバカヤロウ！　とっととステージに出ろや」

ヒーローが現れないためステージでは、河野に捕まったままの子どもが鼻水を流しながら泣き叫んでいる。こうなると、さすがの悪役も困り出す。

「お、おーい……マチダーマンどしたぁ？　こ、子どもが、泣いてるぞぉ？」

アドリブが得意とは何だったのか。河野は分かりやすく狼狽（うろた）えると、助けを求めるように、きょろきょろとテントの方を見た。最悪なことに今ステージでは、ピンマイクをしているのは河野だけなので、それ以外の者は喋ることができない。会場では、再びのアクシデントに失笑が漏れた。

ハルタの説得を勝田に任せて、志村はテント内のどこかにあるプロテクターを探すことにした。しかし、ショー後半に差し掛かったテント内では、これまでに使用した衣装が脱ぎ捨てられている。それらをクレーンのように両手で摑み、一箇所にまとめてみたが、やはりプロテクターは出てこなかった。次にテント内のスーツボックスを一つ一つひっくり返して、中身を確認するが、やはり見つからない。

――スーツが多すぎる！

志村は、ショーの打ち合わせで雪永が指摘した問題を痛感した。

「諦めろハルタ！　とりあえず、ここは出ろ」勝田が吠えた。

「絶対嫌っす……悪くなった空気はアクションで取り返します。だから、きちんとした状態でいかせてください！　キリシマ・ジョーが見てるんすよっ」

事態を静観していた陣内が動き出した。ハルタの背後から肩を摑む。

「ハルタ君、出るんだ。泣いている子どもがいたら、助けに行くのがヒーローだろ？」

陣内がモニターを指さす。ステージでは静まり返った会場で、子どもの泣き声だけが響いていた。一瞬の迷いの後、ハルタが陣内の手を払い除けた。

「俺も端役だったら、出て行くっすよ。でも……あんたと違って、俺は主役なんだよ」

ハルタの言葉に、陣内は逆上するどころか、ふっと小さく笑った。

「……プロテクターの一つや二つで、役者は成功もしないし、落ちぶれもしないよ。どちらも味わった俺が言うんだ、間違いない」

悪の親玉が真っ直ぐな目で、ヒーローを見つめる。陣内は「それに」と言うと、モニターに目を移した。

「キリシマ・ジョーはおそらく、マチダーマンのショーを観に来たんじゃない。だから、いつも以上に張り切る必要なんてないんだ」

「えぇっ!?」ハルタを含め、その場にいる全員が驚愕（きょうがく）した。

「なんで、そんなこと陣内さんに分かるんすかっ」当然の疑問をハルタが投げかける。

「キリシマ君とは、彼が子どもの時から交流があるが、少なくとも彼が『マチダーマン』のファンなんて話は聞いたことがない。何か別の理由があるのだろう」

陣内は自慢をしたいわけではないらしく、最小限の事実だけ答えた。ハルタは肩を落としてがっくりとしたが、すぐに重大な事実に気づいて、飛び跳ねた。

「わかりました、今すぐ出ます！　その代わり……今度、キリシマさんと飲みに連れてってくださいよ。陣内さんと、キリシマさんはマブダチなんですもんねっ」

陣内の返答を待つことなく、ハルタがテントの出入り口に向かった。

何はともあれ、ようやく中断していたショーが再開される。神無月がすぐさまハルタの音声を再生した。

『俺が街を守るんだぁ～っ！　町田のヒーロー、マチダーマン……変身ッ‼』

地獄のような空気になっていた会場に、シャキーンという効果音が鳴り響く――その時、テントの中でプロテクターを探していた志村が「あった！」と叫んだ。

その場にいる全員が志村に目を向ける。志村は、ステージに飛び出そうとしていたマチダーマンに向かって、発見したプロテクターを投げた。

「ハルタさん、着けて！」

「うおっ……志村さん、ナイス！」

ハルタがプロテクターをキャッチして、すぐさま右腕に装着する。完全体となったマチダーマンが勢いよくテントを飛び出した。

最後のマチダーコールから、どれくらい時間が流れたのだろうか。ステージでは捕まった子どもが、もはや泣く気力もないのか、死んだような目で河野の腕にぶら下がっていた。

『怪人ども……子どもを離せ！　マチダーパーンチッ！』

マチダーマンの登場を誰よりも喜んだのは、河野だったのかもしれない。ハルタが跳躍しながらパンチを放つと、拘束していた子どもを解放して、嬉しそうに後方に吹っ飛んだ。

マチダーレディによって、子どもが客席に戻される。ようやく、ショーが動き出した。ヒーローと悪役、二対二の攻防が繰り広げられる。

『とどめだ、ローリング・マチダーソバット！』

ハルタがタコ怪人に向かって、回転しながらソバットを放った。タコ怪人は断末魔の悲鳴を上げて、テントに逃げていく。これにて中嶋の出番は終了した。

テントに帰還した中嶋が、タコ怪人のマスクを脱ぎ捨てる。ペットボトルに入った水をがぶ飲みすると、出番が近づいた陣内に向かって頭を下げた。

「陣内さん、スミマセン！　会場をひどい空気にしてしまいました……」

「気にするな、お前のせいじゃない。マチダーマンのプロテクターが紛失したんだ」

「えっ？　だから、あんなに登場が遅れたんですね。ああっ、本当にキツかった……」

悪夢を思い出した中嶋が、タオルで汗を拭った。

「ご苦労だったな。ここから取り返せるか分からんが、俺もベストは尽くすさ」

テントに立てかけられた身の丈ほどはある大剣を、陣内は右手で掴んだ。黒い甲冑に身を包み、赤いマントをはためかせながら、ウロボロス将軍が出陣する。いよいよ、ファイナルアクトが始まろうとしていた。

「肉を切り裂き、骨を断つ！　夢を砕いて、希望を潰す！　我が名は……破壊のカリスマ・ウロボロ～～ス将軍ッ！」

神無月が悪のテーマ曲を流す。おどろおどろしい曲に合わせて、陣内がステージに向かって歩き出す。がっしりと鍛え上げられた肉体に一八〇センチの身長。威風堂々とした陣内の佇まいに誰もが息を吞んだ。

「おい、マチダーマン……」

すぐさま、四人による殺陣が始まるかと思いきや、ウロボロス将軍がマチダーマンを指さした。陣内の被る兜は、顔の全面を露出しているため、河野と同様にピンマイクを着けて直接話すことができる。台本にはない流れに、ハルタが戸惑う。

「ヒーローは遅れて登場するのがお約束だが……今日のお前はちと遅れすぎだぞっ」

陣内のアドリブで会場に笑いが巻き起こった。

「泣かせてしまったチビッコには、あとで菓子折りを持っていくように」

陣内が客席の子どもに向かって深々と頭を下げた。悪の親玉が姿勢を正して謝罪する姿が滑稽で、またしても会場で笑いが起こる。ハルタがアクションで取り返すと言った重い空気を、陣内はいとも容易く笑いで変えた。

「うまいなぁ」と志村が唸る。空気が変わったのは会場だけではなかった。ピリピリとしていたテント内のスタッフたちも、陣内の機転に思わず笑ってしまった。

こうして、ショーの最後を飾る四人の殺陣が始まった。会場の熱気が蘇る。

テント内では勝田と雪永が、ハルタと美奈の声当てをして、それに神無月が効果音を付けている。その中で、手が空いた志村と中嶋は、モニターを見ながら片付けを始めていた。

「そういえば、中嶋さん。社長はどんな感じでした？」

あちこちに散らかった衣装をスーツボックスに戻しながら、志村が訊ねる。

「社長？」怪人のマスクを脱いだままの中嶋が首を傾げた。

「いや、ほら……今日はなんだかんだで、ミス多かったじゃないですか。社長がぶちギレてないか心配で。モニターからだと、社長の後ろ姿しか見れないんですよ」

今回のショーは、キリシマ・ジョーが原因でミスした部分も多かったが、反面、気合いの入ったアクションや、陣内のフォローでいつも以上に盛り上がった部分もあった。山岡が加点方式で見るか、減点方式で見るかで、スタッフに対する制裁は大きく変わりそうだった。

「ああ……実は自分もハッキリと見れてないんですよね。アクション中はそんな余裕がないのもありますけど、社長もキリシマ・ジョーも、どんな顔でこっちを見てたか、恐くて確認できませんでした」

中嶋はそう言いながら、顎に手を当てると「いや……」と何かを思い出した。

「キリシマ・ジョーのことは、さすがに気になって、ちょっとだけ見ました。つまんなそうな顔で見てたらどうしようって心配でしたから。そしたら、意外と熱心な表情でショーを見ててホッとしましたね」

「あっ、そうなんですか」と志村が驚く。陣内の話では、マチダーマンのファンではないとのことだったが、どちらの話が間違っているのだろうか。

「せぇいやぁッ！　とぅるぁッ！　ほッ……すおりゃッ！」

一体どこから、そんな声が出るのか。怪人に引き続き、ハルタの若々しく透き通った声も違和感なく再現する勝田。一方、雪永は「えい、やあ～」と間の抜けた声を当てている。

決着が近づいていた。ハルタと美奈、陣内と河野が向かい合う。

『……これで最後だ！　ダブル・マチダーキ〜ックッ！』

ハルタと美奈が同時に跳躍する。そして、空中で悪役に向かって渾身(こんしん)の蹴りを放つ。

マチダーマンショーの殺陣は寸止めが基本で、実際に相手に打撃を当てることはない。美奈の蹴りは、標的の前で空を切り、河野がそれに合わせて倒れこむ。息の合った役者の演技に歓声が上がる。二人の決着は美しく決まった。

一方、ハルタは過激なアクションを売りとする団体や役者の影響を受けて、打撃を直接当てることに躊躇(ちゅうちょ)がなかった。

ハルタの全力の蹴りを陣内が左腕で防いだ――瞬間、陣内が苦悶の表情を浮かべた。マチダーマンの必殺技は、相手のガードを突き破り、勢いを落とすことなくウロボロス将軍の胸を踏み抜いた。ハルタの着地と同時に、陣内が最前列に向かって吹っ飛ぶ。

オープニングアクトの悲劇が蘇る。陣内は最前列の目前で片足だけ着くと、子どもたちに危害が向かないよう精一杯、体を捻った。なんとか、倒れる方向を変えた陣内が、ステージ袖にあるテントに突っ込んだ。

テントは元々吹き抜けになっており、会場に合わせて四方にカーテンを貼り付けるタイプのものだった。受け身も取れないまま、テントの側面に倒れ込んだ陣内は、そのままマジックテープで固定されたカーテンを根こそぎ引き剝がした。ベリベリベリという音とともに、密閉されていたテントが露わになる。洞窟に穴が空いたように、テント内に光が差し込んだ。

志村は目の前の光景に唖然とした。長机にもたれるように、なんとか立ち上がる陣内。その側で、マイクを持ったまま硬直する勝田と雪永。マスクを脱ぎ、首から下はタコ怪人のままの中嶋。志村はモニターに映る自分を見て、開けたままだった口を静かに閉じた。

テントの中のスタッフと観客がしばらくの間、見つめ合った。

神無月は、敵に戦艦を明け渡すか、自ら船を沈没させるかの決断を迫られた艦長のような表情で、五秒ほど沈黙した。そして、今からテントのカーテンを貼り直すより、このショーを終わらせた方が早いと判断して、観客が見守る中、サンプラーのボタンを押した。

『見たか、これが町田市民の力だ。みんなの町田を愛する想いをパワーに変えて、町田の平和はマチダーマンが守る！』

ステージで呆然としていたキャストたちだったが、神無月が流した音声に合わせて、ハルタが慌てて決めポーズをとった。これにて、ショーの終了だ。

ハルタ、美奈、河野の三人はまばらな拍手に見送られながら、テントへ帰ろうとした。しかし、テントは今もカーテンが剝がれたままで、完全にその機能を失っている。行き場を失った三人は、お互いのマスクがくっつくようにコソコソと話し合う。ほとぼりが冷めたら戻ってくるつもりなのか、ハルタがどこに繫がっているかも分からない、従業員用の通路を指さすと、三人は逃げるようにそこに向かって走り出した。

志村はざわめく会場を見渡した。そのおかげで、気になっていた二つのことを知ることができた。

一つは、陣内の言う通り、キリシマ・ジョーはマチダーマンのファンではなさそうだった。今回の混乱を引き起こした張本人は、いつの間にか会場から、その姿を消していたのだ。

もう一つは、山岡の今回のショーに対する反応である。モニターからでは、後ろ姿しか見られなかった社長の顔は、志村が今まで見てきたどんな怪人よりも恐ろしいものだった。

季節外れの暑い日差しの中で、志村は生まれて初めて死を覚悟した。

4

その日の夜。MHF御用達の居酒屋で座敷を貸し切り、ショーの打ち上げが行われた。イベントの後には必ず打ち上げがあり、キャストとスタッフを交えて終電まで宴が続く。

しかし、今日の宴は悪ノリが飛び交うバカ騒ぎではなく、暴言と暴力が飛び交う血の宴になりそうであった。

任侠(にんきょう)映画の組長のように、和風テーブルの奥に山岡が座り、キャストとスタッフが両側に分かれて座っている。スタッフは全員正座をしていた。

皆が沈痛な面持ちを浮かべる中、運よくこの打ち上げへの参加を免れた者もいる。

一人は、オープニングアクトで最前列に吹っ飛んだ河野から、身を挺して子どもを守った鳳である。モニターから見ていた志村は気づかなかったが、鳳はあの時、地面に額を打ちつけ、流血していた。駆けつけた江川が、会場がパニックにならないように、それを上手く隠して、離れた場所で手当てをしていたという。午後の部では、鳳は額にガーゼを貼って復帰していたが、傷口が開かないように、ショーが終わるとそのまま帰宅することになった。

もう一人は、鳳の手当てを行った江川である。といっても江川は元々、ショーの手伝いには来ても打ち上げには参加しない主義だった。この日も、「別の仕事の〆切がある」との理由で去っていったが、不毛な飲み会が嫌いなだけだろう。

最後の一人は、工房長の雪永だ。これも今日に限ったことではなく、工房の人間はショーの後も仕事が残っているので、打ち上げに参加できない。では、不運なことにこの場に参加することになってしまった者はというと……社長の左側に並ぶのは、ハルタ、美奈、陣内、中嶋らキャストたち。その向かい側には、勝田、工藤、神無月、志村といったスタッフが並んでいる。そして、河野はなぜか、役者側の席ではなく、志村の隣に座っていた。

テーブルに並んだコース料理と生ビールに手を付ける者は誰もいない。沈黙の中、社長の山岡が「とりあえず、おつかれ」とジョッキを口にする。気を許したハルタが「うっす」とジョッキを握った瞬間、おしぼりが飛んできて顔面を直撃した。

「ひえッ」と悲鳴を上げたハルタがジョッキを倒す。溢れたビールが床に流れていき、若草色の畳が黒く染まる。

「てめえら、何だあの無様なショーは？　よくも、俺の顔に泥塗ってくれたな」

あぐらをかいていた山岡が、テーブルを蹴り上げた。ハルタが怯えた顔で詫びる。

「すみません、社長ッ！　でも、午後の部は一つのミスもなかったっすよ……」

「それをキリシマ・ジョーの前でやんなきゃ意味ねえだろマヌケ！　肝心な時にトチりやがって。やっぱり、てめえらは『マチダーマン6』でお払い箱だ」

山岡は怒りのあまり口を滑らせたのか、誤魔化すようにジョッキをテーブルに叩きつけた。一同が目を見合わせるが、この状況で社長に真意を訊ねる者はいなかった。

その場にいる全員は、山岡の怒りが鎮まるのを待つことを選んだ。いかなる罵詈雑言(ばりぞうごん)も歯を食いしばって、耐え忍ぶ。

「勝田、黙ってんじゃねえぞ。誰の責任か言え」

沈黙を貫く一同に苛立った山岡は、イベントの責任者を兼ねている勝田に向かって叫んだ。勝田はただ「申し訳ないです」と頭を下げるが、そんなことで山岡は納得しない。

「あァ？　じゃあ、お前の責任なんだな。お前の責任でいいんだな」

勝田の顔が青ざめる。ここで頷けば、この後に待っている何らかの制裁を受け入れることになる。「い、いや」と勝田は座敷を見回すと、ハルタを見た。

「今回のショーの失敗は、自分勝手な理由でスタッフを散々振り回した、キャスト側に責任がある……スタッフは完璧に仕事をこなしましたよ」

勝田の言葉で、山岡の目はハルタに向いた。昼まではショーの主役を演じていたイケメン俳優は、命乞いをするように両手を振った。

「そんな……違うっすよ。俺はショーを盛り上げるために頑張っただけっす」

「ほざくんじゃねえ、青二才が！　よくよく考えたら、オープニングアクトで事故りそうになったのも、メインアクトで子どもを泣かしたまま登場しなかったのも、ファイナルアクトで陣内をテントに吹っ飛ばしたのも、全部お前のせいじゃねえか」

山岡が今度はハルタに向かって灰皿を投げた。陶器の灰皿はハルタの肩にぶつかると、畳の上をころころと転がる。ハルタを庇（かば）う者は誰もいなかった。気の毒だが、誰かが責任を取るならば、それはハルタだろうと志村も思った。しかし、追い詰められたハルタは保身のために仲間を売った。

「か、河野さんにも責任はあるっすよ！　河野さんだって、目立ちたいからって、ギリギリになって台本の構成を変えてるんですから」

志村の隣に隠れるように座っていた河野は、顔をしかめて舌打ちをした。

「だいたい、俺がメインアクトで登場が遅れたのは、マチダーマンのプロテクターが無くなったからっす！　それだって原因は、河野さんの台本だと怪人がたくさん出るので、テントがめちゃくちゃ散らかって、衣装が紛れてしまったからなんですっ」

河野が俯いたままハルタを睨む。しかし、ハルタも必死だった。人の恨みを気にする余裕はないだろう。

「ほお」と山岡が顎に手を当てた。矛先は完全に河野に移った。

「河野、反論はあるか？　なかったら、お前にケジメをとってもらう」

「あっ……うぅ」

河野から呻き声が漏れる。額には汗が浮かび、歯を食いしばったまま、全身を震わす。

河野は反論できなかった。クローズドの裁判では、各々の力関係が物を言う。高飛車なハルタも、いざとなったらMHFの仕事の窓口である勝田には逆らえないし、フリーのスーツアクターに過ぎない河野も、主演役者のハルタには逆らえなかった。ここで、ハルタの恨みを買えば、後日に難癖をつけられてショーから降ろされるからだ。そうなると河野は、台本や殺陣の指導を含める、MHFの仕事を全て失うことになる。身も蓋もないことを言えば、誰に責任があるかというなら、それは社長にあるのだ。

しかし、この場で最も権力を持った山岡は、何食わぬ顔で審判者の席に居座っている。隣で狼狽する河野に志村は同情した。小狡い性格をした男だが、それでもMHFに長年尽くしてきた何でも屋は、いとも容易く、その立場を失おうとしていた。

その時、テーブルの下から志村の左手がぐいっと摑まれた。目を向けると、河野が周囲に悟られないように、志村の手首を力強く握っている。志村は思わず「えっ」と声を漏らした。

河野を見ても、本人は俯いたまま志村に目を合わせない。しかし、志村の手首を握る手は、汗で濡れ、恐怖で震え、まるで助けを求めるように熱を帯びていた。

――まさか、河野さん……僕に罪を被れと？

「おい、どうなんだ河野。黙ってんじゃねえぞ」

山岡がテーブルを蹴り上げた。その下では今も秘密のやりとりが行われている。河野の握る手がさらに強くなる。その手首にはアクションショーで痛めたため、湿布が貼られている。

河野は人間に迷惑をかけて捕まり、誰も庇う者がいないまま、殺処分されるのを待つ野犬のようだった。あまりにも哀れだった。

河野は周りに悟られないように、俯いたまま声を絞り出した。

「志村君……頼む……」

明確に助けを求められて、志村の心が揺れ動く。フリーのスーツアクターの河野とちがって、志村はＭＨＦの社員である。どんな罰が待っているかは分からないが、少なくとも仕事を失うようなことはない。志村は空いた方の手をゆっくりと上げた。

「なんだ、志村？」

突然、無言で挙手をした志村に、山岡が眉をひそめた。他の者も目を丸くする中、河野が泣きそうな顔で志村を見た。もう後には引けない。志村は覚悟を決めた。

「社長、すみません……イベントの失敗は、僕のせいです」

「どういうことだ」山岡が首を傾げる。志村も特に理由は考えていなかったので、返答に困っていると、それまで黙っていた河野が口を開いた。

「右腕のプロテクターがなくなったのは志村君のせいなんです。彼がショーの前にマチダーマンの練り歩きをした後、間違えて別のスーツボックスに片づけてしまったんです」

もちろん、そんなわけはなかった。

河野は志村に責任が滞りなく移るように、すらすらと嘘を吐いた。河野は俯きながら志村の手を強く握っている間、ずっと今の台詞を考えていたのだろう。志村は、さっそく自分の行いを後悔したが、時すでに遅しである。

「なるほどな。それじゃ、志村。ケジメはお前にとってもらうぞ」

山岡はもはや、事実の究明などどうでもいいのだろう。制裁を与える相手、見せしめとなる生贄(いけにえ)が見つかればそれでいいのだ。志村もそれを承知で、弱々しく頷いた。

「社長、待ってください」

それまで不動明王のように醜い争いを見守っていた陣内が、口を開いた。

「何だ？　今度はお前が志村を庇うのか？」山岡が邪悪な笑みを浮かべる。

「いえ。ただ、こんなことをして、何の意味があるんですか」

「あ？」ドスの利いた声で山岡が凄む。陣内はそれに屈することなく言葉を続けた。

「責任があるとすれば、イベントに関わった全員にありますよ。それにキリシマ・ジョーはマチダーマンのファンじゃありません。たとえショーが上手くいったとしても、それによってＭＨＦの今後が変わることなんてありません」

「悪役が分かったような口利くんじゃねえ！」山岡が乱暴にテーブルを叩いた。

陣内と山岡、強面の男同士が睨み合う。誰も口を挟めなかった。

「落ちぶれ役者が生意気抜かしやがって。もう一度、干されるか陣内？」

恫喝のような山岡の言葉にも、陣内は微塵も動じなかった。気まずいのは志村だ。

――このままじゃ、陣内さんがショーから降ろされてしまう！

今日のアクションショーで、志村は陣内の行動に胸を打たれた。つまらない理由でＭＨＦの最後の良心を失うわけにはいかない。

志村は瞬時に、ハルタと河野が残り、陣内が抜けたショーを想像してみた。率直に言って地獄だった。無意識に体が動いた。

「陣内さん。お気持ちは嬉しいんですけど、やっぱり悪いのは僕です」

志村は、その場で立ち上がって叫んでいた。

「ここはどうか……僕が責任をとることで納得してください。お願いします！」

志村が陣内に向かって頭を下げる。

「志村君……」

珍しく陣内の顔に動揺が浮かぶ。そして、想いを汲んだのか、目を瞑ったまま頷いた。

「何、カッコつけてんだ馬鹿が。まあいい。志村、テーブルの真ん中に立て」

山岡の指示に志村はきょとんとする。

「早くしろや、てめえで言い出したんだろう。今からケジメをとってもらうんだよ」

訳も分からぬまま、志村はテーブルの上に乗り、仁王立ちになった。

――ケジメって、何？

今さらになって、志村の全身に恐怖が込み上げてきた。何度も殴られること、蹴られることくらいは覚悟していたが、なぜテーブルの上に立つ必要があるのか。

「ハルタ、お前も聞いたことはあっても、目にするのは初めてだろう。よく見ておけよ」

山岡が不気味に笑う。ハルタが尻尾を振るように何度も頷く。

入社二年目の志村と工藤を除いた全員は、ケジメとは何かを知っているようで、勝田や神無月は顔を引きつらせている。美奈はこれから起こる一部始終を視界に入れないように顔を俯かせ、信じられないことにハルタはスマホで動画を撮る用意をしていた。

「志村、服を脱げ。全部」

恐ろしいほど淡白に山岡が命令した。その様子から、服を脱ぐだけでは済まなそうだった。何でこんなことになったのだろうか、と志村は自問自答する。

ほんの僅かな間を置いて、志村は次々と服を脱ぎ始めた。自分が嫌がり拒む時間が長ければ長いほど、相手を喜ばせることになるのだと悟ったからである。いちいち指摘されるのも面倒なので、下着はもちろん靴下に至るまで、身につけている全てを脱ぎ捨てた。あまりにも躊躇がなかったので、命令した山岡すら驚いている。完全な全裸となった志村が、最後に耳に手をかけた。

——あっ。

志村はアクションショーがある日は、マチダーマンのマスクを被ることも多いので、眼鏡をかけずにコンタクトレンズをつけていた。些細なことだが、そのことを忘れていたのが、今の志村には可笑しくて仕方なかった。こんな状況なのに、あるいはこんな状況だからなのか、全裸となった志村は和風テーブルの上で笑みを浮かべた。

「いい度胸だ」

山岡が河野に向かって何かを投げた。

「河野、お前がやれ。五年前、お前が味わった刑を今度はお前が執行するんだ」

河野は無言で頷くと、志村の前に近づき、片膝を立てて跪いた。その手にはライターが握られていた。志村の顔が恐怖で引きつる。

「ちょっ」

河野は有無を言わさず、志村の右足に腕を回すと逃げられないように押さえ込んだ。そして、ライターを持った手を志村の局部に近づけた。

「よおし。それじゃケジメをとってもらうぞ、志村。お前を〈タマ炙りの刑〉に処す」

志村は山岡に顔を向ける。その時、下から「カチッ」という音とともに炎が上がった。

こうして、志村はショー失敗の責任をとり、己の玉袋を炙られた。

5

地獄の打ち上げが終わり、志村はタコの滑り台がある公園のベンチに腰を下ろしていた。

「志村君、本当にすまない！　この埋め合わせは必ずするから」

河野が両手を合わせて謝罪する。志村は河野がコンビニで買ってきたロックアイスをレジ袋に移すと、ズボンとパンツを膝まで下ろして、局部に当てた。

「ふっ、ふぅぅぅぅっ……」志村が顔を歪ませて悶絶する。

人気のない夜の公園で、男二人がベンチに座り、一人がズボンを下ろして喘（あえ）いでいる。

「ちょっと勘弁してよっ。通報されたら困るって……」

河野がきょろきょろと周りを気にしたが、夜中ということもあり、周りに人はいなかった。

打ち上げの後、志村は河野に呼び止められた。それから、炙られた局部の応急処置をするため、志村の自宅近くにある公園に二人で移動したのであった。一瞬、自宅に河野を招くことも考えたが、この後に待っている話し合いを考えると、外の方が都合がよかった。

「志村君、本当に恩に着るよ。君がいなければ、俺は仕事を失っていたかもしれない」

河野が面目なさそうに頭を掻いた。それから次第に顔が険しくなり、拳を握った。

「それにしても社長の奴……まさか、あんな酷い仕打ちをするなんて。分かってたら、俺も志村君に庇ってもらうような真似はしなかったのにな」

河野の白々しい台詞に、志村は返事をする気も起きなかった。代わりに局部に当てた氷袋がカラカラと音を立てる。

「ところで志村君、ラーメンは好き？　駅前に出れば深夜でもやってる店がいくつかあるから、よかったら奢（おご）らせてくれないかな」

志村は氷袋を股に挟むと、腰を浮かしズボンを穿き直した。通報の心配がなくなったところで、とうとう溜まっていた言葉を口にした。

「河野さん……あなたは卑怯（ひきょう）だ」

「えっ」

口を開けてぽかんとしている河野に、志村が鋭い視線を向ける。

「あなたは今、僕が〈タマ炙りの刑〉に遭ったのを、まるで予想外だったみたいな言い方をしましたよね。でも、本当はそれを知っていたし、その上で何も知らない僕を身代わりに差し出したんですよね」

「いや、なになにっ？　全然、そんなことないけど」

おどけて誤魔化そうとする河野に、志村はため息をつくと、打ち上げの最中に気づいた違和感を一つ一つ指摘することにした。

「いいですか、まず、あなたは打ち上げで自分がショーの責任を取らされる可能性があると覚悟してましたね。常識的に考えれば、責任はハルタさんに向かうはずですが、彼はそれを誰かに流すはずです。ハルタさんの次に落ち度があるのは台本を急遽変更した河野さんでしょう。あの場では指摘されませんでしたが、あなたはメインアクトからハイエナイトで登場することを押し通した時、神無月さんに『何かあったら責任をとってもらえばいい』とも言われてますからね」

河野の顔から笑みが消える。志村は相手の反論を待たずにまくし立てた。

「なので、あなたは自分に矛先が向いた時のために保険を用意しておきたかった。座敷の席は社長を挟んで、自然とキャストとスタッフに分かれましたが、あなたはわざわざ僕の隣に座りました。それはいざとなったら、テーブルの下から身代わりのお願いをできるように計算したからですよね？」

「いやいや……それは本当に偶然だよ。いちいち座る席なんて考えてなかったって」

河野の見え透いた嘘を、志村は無視して話を続けた。

「ではなぜ、身代わりに僕を選んだのか……。答えは簡単です、〈タマ炙りの刑〉がどんなものかを知っている者にいくら必死に頼んでも、身代わりを引き受けてくれるわけがないからです。あの場で社長の制裁を直接見たことがなかった者は、キャストの中では、三代目マチダーマンとマチダーレディに抜擢されて、まだ数年のハルタさんと美奈さん。スタッフの中では、入社二年目の僕と工藤さんだけです。主演役者とヒロインに身代わりを頼むのは論外ですし、工藤さんは勝田さんの隣で社長と近い距離にいました。そのため、テーブル下でのサインがバレないよう、座敷にみんなが入った瞬間に、僕を身代わりにすると決めていたんですよね？」

河野が保身のために行った即興演技（アドリブ）に、志村は悔しながらも舌を巻いた。同時に、なぜその瞬発力をステージで活かさないのかと呆れ果てる。

河野は何か反論をしようとしたが、喉元までできた言葉を引っ込めた。疑われてしまえば、言い逃れはできないと分かっているからだろう。河野は志村に刑を執行する時、一切の迷いがなかった。下手に志村が暴れて、その場から逃げ出せば、再び矛先は自分に向かう。そのため、河野は確実に刑を執行するため、微塵も躊躇（ためら）わずにライターを点火したのだ。それを指摘されてしまえば、おしまいなのである。

だから、河野はそのことを志村の記憶から薄めるために、打ち上げ後に心配するふりをして近づき、感謝と謝罪の言葉を織り交ぜながら、さりげなく都合のいい言葉を並べ、『社長のせいでお互い大変な目に遭ったね』と印象付けるよう誘導したのだ。

「河野さん、身代わりを名乗り出たのは僕の判断です。恩着せがましいことは言いません。ただ、人を陥れておいて、その埋め合わせをラーメンで済ませようとするって、何なんですか。あまりにも、人のことを舐めてませんか？」

「すまんすまん、本当にすまないっ！　そうだな、さすがにラーメンはないな。キャバでも、おっパブでも、風俗でも何でも奢るからさ……」河野が両手を合わせて謝り倒す。

「そういうことではなくて！」

河野の的外れな提案を、志村は語気を強めて一蹴した。

「いや、すまない……ところで、この後、ちょっとだけ顔を出さなきゃいけない用事があるんだ。必ず戻るから、少しの間、抜けてもいいかな」

河野がこの場から逃げたそうに腕時計をチラチラと見る。

「終電も近い、こんな時間にですか？」

話はまだ終わりではない。志村は、ばつの悪そうな顔をする河野に向かって訊ねた。

「ちなみに、河野さん。マチダーマンのプロテクターを隠したのは、あなたですよね」

「は、はぁ？」

河野が両手を広げて大袈裟に驚くが、額には汗が浮かんでいた。志村はもう一つの罪を暴くことにした。

「ショーの最中に消えたマチダーマンのプロテクターですが、テントを探し回り、見つけ出したのは僕なんです。プロテクターはどこにあったと思いますか」

「さあ……スーツボックスの中に紛れてたとか？」

「いえ。プロテクターは、使用済みの全身タイツを入れる洗濯袋の中に入ってました」

「洗濯袋？」

衣装で使用した全身タイツはショーの後で洗濯される。テント内には、それらをまとめる洗濯袋があり、プロテクターはその中にあった。しかも、志村が練り歩きで着た全身タイツの中に、隠されるように包まれていたのだった。

「別のスーツボックスの中にプロテクターが紛れることは、あり得なくはないです。ただ、それだと簡単に見つけられてしまいます。だから、あなたは洗濯袋の奥底にプロテクターを隠したんです。洗濯袋の中にプロテクターが紛れているなんて普通は思いませんし、誰だって、汗びっしょりのタイツが詰まった袋の中を調べたくありませんからね」

しかし、それは誰かが悪意を持ってプロテクターを隠した証明となる。なので河野は、ショーが終わった後にプロテクターを回収し、怪しまれない場所に移し変える予定だったのだろう。だが、不運なことに志村がその前にプロテクターを見つけ出してしまった。

「面倒なので、僕が河野さんを疑っている理由を言います。打ち上げで、責任の押し付け合いが始まった最中、僕が挙手をすると社長が理由を訊ねました。その時、河野さんが右腕のプロテクターがなくなったのは僕の責任だと説明しましたね」

「ああ、すまない。あの時は必死で……」

「いえ、僕が言いたいのは、なぜ、あの時……ステージにいたはずのあなたが、なくなったプロテクターが右腕だということを知っていたのでしょうか。もし、後で誰かから聞いたのなら、その人の名前を教えてください。今すぐ、その人に確認します」

河野は予想外の状況にただただ驚いていた。そして、姿勢を正すと、志村に向かって勢いよく頭を下げた。

「本当にすまない！　そう、プロテクターは俺が隠した。オープニングアクトでハルタに思い切り蹴り飛ばされて、腹が立ったんだ。だから、キリシマ・ジョーが見てる舞台で恥をかかせてやろうと、魔が差してしまったんだ。君だって、ハルタの横暴さにはムカついていただろ？　気持ちは分かるだろ？　このことは内密にしてくれ……頼む！」

言い逃れができないと悟ると一転、同情を誘う河野に対して、志村は軽蔑の眼差しを向けた。この男はこんな状況になっても、まだ嘘を吐いている。隙あらば、自分のことを欺こうとしている。ベンチに頭を擦り付けておいて、その裏では舌を出しているに違いなかった。

「河野さん、僕はこのことを社長に言うつもりはありません。あなたに同情してるわけではなくて、今さら面倒くさいからです。ただ一つだけハッキリして欲しいことがあります」

社長には言わない、その言葉で河野が嬉しそうに顔を上げた。

「プロテクターを隠した理由を、オープニングアクトでハルタさんに蹴り飛ばされたからと言いましたね。でも、それは無理があるんです。オープニングアクトの後、河野さんがハイエナイトに着替えるのを手伝ったのは僕です。手伝ったのが雪永さんだったならともかく、河野さんがメインアクトの出番までにプロテクターを隠す時間的余裕なんてありませんでした。あなたがプロテクターを隠せたのは、ショー開始前のテント内がキリシマ・ジョーの話題で持ちきりになった時しかありません。あなたは、オープニングアクトのトラブルなんて関係なく、みんながモニターに注目している裏で、ハルタさんに恥をかかせるためプロテクターを隠していたんです！」

生ぬるい風が通り過ぎた。夜の公園を背に、ハイエナの怪人が笑った。

「すごい観察力だなぁ。細かくって、そして鋭い……元マンガ家なんだっけ？　そのせい？」

社長に告げ口されないことが分かり安堵しているのか、開き直ったような態度の河野が、照れ臭そうに頭を掻いた。

「感心するって、どういうスタンスなんですか？」

「ごめんごめんっ。でも、なんだか嬉しいんだ。自分と同じ種類の人間と初めて会った気がする。今日はすごい日だ……おかげでいい勉強になったよ」

「ちょっと、なんか勝手に感動するのやめてくださいよ。そして、勝手に似た者同士にしないでください」

河野の豹変は図らずとも、志村の戦意を削ぎ落とした。まるで喧嘩の後、お互いの実力を認め合う不良のように、河野が馴れ馴れしく語りかけてくる。

「いや、似てるよ。君も真実を追究するのが好きなタチだろ。みんなが目にも留めない謎が、いちいち気になって仕方がない。そんな性癖の持ち主と言い換えてもいい。やっぱり君には、改めてお礼がしたいなぁ。風俗とかが嫌なら、洒落たバーで高い酒を飲むってのはどうだい」

河野の様子がおかしい。どこか高揚していて、自分を鼓舞しているようだった。

「別にいいですって。ていうか、河野さん、そんなにお金あるんですか？　僕が言うのも変ですけど、MHFのギャラなんて安いし、食べていけないんじゃ？」

「まあね。でも副収入とかあるから、なんとか」

河野が苦笑いする。そして、何かを閃いたのか、ぽんと手を打った。

「そうだ、面白いネタはどうかな。元マンガ家なら、酒や女より、とっておきのネタをもらえるのが一番嬉しいでしょ？」

「別にそんなことないですけど……で、どんなネタなんですか」

この状況をチャラにするほどのネタとは一体何なのか。認めたくないが、志村は河野の言葉が少し気になった。志村が食いついたことを察して、河野が怪しく笑った。

「移動中の車内でも話題になった、誘拐事件の真相だよ」

志村は耳を疑った。たしかに、河野は車内で未解決事件を調べるのが趣味だと公言していたが……。河野は「おっと」と呟きながら、口を手で押さえた。

「志村君、十二時半……いや、十二時十五分くらいに、芹ヶ谷公園の噴水広場に来てくれないか？　そしたら、この話の続きを君にしてあげよう」

河野が腕時計を確認しながら立ち上がる。

「今日ですか？　ていうか、今じゃダメなんですか」

「さっき言ったろ、この後、ちょっと用事があるんだ。それに、どうせ話すなら、しっかりと裏をとった上で話したいからね。いいかい……芹ヶ谷公園に十二時十五分だ」

そう言うと河野は、志村を置いて公園の出口に向かって走り去っていった。

「ちょっと、河野さんっ!」

慌てて立ち上がったことで、股間に挟んだ氷袋がズボンの中をずり落ちる。志村は前屈みになると、スマホを取り出して時刻を確認した。

現在時刻、午後十一時二十分。

あと一時間もしないうちに、志村は誘拐事件の真相を、河野から聞かされることになる。

「マジで?」

志村はその場に誰もいないので、タコの滑り台に向かって呟いた。

6

午後十一時五十九分。

まもなく、日付が変わろうとする中、河野は巨大な彫刻を見上げていた。

噴水広場の中心にそびえる高さ十六メートルの鋼(はがね)の塔。〈彫刻噴水・シーソー〉という名前の通り、頂上には水を汲み上げることでシーソーのように上下に動く二つの鉄柱が付いている。日中はそこから滝のように水が降り注ぐが、閉園時間を過ぎた今は、汲み上げ機能を停止し、夜風が鉄柱を僅かに揺らしていた。

河野は際限なく速くなる心臓の鼓動を抑えるように、胸に手を当てた。

――こんなに、ハイになるのは初めてだ。

ステージで歓声を浴びることなど、児戯に思えるほどの高揚感に河野は包まれた。

長い間、追い続けた獲物を喰らうことができる達成感に全身が震える。

河野にとって予想外だったのは、志村に自分の悪事をことごとく見抜かれたことだった。さきほどの敗北を思い出し、右手首が痛み出す。

しかし、志村は弱みを握った相手に何かを要求する男ではない。立場こそ逆だったが、これから自分が行うことの、いいリハーサルになった――と河野は笑った。

その時、河野の背後に何者かが近づいてきた。気配に気づき、ゆっくりと振り返る。

「お待ちしており……」

振り向きながら河野は言葉を失った。

目の前に立っていた者の姿があまりにも――その場に相応しくなかったからである。

噴水を背にした河野が後ずさる。目の前に立つ異形の手には、レンガほどの大きさの石が握りしめられていた。血のように真っ赤なバイザーの奥から、明確な殺意が伝わってきた。

「まさか……それも、あんただったのか？」

かって叩きつけた。

河野が恐ろしい事実に気づいた時、異形の者が振り上げた手を、勢いよく相手に向かって叩きつけた。


河野との待ち合わせ時間までの間、志村は一度、自宅に帰ることにした。

シャワーを浴びて汗と疲労を洗い流すと、鏡の前で玉袋を裏返し、状況を確認する。

「人間の自然治癒力を信じよう……」

志村はシャワーの設定温度を下げると、股間に向かってシャワーノズルを向けた。

浴室から出た志村はできることなら、そのまま布団に飛び込みたかった。

Tシャツとジーンズに着替えた志村は、浴室で外したコンタクトレンズの代わりに眼鏡をかけると、時計を見た。

時刻は、夜十一時四十五分。芹ヶ谷公園までの距離は、自宅から歩いて十分程度なので、出発するには少し早い。しかし、志村は構わず家を出た。何やら胸騒ぎがしたことと、ちょっとでも布団で横になったら、そのまま朝まで眠ってしまいそうだったからである。

芹ヶ谷公園は、町田駅から徒歩圏内にありながら、広大な森に囲まれた自然公園である。野外イベントも行う芝生広場や、子どもが遊ぶアスレチックやせせらぎ、敷地内に点在する彫刻や美術館など、遊具からアートまで様々なスポットで溢れている。

午後十一時五十九分。

まもなく、日付が変わろうとする中、志村は真夜中の芹ヶ谷公園を歩いていた。公園の開園時間は午前六時から夕方六時までだが、園内には住宅街と隣接した出入り口がいくつもあり、時間外に公園を通り抜ける人も少なくない。しかし、夜中の十二時となると、さすがに志村の他に公園に近づく人はいないようだった。

森の中には、まだあちこちに桜が残っている。夜風が吹くたびに、闇に向かって桜が舞う。ちかちかと点滅する古びた電灯を頼りに、志村は待ち合わせ場所を目指した。

森を抜けると、広大な多目的広場に出る。一週間前に『町田さくらまつり』が行われた場所だった。

その日の夜、志村は打ち上げで五百円玉を勝田に飲まされ、その帰り道に、どこかへ急行する大量のパトカーとすれ違った。そして、ひかる君を誘拐した男が、謎のヒーローに殺害された。

――河野が本当に、ひかる君誘拐事件の真相を知っているなら、謎のヒーローの正体も明らかになる。しかし、河野がなぜそれを……。

思えば、河野はお詫びやお礼と称して、やたらと、今夜どこかで豪遊しないかと誘っているようだった。まるで、祝杯に付き合う相手を探すように……。

無意識に志村の歩く速度が速くなる。

胸騒ぎが止まらなかった。鳳と居酒屋で飲んでいる時に、ニュースで流れたヒーローのイラストを見た時と同じような……不気味な胸騒ぎだった。

多目的広場を抜けると、いよいよ待ち合わせ場所の〈虹と水の広場〉に出る。遠くに芹ヶ谷公園の名物でもある、巨大な噴水彫刻が見えた。

「あれ……？」

志村は足を止めた。数十メートルほど先にある噴水で、誰かが騒いでいる。

噴水がある円形の小池は、暑い日は子どもたちが水遊びをする人気のスポットである。しかし、今は深夜。それに二つ見える人影は明らかに大人のものだった。

志村は真っ先にヤンキーや酔っ払いだと予想した。二つある人影の内の一つは、噴水の中でバシャバシャと音を立てて、暴れている。

待ち合わせ場所に、河野以外の人間がいることは考えていなかったので、どうしたものかと立ち止まる。スマホを見ると、夜中の十二時を少し過ぎたところだった。

奇妙なことに、噴水の周りに他の人間の姿が見えなかった。そうなると、河野は今、どこにいるのだろうか……おそるおそる、志村は二つの人影に近寄った。

志村は自分の目を疑った。二つの人影は、噴水の前でバカ騒ぎしている訳ではなさそうだった。じたばたと必死に抵抗する者を、もう一人が水面に押し付けている。

やがて、水面に押し付けられた人影は、ぴくりとも動かなくなって、うつぶせのまま水面に浮かんだ。もう一人の人影は、相手が動かなくなったことを見届けると、志村の気配に気づき、ゆっくりと振り返った。

雲に隠れていた月がようやく、その姿を照らした。

志村は息を呑んだ。

目の前に立っていた者の姿があまりにも——懐かしかった。

銀色のボディアーマーに、黒のタイツ。全身にちりばめられたボルトや機材をモチーフにしたメカニカルな意匠。そして、真っ赤なバイザーが埋め込まれたマスク……。

「シャドウジャスティス」

志村は絞り出すような声で、その名を呼んだ。

志村と対峙(たいじ)したヒーローは、その言葉に一瞬だけ戸惑いを見せたようだった。

しかし、すぐに志村に背を向けると、夜の彼方に向かって去っていった。

傍らでは、男の死体がうつぶせの状態で池に浮かんでいる。

服装から、それが河野だということに気づくと、志村はその場で気を失った。

第四章　ジッチョクマン

1

四月十八日　月曜日。

志村は自宅で目を覚ました。時計を見ると午後一時を過ぎた頃だった。

Ｔシャツとトランクス姿で寝ていた志村は、肌寒さを感じて肩をすくめた。開けっ放しだったベランダの窓から外を見ると、ぱらぱらと雨が降っている。

スマホの着信履歴は、森田からの着信で埋め尽くされていた。何度か折り返してみるが、今度は向こうが電話に出ない。出られない理由は、なんとなく想像ができた。

「めちゃくちゃ対応に追われているんだろうなぁ……」

志村は眼鏡をかけて起き上がると、ＭＨＦに向かう仕度を始めた。歯ブラシを咥えながらパーカーとジーンズに着替える。

テレビのリモコンが置かれたローテーブルには、昨夜から置きっぱなしにされた氷袋が、中身が溶けてぺしゃんこになっていた。今の自分とそっくりだと、ため息が漏れる。

テレビを点けると、ちょうど昼のワイドショーが放送されていて、画面には芹ヶ谷公園がライブ中継されていた。規制線が敷かれた噴水広場の前でリポーターが事件について話している。事件とは当然、昨夜、志村が目にしたことである。

「は？」

志村はリポーターの言葉に耳を疑った。自分が寝ている間に、事件は思わぬ展開を見せていた。そこでCMになったため、続きが気になるが家を出た。

志村は駅前の坂道を下りながら、どんよりとした空を見上げた。夏のような暑さだった昨日と違って、街には梅雨の空気が漂っている。小雨なので傘は持たなかった。志村の額に雨粒が当たる度に、虚ろだった意識が徐々に冴えていく。

志村は昨夜、シャドウジャスティスと遭遇した。

そして、河野の死体を見て気を失っていたところを、公園内を巡回していた警備員が発見。警備員の通報によって警察が到着し、死体の第一発見者である志村は、町田警察署で朝まで取り調べを受けることになった。

取調べから解放されたのが朝の六時過ぎ。アクションショーから一睡もしていなかった志村は、帰宅するなり泥のように眠り――今に至る。

大通り沿いを通った時だった。窓口におばあちゃんがちょこんと座った、昔ながらの煙草屋の前で、傘を差さずに煙草を吸う鳳の姿があった。

「鳳さん、お疲れ様ですっ」

志村が声をかけると、鳳は咥えていた煙草を地面に落っことした。

「シムっ‼ えっ、何してんの⁉」

鳳が落とした煙草を慌てて拾う。額には今もガーゼが貼られていた。

「いや、普通に出勤ですって、寝坊しちゃいましたけど。ケガはもう平気なんですか」

「ケガ？ あ、ああ、俺は全然平気だよ。それより、大変だったみたいだね」

事情は聞いているのだろう、鳳が神妙な面持ちで志村を見た。

「会社はどうなってるんですか。森田さんに電話したけど繋がらなくて……」

「ヤバいことになってるよ」

鳳が困ったような顔で顎鬚を掻いた。

「朝一に警察が会社に来て、死んだ河野について、社長や各部署長から聴取したり、地下倉庫を調べさせて、本当にシャドウジャスティスのスーツがないか確認してたよ」

「やっぱり、そうなりますよね」

取調べで志村は、河野を殺害した者がシャドウジャスティスのスーツを着ていたこと、それをデザインしたのは自分で、ひかる君誘拐事件の後にスーツの紛失に気づいたことなど、洗いざらい説明したのだ。

「いやぁ、本当に大混乱って感じだな。もうすぐゴールデンウィークだけど、場合によっちゃイベントのキャンセルもあるかもしれない。まあ、それは俺たちにとってはラッキーなことだけどさ」

不謹慎なことを言う鳳に、志村が気になることを訊ねた。

「あの、ニュースでチラッとだけ見たんですけど、河野さんって……」

「ああ、麻薬の売人だったらしいな」

フリーのスーツアクター・河野ケンジは、麻薬の売人であり、また常習者でもあった。警察が河野の死体や身辺を調べたことで発覚したのだろう。志村が見たワイドショーでは、そのことが大々的に取り上げられていた。

つまり、シャドウジャスティスは誘拐犯に続いて、麻薬の売人を——この街の悪人を二人殺したことになる。

「河野のことを聖人君子なんて思ってなかったけどさ。それでも、ショックだよ」

「ええ、本当に信じられないですよね……」と志村が灰色の空を見上げる。

——いや、今思えば、おかしな点はたくさんあった。

志村は昨日の河野の言動を思い返した。河野はアクションショーの時も夏のような暑さの中、全身タイツの下に長袖のインナーを着込んでいた。

そして、打ち上げの時も志村に制裁の身代わりを懇願した。あれは、制裁を受けるのを恐れていたのではなく、みんなの前で服を脱がされることを、覚醒剤を使用した注射跡を見られることを恐れていたのではないか。

「鳳さん、ショーの打ち合わせで工藤さんがニュースの話をした時、河野さんの態度が豹変したのは覚えてますか？」

「ショーの打ち合わせって……工房長がキレた日のことだよね？」

鳳はその口ぶりから、あの日の河野の豹変に気づいていないようだった。志村は今でも、動揺する河野の表情を覚えている。きっかけは工藤の何げない一言だった。

──そういえば、皆さんニュース見ました？　やばくないですかぁ、あの事件。

「工藤さんが〈あの事件〉と言った時、河野さんが明らかに狼狽えたんですよ。そして、ひかる君誘拐事件の話題と分かると、なぜか落ち着きを取り戻しました。河野さんはあの時、誘拐事件の裏であった、もう一つの事件に触れられるかと思って焦っていたんです」

「麻薬の売人をしていた芸人の話か！」

「はい。ひかる君誘拐事件のインパクトに隠れがちな事件でしたが、河野さんからしたら、そっちの方が重大だったんです。自分と同じような者が逮捕され、明日は我が身と、気が気でなかったのでしょう。そういえば、河野さんは昨夜、僕が公園で下半身を丸出しにしていた時も、通報されることをやたらと心配してました。あれも警察と関わることを極力避けたかっただけだったのか……」

「え？　何で公園で下半身を丸出しにするの？」

昨夜の打ち上げに参加しなかった鳳が、事情を呑み込めず首を傾げる。

鳳は煙草を灰皿に押し付けると「ともかく、ここで会えてよかった」と言った。

「会社の前は記者みたいなのが集まってるから、正面から入るのは避けた方がいい」

「マスコミがＭＨＦを取り囲んでいるんですか？」

「いや、そこまでじゃない。どっちかっていうと、週刊誌の記者たちが、ビルに入る社員たちに質問しようと絡んでくるって感じだね。どのみち、そこにシムが現れたら面倒なことになるから、裏口からこっそり入らなきゃダメだよ」

「な、なるほど。迂闊でした……」

ＭＨＦに向かって歩き出そうとした時、鳳が真剣な眼差しで志村を見た。

「この事件、本当にシムの言う通りになったな。シャドウジャスティスのスーツが紛失したことに気づいた時点で警察に相談してたら、河野は死なずに済んだのかもしれない……すまん」

鳳が頭を下げた。志村が慌てて「そんなことないです」と両手を振る。

「僕の場合はシャドウジャスティスをデザインした張本人だから、事件の見え方がみんなと違っただけで……悪人を殺す正義のヒーローだなんて、普通、信じられないですよ」

目の前でシャドウジャスティスが河野を殺しているのを目撃した志村ですら、何がどうなっているのか分からなかった。なぜ、一連の殺人事件の犯人は悪人を殺すのか。なぜ、シャドウジャスティスのスーツに身を包むのか。全てが分からなかった。

鳳の言う通り、MHFの前では四、五人の見知らぬ男たちが、ビルを出入りする者を待ち構えるようにたむろしていた。

「これじゃ、鳳さんも会社の前で一服できないわけだ」

志村が遠目で、会社の前に設置された自販機と灰皿を眺めた。記者たちの目を避けるように、ぐるりとビルの裏手に回ると、普段は使用しない非常口から中に入る。ビルの中は静かだった。だからこそ、社内の混乱が伝わった。MHFはこの世から存在を消すように、じっと息を潜めていた。

四階のオフィスに入ると、工藤がミニキッチンで呑気そうにインスタントコーヒーを淹れていた。志村と鳳の存在に気づくと、のけぞって驚いた。

「し、志村さん。会社来て平気なんですか？　みんな心配してましたよ」

「いや、僕もこういう時って、会社行くべきか休むべきか、よくわからなくて……ところで他のみんなはどうしてるんですか」

志村はオフィスを見渡した。森田や勝田といった工藤以外の姿が見当たらない。

「今、一階で社長が各部署長を集めて、色々と話し合ってるところです。午前中は警察相手に散々質問されたみたいですし、今日はもう仕事になりませんね」

工藤がティースプーンでマグカップをかき混ぜる。

その時、鳳が「あっ」と声を出して、志村に耳打ちした。

「そうだ、シム。すっかり言い忘れてたけど、三野村さんが来てるよ」

「えっ」

志村はオフィスの奥を見た。もちろん、資料の山で向こうの様子は分からない。

「一階の話し合いには森田さんが代理で行ってるから、今もデスクで仕事してるはず」

鳳の言葉に志村は無言で頷いた。

「せっかくですし、ちょっと話してきます」

志村はゆっくりと三野村の席に近寄った。後ろから鳳が「話すって、何を？」と訊ねたが、そんなことは志村にも分からない。ただ、三野村に話を聞くなら、森田がいない今しかない。

オフィスの最奥、窓際の席。地面から天に向かってそびえる鍾乳石のように積み重なった資料を掻い潜り、志村はその奥に潜むミノムシ男を見た。

デザイン部部長の三野村は、寝袋に包まれながら一心不乱に絵を描いていた。

相変わらず、顔には生気がなく、白く細い腕を伸ばして、液晶タブレットにペンを突き立てている。まるで死者が墓碑銘を刻んでいるようだった。

「三野村さん、お疲れ様です」

声をかけられた三野村はペンを握った手を止めて、志村のことを見上げた。

「この前は、地下倉庫の鍵を貸してくださり、ありがとうございました」

礼を言う志村に対して、三野村はいちいち返答をしなかった。

「しばらく休まれてましたけど、もう平気なんですか？」

用件をとっとと言えということなのか、やはり三野村は答えない。志村は話題を変えた。

「会社、大変なことになってますね」

「そうみたいだね」

三野村がようやく口を開いた。だが、その言い方が志村は気になった。下手したら、会社が傾くかもしれない状況なのに、あまりにも他人事すぎるではないか。

志村は何気なく、三野村のデスク回りを観察した。正面と左右に並んだ資料の山。だが、デスク自体は整理整頓がされている。そのギャップに違和感を覚えた。まるで、資料の山は、周囲からの視線を遮るバリケードとして積まれているようだった。

パソコンのディスプレイには、以前見た時と同じく、一枚だけ正方形の付箋が貼られている。赤い油性ペンで〈明日の自分へ。デスクトップから引き継ぎを確認〉とだけ書かれていた。

「ちなみに、それって何を描いてらっしゃるんですか？」

志村はもっとも気になることを率直に聞いてみた。液晶タブレットには、見知らぬ怪人が映っている。すると、意外にも三野村の口元が嬉しそうに緩んだ。

「ああ、これはね……」

その時、志村の背後から何者かが大声で叫んだ。

「志村君、何やってるんだよ⁉」

振り向くと、森田が眉間に皺を寄せて志村のことを睨んでいる。どうやら打ち合わせが終わったらしい。驚いた三野村が、デスクに置いたスケッチブックを床に落とし、中に挟んであった用紙が散らばった。

「志村君、話があるから……今すぐ、席に戻ってくれないかな」

森田が珍しく声を荒らげて手招きする。志村は席に戻る前に、床に落ちた用紙を拾い集めた。

三野村が落としたのは、出力された怪人のデザイン画だった。志村が地下倉庫の鍵を借りた時に見た、醜悪な怪人の他にも、見知らぬ怪人のデザインが散乱している。そして、散らばったデザイン画の中に紛れて、病院の診察券があった。

「そんなことといいから、早く来てよ！」

床にかがむ志村に向かって、森田が叫んだ。仕方なく、拾い集めた物を三野村に手渡し、自分の席に戻る。隣の席に座る森田が頭を抱えながら、ため息をついた。

「警察から色々聞いたよ。河野さんを殺した犯人を見たんだって？」

「は、はい」

「それは大変な目に遭ったね。心配したよ、電話も繋がらなかったしさ」

「すみません、家に着いたら寝てしまって。あの……僕は今日、どうすればいいですか」

「帰っていいよ。というより、しばらく会社に来なくていいから」

「えぇっ!?」

声を上げて驚く志村に、森田が面倒くさそうに答えた。

「志村君、テレビ見た？　河野さんが殺されたことは悲しいけど、幸いなことにMHFにとって、そこまで大した問題ではないんだ。彼はあくまでフリーのスーツアクターだったし、どちらかというと世間は、芸人に続いて役者が麻薬の売人だったということに注目してるみたいだからね。ウチも『未だに信じられません』ってスタンスを貫けばいい」

志村は曖昧に頷く。

「問題は犯人がシャドウジャスティスのスーツを着ていたということだよ。これに関しては、ウチが黙ってるわけにはいかないからね。社長や勝田さんは今も一階で話し合ってるけど、余計な証言をした志村君のことを恨んでるようだったよ」

「いや、余計な証言って言われても……」

納得がいかない様子の志村を、森田は両手をかざしてなだめた。

「もちろん、わかってるよ。でも、社長からしたら、せめてゴールデンウィークが終わるまで騒ぎを起こしてほしくなかったんだろうね。会社の前に集まってる記者たちに変なことを喋られるのも恐いし、社長や勝田さんに何をされるかも分からないし……とにかく、しばらくは家でじっとしてて欲しい」

「しばらくって、いつまでですか」

「少なくとも、今週は会社に来なくていいよ。志村君はゴールデンウィークのほとんどをイベントスタッフに捧げることになってるから、早めの代休ということにしておこう」

勝手に人の代休を……と思いながら、渋々と志村は頷いた。向かいの席で聞き耳を立てていた鳳が突然立ち上がり、神妙な面持ちで森田に訊ねた。

「森田さん、俺もしばらく会社に来ない方がいいですかね？」

「えっ、なんで。志村君の分まで働いてもらわないと困るよ」

どさくさに紛れて会社を休もうとした鳳が、頭を掻きながら着席する。

こうして志村は出勤早々、退勤することになった。次にこのオフィスを訪れるのは、いつになるのだろうか。出入り口の前で振り返ると、ボス猿のいない営業部のデスクでは、工藤が雨空を眺めながら、気持ちよさそうにコーヒーを飲んでいた。

2

ビルの裏口から出た志村は、そのまま人目を避けるように、普段とは違ったルートで帰ることにした。横浜線のガード下をくぐり、ホテル街に入った頃、誰かに尾行されている気がして立ち止まった。

ラブホテルが建ち並ぶ十字路を振り返ると、三十代くらいの男が電信柱にもたれてスマホをいじっていた。他に通行人はいないし、雨の中、傘も差さずにじっとしているのが不自然だった。

——記者か？　それとも、刑事？

志村は河野殺しの第一発見者で、河野と関わりがあるＭＨＦの人間で、しかも、シャドウジャスティスのデザイナーでもある。第三者がこの事件の犯人は誰かと聞かれたら、真っ先に疑うのは志村だろう。

志村は、まずはあの男が自分を本当に尾行しているのかを確かめることにした。ホテル街を抜ける道を突っ切らずに曲がると、八の字を描くように同じ場所を延々と彷徨う。

しばらくして、さきほどの十字路で後ろを振り向くと、さっきと同じ男が慌てて立ち止まり、ホテルの看板を眺め始めた。

明らかに尾行されている。とはいえ、どうすればいいのか志村には分からない。

こういう場合、やめてと言えば尾行は終わるのだろうか。すぐ近くにある家電量販店なら、人も多いし、追跡を撒けるかもしれない――そう考えた志村が、ホテル街を抜けようと歩き出した時、背後から肩を掴まれた。

「志村弾……殺人ヒーローのデザイナーだな」

「えっ」

振り向くと、さきほどの男が不敵な笑みを浮かべていた。

「眼鏡なんかかけちゃって、変装のつもりかな」

青いジャケットに、白のスラックス姿の男は、絶妙に冴えていなかった。

身長は一七五センチほどで、すらりとした体型だ。髪型は鮮やかなパーマのかかった黒髪だが、その爽やかさとは対照的な厚い唇と、頼りなさげな垂れ目をしている。

しかし、その佇まいは堂々としていた。

「あの……誰ですか」

志村が怪訝な表情で訊ねると、目の前の男は「これでも分からないかな？」と胸の前で両手を交差した。そして、突如として鬼気迫る表情で叫び出した。

「町田を守る賢と拳の二枚刃……真実の探究者！　ディテクティ〜バインッ！」

絶妙に冴えない男が、何やら高速で手足を振りまわし、決めポーズをする。そのタイミングで目の前のホテルから出てきたカップルが、慌てて中へ引き返した。

「えっ？　えっ？　なんすか、なんすか」

全く状況が呑み込めずに、志村が困惑する。

「いや、ほら……おたくらマチダーマンの同業者だってば。俺の名は仁科力（にしなりき）。この街でご当地ヒーローをやってる者だよ」

仁科と名乗る男は、一枚の名刺を差し出した。志村が受け取ると、そこには『真実の探究者・ディテクティバイン』という名前と、ヒーローの宣材写真が印刷されていた。

「あっ」と志村が声を漏らす。

この街を活動拠点にする、もう一人のヒーローの存在を志村は思い出した。

とはいえ、地元民に認知され、警察署や消防署のポスターにも採用されるマチダーマンとちがって、仁科はただ、町田のヒーローを名乗っているだけに過ぎない。現に、今まで市が主催するイベントなどで、マチダーマンが仁科と共演したことなど一度もなかった。

「じゃあ、あなたはこの、ディデク……ん？　ディ、ディテクティディバインの中の人？」

「そう。そして、ディテクティバインだ。二度と間違えるな」

仁科にじろりと睨まれた志村は、気まずくなって目を逸らした。

「志村君。この後、時間あるかな？　色々と話を聞きたいんだ。殺人ヒーローについての話をね」

「いや、ていうか……どうして、あなたは僕の名前を知ってるんですか」

志村はまだ、目の前の男に対して警戒を緩めていない。仁科もそれを察したようだった。

「それは、お茶でもしながら説明させてもらうよ。この先に、馴染みの喫茶店があるんだ。とりあえず、そこに移動しよう。君だって、こんなところで立ち話してる姿を記者に撮られたくないだろう？」

志村は戸惑いながらも頷いた。仁科という男は、どうやら今回の事件について、何か知っていそうである。森田から下手なことは喋るなと言われているが、こちらの情報を餌に、色々と聞き出してやろうと考えた。

仁科の案内で喫茶店に向かって歩き出す。志村は店に着くまでの間、些細な質問をした。

「仁科さんってウチと違って、個人でヒーローやってるんですよね」

「ああ、そうだよ」

「じゃあ、普段は働いてるんですよね」

「もちろん」

「今って、平日の昼間ですけど、どんな仕事してるんですか」

信号機が赤になり、二人は横断歩道の前で立ち止まった。

「意外と鋭いな。いいだろう、もう一枚の名刺も渡しておこうかな」

仁科がさきほどとは異なるデザインの名刺を差し出した。志村が名刺に書かれている文字を読み上げる。

「リキ探偵事務所？　えっ、じゃあ、仁科さんって」

「そう、この街の私立探偵さ。ディテクティバインとは……〈探偵〉を意味するディテクティブと、〈神聖な〉という意味のディバインを掛け合わせているんだ。ふふ、志村君、俺の尾行、全く気づかなかっただろう？」

誇らしげな笑みを浮かべる仁科に、志村はしばらく悩んで「はい」と答えた。

3

志村は仁科に連れられて、ＪＲ町田駅から南に五分ほど歩いたところにある『シカク』という喫茶店に入った。店の名前から真四角の店内を想像したが、実際は廊下をそのまま店に改築したような細長い構造だった。

アンティーク調に統一されたレトロな雰囲気、エプロンをかけた白髪のマスター、駅からも近く、人気が出そうな気もするが、店内には数人の客しか見当たらない。シカクとは、『死角』のことなのかもしれない、と志村は思った。

「さ、こっちこっち」

仁科はカウンター席を通り過ぎて、奥にあるボックス席に腰を下ろした。

探偵は肩にかけたトートバッグをソファに置くと、ジャケットを脱ぎ、黒シャツにぴちっとしたサスペンダー姿になった。ぱちんと指を鳴らして「コーヒー二つ」と注文する。

「いい店だろう。トイレが和式なことと、いちいち言わないとレシートをくれないのが残念なところなんだけどね」

よほどこの店に通っているのか、仁科は二人がけのソファに両手を伸ばして、自宅のようにくつろいでいる。

「あの、結局なんで僕のこと知ってたんですか。探偵だからですか?」

しばらく店内を観察していた志村が口を開いた。仁科が肩をすくめて笑う。

「ははっ。まあ、そういうことにしておきたいんだけど、探偵はそこまで万能じゃないよ。警察に情報を提供してくれる仲間がいるんだ」

警察と繋がっている――そんなことをさらりと言うとは、冴えてなさそうな顔をしていて、なかなか底の見えない男だと志村は思った。

「では、僕のことは警察から聞いたとして、あなたはシャドウジャスティス……いや、殺人ヒーローの事件を追ってるってことですか?」

「おいおい、質問するのはこっちだぜ。ここのコーヒー代を払うのは俺なんだから」

仁科が手を前にかざした時、マスターがコーヒーを運んできた。無言でカウンターに戻るマスターを見送りながら、仁科がコーヒーカップに口をつける。

「まあいい、答えよう。少し話は複雑になるけど、実は志村君のことは前から知っていた」

「どういうことですか」

「そりゃ、マチダーマンのアクションショーを何度も観に行ってるからさ。何度も通えば、スタッフの顔ぶれだって覚えるもんさ」

意外な回答に志村は驚いた。ショーの常連客は把握しているつもりだった。

「仁科さんってマチダーマンのファンなんですか？」

「ファンっていうか、敵情視察だよ。自分と同じ町田を拠点としているヒーローだからね。ていうか、ＭＨＦの人間って、一人も俺のイベント来たことないだろ！」

ライバルだと思っている相手が、自分のことを意識していないのは、仁科のプライドを傷つけたようだった。腰を浮かして怒りを露わにする仁科を、志村がなだめる。

「すみません、今度観に行きますから……」

「うむ。で、何の話をしてたっけ。そうだ、俺がこの事件を追う理由だ」

仁科の目つきが鋭くなり、探偵の顔になった。

「この町田では長年、マチダーマンとディテクティバイン、二人のヒーローがご当地ヒーローとして活動していただろ。だが、ある日、そこに第三勢力が現れた」

「殺人ヒーローのことですか」

「そう。俺や君たちＭＨＦは言っちゃなんだが、悪を懲らしめるのはショーの中だけの、所詮（しょせん）はなんちゃってヒーローさ。だが、奴はリアルの世界で悪人を殺すダークヒーローだ。この街を守るヒーローを名乗ってる以上、見過ごすわけにはいかない。だから、俺は誰の依頼でもなく、俺自身の意志でこの事件を追っているんだ」

「……な、なるほど」

志村には、目の前の探偵が嘘を吐いているようには見えなかった。しばらく、ＭＨＦには戻れない。ならば、それまでの間、この探偵と協力して事件を追うべきなのかもしれない……志村がここまでの経緯を話そうとした時だった。

カランコロンと音が鳴り、誰かが店にやって来た。

整えられた口髭をした紳士がカウンター席に座る。

見知った顔だったので、志村は思わず立ち上がった。カウンター席に近寄ると、向こうもすぐに志村に気づいたようだ。

「おや、志村君じゃないか」

「江川さん、どうしてここに？」

こんなところで知り合いと遭遇するとは思わなかったので、志村はぽかんとした顔で、江川を見つめた。後ろでは仁科がソファから顔を出して、こちらを窺っている。

「志村君、今日は休みかい？　いや……会社自体が休みなのかな」

外注の脚本家である江川も、今朝のニュースは見ているのだろう。ＭＨＦのことを心配するような目で訊ねた。

「えっと、何から説明すればいいのか……あの、よかったら向こうで話しませんか」

志村は仁科のいるボックス席を指さした。江川も今、ＭＨＦがどうなっているのか知りたいのだろう。仁科の存在は気になるようだったが、静かに頷いた。

「マスター、コーヒーとサンドイッチお願いね」

江川は手をかざして注文を告げると、志村と共にボックス席に向かった。

ボックス席には志村が仁科の隣に並び、向かい側に江川が座ることになった。

「すまないが、編集者にメールを送らせてくれないかな？　進捗、進捗とうるさい人でね」

江川はノートパソコンを開くと、右手でキーボードを叩きながら、左手に持ったサンドイッチを口にした。

「忙しそうですね」

志村は元々、マンガ家を目指していたので、編集者に対してぼやきながらも、作家として独立している江川を羨ましく眺めた。

「売れてないから細々とした仕事に追われてるだけだよ。それにしても偶然だったね、私は喫茶店を転々としながら執筆しているんだけど、ここはよく来る店の一つなんだ」

「じゃあ、仁科さんともここで顔を合わせてたんですかね」

何気ない言葉だったが、江川は返答に困ったようだった。どうやら仁科を見るのは初めてらしい。そうなると、仁科は本当にこの店の常連なのだろうか。

「マスター、コーヒーおかわり」

仁科が空になったコーヒーカップを、天に向かって傾ける。これで、本当はこの店に数回しか来たことがないのだとしたら、やばすぎると志村は思った。

「さて、待たせたね。まずは、自己紹介からするべきかな」

江川がノートパソコンをぱたんと閉じた。仁科が記憶を辿るように、人差し指を立てた。

「たしか……マチダーマンのショーにたまに来て、写真を撮ってる方ですよね？　最近はあまり見かけなかったけど、昨日のショーには参加してましたね」

仁科の言葉に江川は目を丸くした。ここまで把握しているのかと、志村が感心する。

「ええ、よくご存知で。私はマチダーマンの脚本を担当している江川と申します。最近は仕事が忙しくて、あまりショーに行けてませんが、現場では写真撮影を任されてます」

江川の丁寧な挨拶の後、今度は仁科が自己紹介を始めた。

「俺は仁科力。マチダーマンと同じように、この街のご当地ヒーローをしています」

「この街でですか」

江川が首を傾げると、仁科は「これでも分からないかな？」と胸の前で両手を交差した。

「町田を守る賢と拳の二枚刃、真実の探究者！　ディテクティ～……」

「やめてください」

店内で変身ポーズを決めようとする仁科を、志村が制した。

「この人は……個人でご当地ヒーローをしている、探偵です」

志村が本人に代わって説明を済ます。江川は「探偵？」となお驚いたようだった。

お互いの自己紹介が済んだことで、志村は二人にＭＨＦの現状や、自分しか知り得ないことを共有した。影山製作所、シャドウジャスティス、ひかる君誘拐事件、三野村の奇行、そして、殺される前の河野との会話。探偵と脚本家は興味深そうに、志村の話に聞き入った。

「まさか、河野君が殺されるところを目撃したのが志村君だったとは。今朝のニュースでは、シャドウジャスティスの話もあまり触れられてなかったから驚いたよ」

江川が神妙な面持ちで口髭を撫でる。仁科が「たぶん」と前置きしてから話し出した。

「今朝の段階では、警察が志村君の証言の裏取りをしてなかったからだろうね。でも、ＭＨＦはスーツの紛失を認めたんだろう？　そうなると、明日……いや、今夜には大騒ぎになりそうだなぁ」

三人が目を見合わせた。河野を殺したのがシャドウジャスティスなら、誘拐犯を殺した謎のヒーローも同一犯の可能性が高い。世間は謎のヒーローの存在をひかる君がついた嘘だと決めつけていたが、それが今になって覆ったのだ。

志村は決意の表情を浮かべて、自身の思いを口にした。

「シャドウジャスティスはMHFにとっては、お蔵入りになったガラクタだったかもしれません。ただ、僕にとっては思い出のヒーローなんです。これ以上、犯人によって、シャドウジャスティスを血に染めたくありません。僕たち三人で、犯人の正体を考えてみませんか」

志村はシャドウジャスティスのスーツを持ち去った犯人を、MHFの関係者に絞っていた。しばらくMHFに戻ることができないなら、この場で事件を考察するしかない。

仁科が気を遣うように、江川に目を向ける。

「江川さん、あなたはMHFの人間だけど、いいのかい？　これから、身内を疑うような話をわんさかすることになるが」

「構わないよ、私は外注の脚本家だからね。志村君、売れない作家の知恵でよければ、いくらでも貸そうじゃないか」

「嬉しいです……本当にありがとうございます」志村が二人に頭を下げる。

仁科が即席で結成された〈殺人ヒーロー捜査本部〉を見回すと、にやりと笑った。

「元マンガ家と脚本家と探偵の三人で合同推理とは、アベンジャーズみたいだな」

その言葉が耳に入ったのか、カウンター席に座る男性客がボックス席を見たが、一人としてアベンジャーズはいなかったことを確認すると、すぐに視線を戻した。

「やめてくださいよ、恥ずかしいなぁ」

志村が顔を伏せながら咳払いすると、真剣な表情で仁科に訊ねた。

「まず仁科さんは、この事件についてどう思いますか。犯人像とか、目的とか……それに何か僕たちが知らない情報を摑んでいませんか？」

志村の質問に、仁科は歯切れの悪い口調で答えた。

「正直なところ、大した情報はない。わざわざヒーロースーツを着て悪人を殺すんだから、犯人は歪んだ正義感の持ち主で、特撮マニアという予想はできるが……」

「何か警察から特別な情報とか聞いてないんですか」

「そう簡単には教えてもらえないよ。だから俺は、君から情報を聞き出そうと近づいたんだ」

探偵は予想以上に頼りなかった。志村は「はあ」と言いながら仕方なく引き下がった。

「志村君はどう思うんだい？　君はこの事件の関係者と言ってもいい。私たちとは根本的に立場が違うし、何より、河野君を殺したシャドウジャスティスをその目で見ている」

江川に訊ねられて、志村はいきなりだが自分の推理を口にすることにした。

「実は……僕の中では、犯人がヒーロースーツを着て悪人を殺す理由も、そして、そのスーツを着ているのが誰なのかも想像がついています」

仁科と江川の顔がこわばる。

「えっ、マジで」と仁科が隣に座る志村に体を向けた。

「はい。ですが、今から僕が話す仮説は、ものすごく突飛な空想に近いんです。なので、仁科さんと江川さんに意見をお聞きしたいんです」

「もちろん、それは構わないが……君の考えた仮説とは一体？」

江川が目を瞬く。志村はこの喫茶店に来るまでの間に、ある仮説を考えていた。今まで起きたことを思い返しながら、ゆっくりとその仮説を口にした。

「まず、この事件をとりあえず、〈殺人ヒーロー事件〉と呼びます。この事件の最大の謎は、なぜ犯人はヒーロースーツを着て、この街の悪人を殺すのか……ということに尽きます」

仁科と江川は頷いた。志村が話を続ける。

「この事件は四月十日、誘拐犯がヒーロースーツを着た何者かに殺されたことから始まりました。そして昨夜、麻薬の売人だった河野さんが殺されました。この流れから、あたかも歪んだ正義感の持ち主が、この街の悪人を裁いているように見えますね？」

「違うというのかい？」と江川が首を傾げる。志村は慎重に言葉を選んだ。

「いや……結果的に〈個人〉の悪人狩りになってしまっただけで、元々は〈組織〉による全く違った狙いがあったのではないでしょうか」

「おいおい、何だよ組織って？　妄想がすぎるぞ」仁科が苦笑いを浮かべる。

「違った狙いとは、何かな」一方、江川は興味深そうにテーブルの上で指を組んだ。

二人が固唾を呑んで見守る中、志村はこの事件の本来の目的を口にした。

「プロモーションです」

想定外の言葉に探偵と脚本家は眉をひそめた。志村が順を追って説明する。

「マチダーマンはＭＨＦの象徴とも言えるヒーローですが、旗揚げから早十年、悲しいですが、これ以上の伸び代は期待できないでしょう。そのため、社長は水面下でマチダーマンに代わる新しい企画の準備を進めているようなんです」

「新しい企画なんて聞いたことないが……」

江川が戸惑いの表情を浮かべる。志村は、シャドウジャスティスが他のスーツに改造されていないかを確かめるため、工房を訪れた時を思い出した。

雪永によれば、社長の山岡は工房を訪問した時に『これから忙しくなるから』と言い残したという。

さらに、アクションショーの打ち上げの時、逆上した山岡が『やっぱり、てめえらはマチダーマン6でお払い箱だ』とうっかり口を滑らせた。そして、三野村が描いている謎の怪人たち……水面下で新しい企画の準備が進んでいることは明らかだった。

「待て待て、新しい企画のプロモーションで、どうしてシャドウジャスティスが人を殺さなきゃならないんだよ」

仁科にも分かるように、志村は丁寧に説明し始めた。

「僕はデザイン部の部長が、どんな作品に出るかも分からない怪人を、次々とデザインしているのを目撃しています。おそらく、それが新企画の登場キャラクターなのでしょう。でも、その中にはなぜか、主役となるはずのヒーローが存在しなかったんです。これが何を意味するか、分かりますか」

仁科と江川は同時に首を横に振った。志村が力強く持論を展開する。

「一話で退場することがほとんどの怪人と違って、作品の顔となるヒーローのスーツは自ずとクオリティもコストも高くなります。夏に『マチダーマン6』の撮影を控えるMHFには、それと同時並行で新作のスーツを揃える予算も労力もありません。そこで、もっとも負担の大きいヒーロースーツを、使い道がなくなったスーツで代用することにしたんだと思います」

「シャドウジャスティスか！」仁科が叫んだ。

「そうです。企業案件で生まれたシャドウジャスティスは、依頼元の影山製作所の倒産でお蔵入りになっただけで、スーツのクオリティはＭＨＦの最高品質です。しかも、文字通り、一度も日の目を浴びたことがない幻のヒーローなのです。新作のヒーローが過去の製作物の使い回しと気づく者は誰もいません。そして、新作のヒーローをシャドウジャスティスにすることによって、もう一つの利点が生まれます」

「……もう一つの利点？」

江川が息を呑む。志村の推理はここからが本番であった。

「スーツがすでに完成しているならば、作品の公開よりもだいぶ前から、プロモーションを打つことができます。ＭＨＦは十年かけてもマチダーマンというコンテンツをヒットさせることができませんでした。とはいえ、新作をヒットさせるハードルはもっと高くなるでしょう。十年前と比べて、ゆるキャラやご当地ヒーローなど、地域密着型キャラクターの勢いは確実に落ちているからです。そのため、新ヒーローをこの街に定着させるなら、前代未聞のプロモーションで注目を集めるしかありません」

「そりゃ、話題性は大事だけどさ……そんなプロモーションができたら苦労しないぜ？」

仁科が肩をすくめた。志村が即座に回答する。

「たとえば、こんなプロモーションはどうでしょうか。新番組の放送よりずっと前から、謎のヒーローがこの街で人命救助や喧嘩の仲裁、痴漢やひったくり犯を捕まえたりなど、リアルヒーロー活動を行います。当然、謎のヒーローの正体は誰かと話題になりますよね。世間の注目を十分集めたところで満を持して、そのヒーローが主役の新番組やアクションショーを開始するんです。そうすれば、すでに知名度と好感度を獲得した状態で新しい企画をスタートすることができます」

志村の仮説に、仁科と江川は顔を見合わせた。

「なるほど、あまりにも突飛だ……だが、面白い」

江川が口元を手で覆う。

「たしかに、宣伝ってのは不思議なものだよな。有名人に何千万って金払ったCMは見過ごされるのに、SNSで第三者によって投稿された、企業の美談や同情を惹く話は、あっという間に拡散される。その意味じゃ、今の話は破壊力抜群だよな」

仁科が納得したところで、志村は事件の真相を説明した。

「前置きが長くなりましたが……今の説明の通り〈殺人ヒーロー事件〉には、MHFが水面下で進めていた新ヒーローのプロモーションが絡んでいると思います。企画を考えたのは山岡社長。ヒーロー以外のデザインを任されたのは三野村さん。そして、何者かがシャドウジャスティスのスーツを事前に渡されて、ヒーロー活動をするように命じられたのです。新ヒーローのプロモーションは、社内でも極秘で進みました。下手に情報が漏れたら、『巷で話題の謎のヒーロー』というコンセプトが台無しになりますからね」

ハルタが次回作で登場するレイジング・マチダーマンの採寸をした日、山岡はネタバレを防ぐため、徹底して釘を刺していた。人は必ず秘密を漏らす。それが調子のいい役者や、忠誠心の低い社員なら尚更だろう。山岡の用心深さを志村は思い返した。

「しかし、社長すら予期しなかった重大なトラブルが起きました。このプロモーションの要とも言える、シャドウジャスティスのスーツを渡された者が、リアルヒーロー活動の最中に悪人を殺してしまったのです」

「あっ！」ようやく話が現在と繋がり、仁科が腰を浮かせて驚いた。

「そうです。その犠牲者となったのが、〈ひかる君誘拐事件〉の実行犯の黒崎という男です。いくら、子どもを助け出したとしても、誘拐犯を殺してしまったなら印象はがらりと変わってしまいますよね。そのため、MHFの新ヒーローは……悪人を殺すダークヒーローとして世間で認知されてしまったのです」

志村の仮説が正しいなら、MHFを立て直すために始動したこのプロモーションは、想定を超える話題性を集めている。しかし、ヒーローが殺人を犯した以上、その正体が明かされることは、MHFの終わりを意味していた。

「では、河野君が殺された理由も同じ……いや、たしか志村君の説明では」

江川が質問の途中で、志村の話を思い出した。

「ええ。さきほど、お二人には説明しましたが、河野さんは芹ヶ谷公園で殺される前、僕と一緒にいました。その時に『誘拐事件の真相』を僕に教えてくれようとしていたんです。河野さんはショーの打ち合わせでＭＨＦに出入りすることも多くなりました。その時に社長の会話を盗み聞きするなどして、事件の真相を知ってしまった可能性もあります。つまり、彼が麻薬の売人だったのは、あくまで偶然で……殺された本当の理由は、真相を世に広めないための口封じだったのかもしれません」

志村はグラスに注がれたお冷を飲み干すと、ようやく一息ついた。

「軽く話を聞くつもりが、すごいことになっちゃったな」

仁科が状況を整理するように頭を掻く。

「しかも、君は、シャドウジャスティスのスーツを着ている者が誰なのかも想像がついているって言ってたよな。それは一体、誰なんだ」

志村はグラスをテーブルに置くと、まくし立てるような怒濤の推理から一転、静かに、ゆっくりとした口調で話した。

「この事件の犯人は今話した通り、社長からシャドウジャスティスのスーツを受け取った者です。そして、リアルヒーロー活動を任される人物は、社長に信頼され、正義感の強い人間でなくてはなりません」

「そ、それは……？」仁科の問いに、志村は深呼吸してから答えた。

「──ウロボロス将軍役を務める、陣内豪さんです」

珍妙な三人組で行われた推理合戦は、ほぼ志村の独走で結論に辿り着いた。

レトロな喫茶店の中でコーヒー豆をあぶる焙煎機（ばいせんき）の音が響く。

「まさか、陣内君が？　いや、しかし……」

江川は独り言のようにぶつぶつと呟きながら、顎に手を当てている。

「うーむ、『ジッチョクマン』の大ファンとしては、信じたくない話だなぁ」

腕を組んだまま俯く仁科に、志村が何気なく訊ねた。

「ジッチョクマンって、なんですか」

「志村君、ジッチョクマンを知らないの？　うわぁ、ジェネレーションギャップ！」

驚く仁科を、向かいに座る江川が「まあまあ」となだめる。

「今から三十年前に放送されていた特撮番組だからね、知らなくって当然だよ」

三十年前というと、志村はまだ生まれてもいない。しかし、陣内がかって特撮作品でヒーローを演じたことがあることを、志村はなんとなく聞いていた。

「そのジッチョクマンって、昔、陣内さんが演じてたヒーローですか？」

志村が訊ねると、仁科は興奮気味に答えた。

「そうそう。『無骨戦士ジッチョクマン』ってタイトルで、陣内豪の初主演作品だよ！もう三十年前の作品だけど、当時はすごい人気だったんだぜ」

　仁科はジッチョクマンの説明を終えると、江川に体を向けた。

「江川さんはジッチョクマン見てました？　俺は当時六歳だから、直撃世代なんですよ」

「いや、私はもうその時、成人だからね。甥っ子が好きだったから、ちょっと知ってるぐらいだよ」

「ああ……語りたかったなぁ。ジッチョクマンの思い出、語りたいなぁ」

　悔しそうな声を上げる仁科を惜いて、江川が冷静に分析を始める。

「陣内君はマチダーマン旗揚げ時代からMHFを支えてきた男だし、過去にジッチョクマンで一世風靡をした経験もある。それに、現在は事務所にも所属せずにフリーだったはずだから、社長の指令も直接受けることができる。たしかに、新ヒーローに抜擢するのに、これほど相応しい人間はいないかもしれないね」

　志村は江川の推理を聞いてるうちに、新しく気付いたことを口にした。

「しかも、陣内さんならアクションショーの着替え中に、たまたま河野さんの体に注射跡があるのを目撃して、麻薬の売人だと勘付けた可能性がありますからね。それなら河野さんを殺しても、世間は悪人を裁いただけだと思うので、安心して口封じができます」

　もはや志村の推理を疑う者はいなかった。仁科は複雑そうな表情で「うーん」と唸った。

「でもこの後、どうする？　陣内豪に『あなたが犯人ですよね』って言うのか」

志村も同じことを考えていた。あくまで、憶測であって証拠など何一つないのだ。

「せめて、陣内さんともう一度会える機会があれば、色々と探りを入れられそうなのですが。ただ、ショーは週末までないし、このままだと中止になる可能性もありますね……」

そこで三人の知恵も尽きたようだった。しばらくの間、ただただ沈黙が続いた。

静寂を破ったのはピロン、ピロンというメッセージアプリの電子音だった。志村と江川のスマホがほぼ同時に鳴り、二人は首を傾げた。

「失礼」

江川がスマホを確認すると、画面を見つめながら眉をひそめた。志村も遅れてスマホを見ると、ＭＨＦのトークルームに山岡からメッセージが届いていた。

メッセージの内容は、死亡した河野を悼むため、そして、ＭＨＦの今後を話し合うため、就業時間後に社員・キャスト全員参加でいつもの居酒屋に集合するというものだった。

志村のスマホを覗き込んだ仁科が「願ってもないタイミングだな」と笑った。

「これは、さすがに私も行かなければならないだろうな」

飲み会を嫌う江川も、ため息をついて参加を決心したようだ。

もちろん、謹慎中のような扱いの志村も参加するつもりである。森田に見つかれば、文句を言われそうだが、全員参加との社長命令を無視するわけにもいかない。

〈河野を悼む会〉の開始時刻は午後八時。現在は午後三時なので、まだ時間はある。

仁科が青いジャケットを羽織り、立ち上がった。

「志村君、この後、まだ時間あるかな?」

「まあ、ありますけど」

「よかったら、もう一軒付き合って欲しい場所があるんだけど」

「いいですけど、どこへ」

唐突な申し出に志村は首を傾げた。仁科は千円札をテーブルに置くと、残りの会計を江川に頼んだ。志村の分も含まれているなら、明らかに金額は足りていない。

「陣内豪と会うまでに、もう少し調査をしよう。河野ってスーツアクターが殺された芹ヶ谷公園に行くぞ」

仁科は志村を連れて、颯爽と喫茶店を後にした。

4

芹ヶ谷公園の噴水広場は、小池を跨ぐように規制線が敷かれ、しばらくの間、水遊びを禁止するとの張り紙がされていた。

噴水の前では警官が園内の警備員に聞き込みをしていて、他にも好奇心旺盛な野次馬がちらほら、ユーチューバーらしき者がテレビリポーターの真似事のような撮影もしている。

「近づきすぎない方がいいかもな」

仁科は噴水から、離れた位置にあるベンチにトートバッグを置くと、その横に腰を下ろした。空は曇っているが、喫茶店にいる間に雨は上がっていた。

志村は湿っているベンチに座るのに抵抗があったため、仁科の隣に立つと、そびえ立つ噴水彫刻を見上げた。

「それにしても、驚いたなぁ。志村君、すごい洞察力だね。ＭＨＦがこの事件で潰れたら、俺の助手にならない？」

仁科は足を組むと、呑気そうな口調でおしゃべりを始めた。

てっきり、河野が殺された状況を再現したり、周辺に何か重大なヒントが落ちていないか探し回ると思っていた志村は、のんびりとしている探偵に拍子抜けした。

「逆に僕は……仁科さんが喫茶店で自身の推理をまるで見せないので驚きました。仁科さんは本当に、警察から何も情報をもらってないんですか？」

志村が訊ねると、仁科は少し間を置いてから話し出した。

「いいかい、志村君……俺はＭＨＦの人間じゃないから、今夜の集まりには行けない。だから、代わりに君にお願いしたいことがある。誘拐犯の黒崎と、麻薬の売人の河野を殺した犯人は、左利きだ。今夜、陣内豪と会ったら、彼が左利きかどうかを真っ先に確認するんだ」

喫茶店にいた時とは打って変わって、仁科がさらりと重要な情報を口にした。

「えっ、左利き？　どうして、そんなことが分かるんですか」

「言ったろ、警察に情報を提供してくれる仲間がいるんだ」

仁科は脳内の捜査手帳を読み上げるように淡々と説明を始める。

「最初の被害者となった誘拐犯の黒崎は、犯人に正面から首を絞められて殺された。死体に残された痕から、犯人はまず左手で相手の首を摑んで、その上に右手を添えるような形で首を絞めたことが分かっている。つまり、左利きということだ」

仁科は前方にある噴水広場を指さした。

「そして、昨夜ここで殺された河野だが……犯人はまず、公園内で拾ったレンガほどの大きさの石で、河野のことを正面から殴っている。河野からしたら不意打ちだよな。ヒーローの格好をした奴が突然殴りかかってきたら、誰でも怯むだろうし、しかも右手は怪我してたようで、ろくにガードもできなかったんだろう。それから、犯人は河野を小池に押しつけて溺死させたんだ。……で、最初に殴られた箇所は、河野の右側の額だ。これも、やはり左利きによる犯行を示している」

――どうりで、公園に来ておきながら、ちっとも調査を始めないわけだ。

志村は納得した。調査する必要がないのだ。すでに大切なことは聞いているのだろう。

「どうして、そんな重要な情報を喫茶店で話さなかったんですか」

「そりゃ、俺は君以外の人間をまだ信用してないからさ。犯人かもしれない奴の前で、手の内は見せられないだろ」

「江川さんを疑っているんですか？」

この男は抜けているようで、案外底が見えないと志村は思った。

「でも、犯人が左利きというなら、江川さんはシロですよ。あの人、みんなで話し合う前に編集者にメールを送ってましたが、キーボードを叩く手は、たしか右でした」

「だが、犯人の仲間かもしれない。もし、俺があの場で今の話をしたら、今夜の集まりで犯人に、右利きのフリをしろと伝えるかもしれないだろ？」

「あっ……」

志村の推理では、少なくとも山岡、三野村、陣内と三人の人間が絡んだ事件ということになっている。脚本家の江川が一枚嚙んでいても不思議ではない。

「志村君、ちょっと迂闊すぎるよ。そうやって、自分の推理を誰かにペラペラと話しちゃってないよね？」

仁科にじろりと睨まれ、志村は慌てて両手を振った。

「それじゃ、今は二人きりですし、改めて聞きますが……仁科さんは〈殺人ヒーロー事件〉についてどう思っているんですか」

「いや、それに関しては皆目見当がつかない。なんなら、志村君の推理が一番可能性があるんじゃないかと思っているよ」

「そ、そうですか」

志村は生返事をした。まだ他にも隠していることがありそうな気がした。

「では、河野さんが麻薬の売人だったことは、どう思います？　たとえば、それ自体がこの事件と関わっている可能性ってありますかね」

「それってどういう意味？　まさか、〈殺人ヒーロー事件〉の裏で麻薬組織が暗躍してるとか？　ハハハッ、ないない。さすがにないないいっ」

ベンチに座った仁科が両足を浮かせて大笑いする。志村が頭を掻きながら弁解する。

「いや、そうは言ってませんよ。ただ、この街では芸人やスーツアクターが立て続けに麻薬の売人だったことが発覚してますからね。これって偶然なんですか」

仁科は両足をぶらぶらとさせながら、まだ笑っている。

「志村君、覚醒剤や大麻なんてネットで買えるから、今時、主婦や大学生だって誰でも売人になれるんだよ」

「いや、そうかもしれませんけど」

「芸人とスーツアクターがどちらも売人だったのは、単に顧客になりうる人間が多いからだよ。売れない芸人と役者なんて、現状に不満を抱いてるだろうし、いかにもブレイクスルーのための強い衝撃を求めていそうじゃないか。『これは合法のやつだから安心して』なんて最初の一発を気前よくあげちゃえば、拒めない人も出てくるよね。だから、儲かる分、目立つ……それだけでしょ」

「な、なるほど。僕も一応、確認しただけです。河野さんが殺されたのは直前の言動から、犯人によって口封じされたと考えて間違いないはずですから」

志村は噴水広場に目を向けた。手足をばたつかせて必死にもがく河野、無言で相手の顔を水面に押し付けるシャドウジャスティス……昨夜の光景が脳裏に蘇る。

河野は犯人をこの噴水広場に呼び出し、大いなる罪を暴こうとした。その直前に志村が河野の本性を暴いたように。

河野の性格を考えたら、脅迫まがいのことだってする予定だったのかもしれない。しかし、ハイエナの騎士は本物の怪人と対峙して、あっけなく殺されてしまった。ＭＨＦを小狡く立ち回る河野は、決して周りに慕われるような存在ではなかった。それでも、真実を相手に突きつける間もなく、問答無用で溺れ死ぬことになるとは、あまりにも哀れだ。

「あれ……？」

志村が心の中で、河野に対して同情の念を抱いた時だった。ふと、アクションショーに向かう車内での会話を思い出し、背筋に冷たいものが走った。

――どうして、このことを今まで忘れていたのだろうか。

「僕は殺人ヒーローにばかり気を取られていました。殺された河野さんですが、実は未解決事件の調査を個人的に行うのが趣味だったらしいんです」

「へえ。なんだか、変わった趣味だな」

趣味でご当地ヒーローをやっている仁科が、面白そうに腕を組んだ。

「河野さんはアクションショーがあった日に、突然妙なことを言い出したんです。たしか、三十年前の児童殺人事件の犯人が分かるかもしれないって言ってました」

「……三十年前の児童殺人事件だって？」

それまで笑って話を聞いていた仁科の顔がこわばった。

「知ってるんですか、その事件？」

「俺の知ってる事件と同じかはわからん。河野はなんて言ってたんだ？」

「いや……三十年前の児童殺人事件としか、言ってなかったと思います」

仁科は「うーむ」と言いながら顎に手を当てた。

「ちなみに、仁科さんが知ってる事件は、どういった事件なんですか？　今のでピンときたなら、同じ事件の可能性が高い気がしますが……」

「そうだな……多分、河野が言っているのは相模原の〈若葉まつり〉で起きた事件のことだろう」

「若葉まつり？」

仁科は嫌な記憶を思い出すように、眉間に皺を寄せながら頷いた。

「三十年前、相模原市が開催する大きな祭りの日に、六歳の子どもが行方不明になったんだ。そして翌日、市内の森の中で、首を絞められて殺されていたのが見つかったんだよ」

「酷い事件ですね……未解決事件ってことは、犯人は捕まらなかったのですか？」

「ああ、捕まらなかった。殺された子どもの父親が、あまり警察に頼りたくなかったのか、子どもが消えた日に捜索願を出さなかったんだ。だから、初動が遅れて事件は迷宮入りになった。しかも、子どもが殺されたショックか、その父親もすぐに自殺してしまってね」

悲惨な事件に、志村は顔を歪める。

――何かがおかしい。河野は三十年前の児童殺人事件と、現在の殺人ヒーロー事件、二つの事件の真相に辿り着いたというのか？　そんなことが……。

「えっと、仁科さん。その三十年前の事件って、誘拐事件だったりしませんか？」

「ん？　まあ、〈若葉まつり〉に紛れて、子どもを森の中に連れ出してるんだから、その時点では誘拐と呼べなくもないが……」

仁科が腕を組みながら斜め上を見上げる。志村の中である仮説が浮かんだ。

「河野さんは殺される直前、『面白いネタ』を僕に教えてくれようとしました。僕がそれは何かと訊ねるとこう言ったんです。『移動中の車内でも話題になった、誘拐事件の真相だよ』……と。あの時、車内では〈ひかる君誘拐事件〉の話題で盛り上がってましたので、てっきり僕はその真相を教えてもらえるのだと思い込みました。ただ、もし三十年前の事件が誘拐事件と呼べるなら、河野さんが伝えたかったのは、そっちの真相だったのでは？」

仁科は「むむむ……」と言いながら首を傾げた。

「それだと、なんで河野は、わざわざ三十年前の事件を誘拐事件と言ったんだ？　もし、誘拐事件だったなら、自殺した父親も警察を頼ったはずだし、世間でも〈相模原児童殺人事件〉という名で浸透しているってのに……」

「やっぱり、無理がありますかね。ていうか、仁科さん、三十年前の事件なのに、めちゃくちゃ詳しいですね。やっぱり探偵だからですか？」

何気ない質問だったが、仁科は真剣な眼差しを向けて答えた。

「その三十年前の事件で殺されたのは、俺と同い年の友達だったんだよ」

突然の告白に時が止まる。しばらくの沈黙の後、再び秒針が動き出すように、仁科が足を組み直した。

「当時、俺は六歳。事件があった〈若葉まつり〉も見に行ったよ。この街のさくらまつりのように大きな祭りだったね。昼間から大通りに出店が並んで、吹奏楽部のパレードがあったり、大道芸人があちこちでパフォーマンスをしたりして、賑わっていたのを憶(おぼ)えているよ。そして、幼いながらに一人の少年の死で、街が恐怖に包まれたのもハッキリと憶えている。親が、先生が、大人たちが……みんな人が変わったように怯えていたんだ。大人はどんなことがあっても泣かないし、怖がらない存在だと思っていた俺には、それが衝撃的だった」

仁科は切なげな表情で、灰色の空を眺めた。

「殺された子は慎太郎(しんたろう)君って名前でね。家がお金持ちなのか、ピカピカの自転車や玩具をたくさん持ってたけど、お母さんがいないらしくて、いつも寂しそうな顔をしてたかな。彼と一緒に遊んだ記憶はもう僅かしか残ってないけど……それでも、近所に住む友達が、ある日、忽然といなくなる恐怖が今も体に染み付いている。あの事件のせいで、俺はこの世に正義のヒーローが存在しないことを知ったんだ。俺がいい歳して、街の探偵やご当地ヒーローなんてことをしてるのは、そのことを認めたくないっていう、意地のようなものなのさ……」

唖然として、その場で立ち尽くす志村に気を遣うように、仁科は不自然に笑った。

「ともかく、三十年前の事件は同い年の子どもたちにトラウマを与えたんだよ。警察に情報をくれる仲間がいるって言ったろ？　そいつも俺と同い年でね。俺と同じような理由で、今は刑事になってるんだ」

「あ、そういうことだったんですか……」

ようやく、志村が口を開いた。しかし、頭の中では今も混乱が渦巻いている。三十年前の事件を聞いたことがきっかけで、次々と新たな疑問が押し寄せてきた。

「あの、僕はだんだんと、この事件が分からなくなってきました……」

「この事件って、殺人ヒーローの方？」

仁科に訊ねられ、志村は力無く頷いた。

「僕たちは今まで、殺人ヒーローのことばかりを考えてきました。ですが、本当に考えなくちゃいけないのは、殺された悪人の方だったのかもしれません。河野さんは口封じのために殺されたとして、ひかる君を誘拐した黒崎という男は、なぜ殺されたのでしょうか」

「なぜって、誘拐は犯罪だろ」

志村は首を横に振った。

「殺人ヒーローの正体が陣内さんだとして、陣内さんはどうして、ひかる君が監禁されている廃工場の場所を特定できたんですか？　ひかる君の親は、犯人の指示に従い、警察に連絡をしなかったと聞きました。つまり、陣内さんは警察すら認知してない段階で、ひかる君の誘拐に気づいて、救出したことになります。そんなこと有り得ますか？」

「まあ、俺もそれは気になっていたな。ヒーロースーツのまま、パトロールしてたわけではあるまいし。だが、リアルヒーロー活動を任されていた陣内豪は、日頃から手柄を立てるために、街の犯罪事情に詳しかったのかもしれない」

探偵の仮説に、志村はいまひとつ納得できなかった。疑念はそれだけではない。

「そもそもなぜ、黒崎は身代金目的の誘拐など、時代遅れな犯罪を行ったのでしょうか」

志村が鳳にこの事件を聞いた時、一番最初に奇妙に感じたことは、令和の時代に身代金目的の誘拐事件が発生したということだった。

──この事件の最初の謎にこそ、全ての謎を解き明かす鍵があるのではないか。

仁科は手をかざすと、空中にある捜査手帳をめくるように指を動かした。

「身代金目的の誘拐か……過去に、仕事で誘拐について色々と調べたことがある。記憶が正しければ、日本では戦後から今までの間で、身代金目的の誘拐が二八八件起きている。ほぼ全ての事件は解決していて、犯人が捕まらなかったケースは僅か八件しかない」

「えっ、八件は成功してるんですか?」

志村は鳳の話を思い出した。すぐに仁科が指を振る。

「その八件だって、犯人は警察に捕まっていないというだけで身代金を手にしていないんだ。つまり、身代金を奪った上で、逃げ切った誘拐犯は日本にはいない。身代金誘拐は成功率〇%の犯罪なんだよ」

「じゃあ、なんで黒崎はそんな犯罪をしたんでしょう」

「さあ。どんなにリスキーと分かっていても、追い詰められた人間は犯罪に手を染めるからなぁ。たとえば、誘拐と並んで銀行強盗だって、現代じゃ成功しなさそうだろう? それでも毎年数件は必ずどこかで発生しているんだよ」

志村は曖昧に頷いたが、やはり納得ができなかった。

──黒崎は本当に勝算のない犯罪を実行に移したのか?

さらに、疑念はあと一つ残っていた。

「そういえば、仁科さんは昨日のショーを観てたんですよね。会場にキリシマ・ジョーがいたことには気づきましたか？」

「ん？　ああ、まあ」

仁科は不自然な間を空けて答えた。その態度に志村は違和感を覚える。

「あ、気づいてたんですね。どうしてあの日、彼はショーを観に来たんでしょうか。ていうか、なんかテンション低いですけど、キリシマ・ジョーのこと嫌いなんですか？」

仁科は鼻をぽりぽりと掻きながら、歯切れの悪い口調で答えた。

「いや、嫌いとかじゃないよ、別に。その、なんというか、美奈ちゃんはＭＨＦの人たちに何も言ってないの？」

「……えっ？　どうして、今、美奈さんが出てくるんですか？」

志村の質問に、仁科は「いや、別に」と言いながら、目を逸らす。

どうやら、何か探りを入れようとしたが、踏み込みすぎたらしい。露骨に動揺する姿を見て、志村はこの探偵が切れ者なのか、おっちょこちょいなのか分からなくなってきた。

「いや、絶対に何か知ってるでしょ。教えてくださいよ……ねえっ、ねえっ！」

志村の質問攻めに屈した探偵は「わかった、わかった」と両手を振った。

「美奈ちゃんは依頼人として、うちを訪れたことがあってね。そういう縁で俺は、あの子のことをずっと応援しているんだ……」

「うちって、リキ探偵事務所のことですか？」

志村は眉をひそめる。照れ臭そうに頭を掻く仁科を、間髪を容れずに追及する。

「美奈さんは探偵事務所なんかに、どんな用があったんですか？　それと、キリシマ・ジョーが会場にいたことと何か関係があるんですかっ？」

「うるさいなぁ！　そんなこと言えるわけないだろ。探偵には守秘義務というものがあって、依頼人の情報を第三者に伝えるわけにはいかないんだよ」

仁科は駄々をこねる子どものように両手を振り回しながら、それ以上の追及を拒否した。しかし、志村も引き下がらない。

「いやいや、事件と関係あるかもしれないじゃないですか。教えてくださいよ」

「ダメなものはダメだ。志村君、探偵を舐めるなよ」

仁科は乱暴にトートバッグを摑むと、勢いよくベンチから立ち上がった。

「ともかく、君は今夜の集まりで、陣内豪が左利きということを調べるんだ。いいね」

探偵は志村に向かって鋭く指さすと、早歩きでその場を去っていった。

「ええっ……な、なんなの」

啞然としたままの志村が、仁科が座っていたベンチに目を向けると、地面に分厚いリングファイルが落ちていることに気づいた。

首を傾げながら拾い上げ、カバーに付いた小石を払いながら中身を覗いてみる。

「えっ⁉」

ファイルには仁科がこれまでに依頼された調査の報告書が挟まっていた。依頼人の名前、依頼内容、調査過程、調査結果……あらゆる情報が記された機密書類を目にして、志村の両手が震えた。慌てて周囲を見回すが、すでに持ち主の姿はない。

探偵には守秘義務がある。だから仁科には自らの口から説明することはできない。

「仁科さん……粋な事を」

志村は、仁科が去って行った方向に一礼すると、ページをめくり、目当ての情報を探した。すると、依頼人の名前に『水原南(みなみ)』と書かれた調査報告があった。

――水原南……おそらく、水原美奈の本名だ。

依頼内容と書かれた項目を見た志村は、目を疑った。そこにはこう記されていた。

〈俳優キリシマ・ジョーとその息子・ひかる君の身辺調査〉

分厚いリングファイルを広げたまま、志村は「嘘だろ」と呟いた。だが、その後に続く、さらなる衝撃の事実を知ると、彫刻のようにその場に立ち尽くした。

5

芹ヶ谷公園を後にした志村は、一度帰宅して、仁科から預かったファイルを片手に、テレビを眺めていた。

仁科の言う通り、夕方のニュースでは殺人ヒーローのスーツが、MHFの地下倉庫から盗まれたものだったことが報道された。ニュースは新展開を迎えた事件で持ちきりだった。

テレビ画面にシャドウジャスティスの写真が映される。よりによって、その写真は取調べを受けた時に志村が担当警官に見せた思い出の写真だった。

シャドウジャスティスのスーツを着て、ぎこちなくピースをする志村と、その隣で笑う影山社長。ニュースではヒーローマスクのバイザーのように、影山の目線は黒く塗りつぶされていた。

世間でも、誘拐犯の黒崎と、麻薬の売人の河野が同一のヒーローによって殺されたことが認知されて、シャドウジャスティスは町田の悪人を狩る〈殺人ご当地ヒーロー〉として、全国にその名を知られることになった。ニュースでは、町田の駅前で街頭インタビューを行っており、道ゆく人に殺人ヒーローについて、どう思うかを訊ねている。

悪人が殺される分には構わないと頷くサラリーマン、治安が良くなるなら応援したいと無邪気に笑う女子大生。番組側の構成もあるとはいえ、シャドウジャスティスは望まぬ形で、町田の住人にその存在を受け入れられていた。テレビを消すと、志村は家を出た。

すっかり夜となった街には、雨上がりの澄んだ空気が漂っていた。

午後八時。いつもの居酒屋の座敷は、ＭＨＦの関係者でひしめき合っていた。全社員とレギュラーキャストに号令がかかっているため、イベントスタッフを免除された映像部や衣装部の人間も揃い、総勢四十名ほどの人間が、二つの和風テーブルに分かれて着席している。

第一テーブルには、営業の勝田と工藤。キャストのハルタ、陣内、中嶋。監督の神無月に脚本家の江川。さらにショーには顔を出さない衣装部のおばちゃんたちや、映像部の社員たちが並んでいる。テーブルの最奥のお誕生日席――もとい組長席は不在で、皆がそこに腰を下ろす社長・山岡の到着を待っていた。

第一テーブルに収まりきらなかった者は、急遽、店員が用意した第二テーブルに案内された。工房の雪永と部下の職人たち、その向かいにはデザイン部の森田、鳳、そして、謹慎扱いだった志村が着席している。

当然、森田はいい顔はしなかったが、会場に来た志村を追い返すようなことはしなかった。鳳の話によると、三野村の体調を心配した森田は、自己判断でデザイン部部長を会社に残してきたらしい。これで、志村までいなくなるとデザイン部の出席率は半分になる。社長にそのことを責められる危険性もあるので、渋々と志村の同席を許可したのだった。

「美奈ちゃんがいないな」

タンクトップにデニムシャツを着た雪永が、きょろきょろと会場を見回した。釣られて周りが第一テーブルに目を向けると、森田が口を開いた。

「急な招集でしたし、仕事と重なって来れなかったのかも」

志村はキャスト陣に目を向けた。河野は死に、美奈は欠席しているため、ハルタと陣内と中嶋の三人が神妙な面持ちで並んでいる。志村は今夜、陣内が左利きかどうかを確かめなくてはならなかった。

少し距離があるが、食事が始まれば利き腕の確認くらいできるだろう——などと考えていると、神無月の隣に座る、江川と目が合った。脚本家は志村に向かって無言で頷いた。おそらく、陣内の監視は任せろという意味なのだろうが、江川は犯人が左利きという情報を仁科から聞かされていない。結局は、志村が陣内から目を離さず観察するしかないのだ。

その時、座敷の襖（ふすま）が勢いよく開き、社長の山岡が現れた。その場にいる全員が社長に体を向け、「お疲れ様です！」と頭を下げた。

山岡の今夜のコーディネートは黒スーツに、黒シャツ、黒サングラスと黒尽くしだった。「が～まるちょば、かよ」と鳳が小声で言ったが、志村にはそれが何か分からなかった。

山岡は静かに腰を下すと、「今日集まってもらったのは他でもない……」と任侠映画のワンシーンのような台詞を口にした。こうして、〈河野を悼む会〉が始まった。

「河野君は、マチダーマン旗揚げ時代から、身を粉にしてＭＨＦに尽くしてくれた素晴らしいスーツアクターでした」

弔辞（ちょうじ）の言葉を読み上げる山岡を、その場にいる全員が黙って見守る。志村は昨夜、全裸になった自分にしがみつき、ライターを点火した河野を思い出し、複雑な気分になった。

山岡は、河野が麻薬の売人だったことには一切触れない弔辞を読み終えると、営業部長を手招きした。すぐさま、勝田が山岡の隣に並び、ＭＨＦの今後について話し始めた。

「ええーッ、今、ニュースでも騒がれていますが……河野君を殺したヒーローは、MHFから盗まれたスーツを着ていたようです。このことで、不安になっている社員もいるかもしれませんが安心してください、ウチは完全に被害者です。警察には被害届を出してますし、ゴールデンウィークのイベントも全て決行します」

勝田の言葉で会場がざわついた。今日も目にクマを浮かべた神無月はがっくりと肩を落とし、第二テーブルでも、「やるんかい」と雪永が眉をひそめ、鳳がため息をついた。

「うるせえ、騒ぐな！　今、MHFは最大のピンチを迎えている。だが、それはチャンスでもある。だからこそ、社員が一丸となって協力しなくちゃいけねえんだよ」

勝田が叫んで一同を黙らせる。そこに社長が割って入る。

「みんな、死んだ河野のためにも、マチダーマンの火を絶やさないようにしよう。それがあいつにとって一番の弔いになるんじゃねえか？　文句ある奴は俺のとこに来い、いくらでも話聞いてやるからよ……ということで、乾杯！」

山岡がグラスを掲げた。誰もが、乾杯という言葉に疑問を抱きながら、慌ててグラスに手を伸ばす。それから、〈河野を悼む会〉は通常通りの飲み会に切り替わった。

湿っぽく酒を飲んでいたのは最初だけで、次第に座敷は賑やかになっていった。ショーの打ち上げと違って、ただでさえ参加者が多く、麻薬の売人だった河野に、殺人ヒーローと話題はいくらでもあった。あちこちで生々しい発言が飛び交う。誰もが不謹慎な話をしたくて仕方なかったのだ。その願望を酒のせいにして解放していた。

志村は第一テーブルに目を向けた。ハルタが中嶋の話に耳を傾けている。

「えぇーっ、それ本当っすか、中嶋さん」

「はい。河野さんは元々、有名な劇団に所属していた役者志望者だったんですけど、手癖が悪かったようでしてね。楽屋泥棒の疑いをかけられて、その劇団から追放されたんですよ。他にもやましいことはいくらでもあったようで、だから、顔出しをしなくていいスーツアクターに転身したそうですね」

「へえ。やっぱり、根っからの犯罪者だったんすね、河野さん」

ハルタが肩をすくめて、不快そうな表情を浮かべる。そこに営業の工藤が口を挟んだ。

「でも、河野さんって、会場にキリシマ・ジョーがいることを知ると、台本変えてまで目立とうとしたんですよね？　やっぱり、役者にまだ未練があったのかなぁ」

「けっ、あんな小狡い男がスターになれるかよ。育ちの悪さが顔に出てたよな」

死者に対して言いたい放題の勝田。一方、江川は時折、志村と目配せを送り合っていたが、酒が進むと、神無月といつもの口論を始めていた。

「そもそも、ご当地ヒーローとは現代の土着神なのだよ。だから、マチダーマンにとっての〈敵〉とは怪人みたいな単純な悪党ばかりじゃなくて、この街の森を削り、動物を追い払う人間でもあるんだよ。私が若い時は、近所の公園でタヌキをよく見かけたものさ。それが今はどうだ？　この街で増えた動物といえば、ゴミを漁るカラスとネズミばかりじゃないか」

「勘弁してよ、トオルちゃん。誰もご当地ヒーローにそこまでのメッセージ性を求めてないよ。アクションショーで観客に向かって『人間は敵だ！』とか『タヌキを返せ！』って叫ぶヒーローを誰が応援するんだよ。そりゃ、俺だっていつかは、本当に自分が満足できる作品を撮りたいけど、世の中には予算もあるし、コンプライアンスもあるんだよ」

神無月の投げやりな回答に、江川の持論はますますヒートアップする。最終的に監督は「俺、寝てないんだよ」と涙目で訴えるだけとなった。

そんな中、騒がしい第一テーブルの片隅で、陣内は一人静かに日本酒を口にしていた。

志村の目線が陣内の手元に釘付けになる。おちょこを持つ手は、右手だった。

――どういうことだ？　いや、まだ分からない。

陣内はテーブルに並べられた食事に手をつけていなかった。小皿に乗った割り箸も、箸袋に入ったままだった。おちょこくらい利き腕とは逆の手で持つことはできる。

志村は陣内を観察しながら、会場で左利きの人物がいないかを探った。だが、皆が皆、常に箸を持っているわけではない。さらに、ジョッキを左手で持つ者がいたとしても、それだけで左利きと判断することはできない。現に右利きの志村も、たった今、左手でフライドポテトを摘んでいるのだ。仁科から託された目的は、簡単に達成できると思っていたため、志村はだんだんと焦り始めた。

——そんな馬鹿なっ。左利きの人間なんて、いないじゃないか。

〈河野を悼む会〉が始まって一時間ほどが経過した頃、第一テーブルの騒がしさはピークに達していた。なぜか、山岡の周りで、次々と社員が服を脱ぎ始めている。

組長席に座る山岡が手を叩いて叫ぶと、十名ほどの映像部の男たちが立ち上がった。

「よし、今度はお前らだ。河野の件もあったし、シャブ打ってねえかチェックだ」

山岡の号令で、映像部の人間が次々とパンツ一丁になる。ズボンまで脱がすのは、ただの悪ふざけだろう。勝田がボディチェックをするように、一人ずつ体をまさぐる。

「映像部、問題ありません！」

勝田が敬礼をすると、周りから笑いが起きた。

「嫌なノリだな」

第一テーブルを冷めた目で見ながら、鳳がジョッキを口にした。服を脱がされる順番は、社長の気まぐれのようで、映像部の次は、キャストのハルタと中嶋が餌食(えじき)になった。

「ちょっと、写真撮らないでくださいよ。週刊誌に載ったらどうすんすかぁ」

ハルタが服を脱いだ瞬間、衣装部のおばちゃんたちが一斉にスマホを構え出す。その隣で、中嶋が恥ずかしそうにシャツを脱ぎ出した。

「えっ」

志村は思わず声を上げた。上半身裸になった中嶋の体はアザだらけで、至るところが赤黒く変色していた。動揺を悟られたのか、向かいに座る工房の職人が口を開いた。

「ハルタさんのせいですよ。あの人、アクションショーの殺陣で、相手の体に寸止めしないで、容赦なく当てる人ですから」

彫りの深い顔をした男が、苦々しい表情を浮かべる。工房で頭にタオルを巻いている職人だった。名は室井(むろい)といって、雪永の部下に当たるが、社歴は工房長よりも長い。

「当てるって、あんなになるまでやるんですか？」と志村が訊ねる。

「本格派のアクションを売りにしてる映画では、あるっちゃあることなんですけど、ご当地ヒーローでそれをやるのは、ただのパワハラですね。ハルタさんのおかげで、当然、スーツもすぐにボロボロになります。だから俺たちはショーの終わりに、いつもベコベコに凹(へこ)んだアーマーの修理を夜までしているんですよ」

工房では寡黙なイメージがあった職人が、ハルタに対する不満を吐露した。おそるおそる雪永に目を向けると、工房長はカシスオレンジを数杯飲んだだけで、テーブルに突っ伏して眠りこけていた。

——弱いっ。

目の前の火山が噴火することなく、休眠状態となったことに安堵する志村。

「それにしても、森田さん、デザイン部も新人が増えてよかったですね」

室井が話しかけると、森田は枝豆を口元からさっと離して、なぜだか困ったような顔をした。室井の言葉は続く。

「デザイン部って、涼子さんが辞めてから、ずっと三野村さんと森田さんの二人で頑張ってましたもんね。三人以上になるのって何年ぶりですか？」

初めて聞く名に、志村と鳳が目を見合わせた。

「誰ですか、そのリョウコさんって」

眉間に皺を寄せる森田のことを無視して、すかさず志村が訊ねた。

「誰って、昔、この会社にいたマチダーマンをデザインした人だよ」

「マチダーマンって、三野村さんがデザインしたんじゃないんですか？」

志村がすっとんきょうな声を上げる。鳳も興味深そうに身を乗り出した。

「なんだい森田さん、後輩たちに先代デザイン部部長の話をしてないのかい？　涼子さんってのは、この会社がまだご当地ヒーローに乗り出す前からいた人で、マチダーマンやウロボロス将軍など、初期のデザインは、ほとんど彼女が手がけたんだよ」

酒が入ると室井は意外にもおしゃべりな男だった。森田が迷惑そうに相槌を打つ。

「といっても、俺が入社した時にすれ違うように辞めちゃった人だから、全然絡んだことはないんだけどね」室井が笑いながらジョッキを呷る。

「なんで涼子さんって、辞めちゃったんですか」

志村が、ばつの悪そうな顔をしている森田に訊ねた。

「別に……ただの転職だよ」

曖昧な返答に、室井が首を傾げる。他部署の目を気にして、慌てて森田は補足した。

「いや……三野村さんと気が合わなかったというか、デザイン業務を巡って衝突したのが原因かな。最終的には、涼子さんが根負けして、MHFを去っちゃったけど」

森田は気まずそうに目を逸らしながら、デザイン部の歴史を語った。

顎鬚を撫でながら話を聞いていた鳳が笑った。

「ははーん。その涼子さんが辞めちゃって、デザイン部は二人になり、オーバーワークによって三野村さんが倒れ、俺とシムが補充されたってわけですか」

森田が静かに頷く。他部署がいることで、森田も聞かれたことを不自然にはぐらかすことはできない。志村はいい機会だと思って、遠慮せずに気になることを訊ねた。

「その涼子さんって人は、今どこで何してるんですか。そんだけの実績があったなら、大手企業のデザイナーにでもなったんですか?」

「さあ……でも元気に暮らしてるんじゃないかな」

志村がいつまでも絡んでくるので、森田の顔に警戒の色が浮かぶ。その時、第一テーブルから、山岡の叫び声が届いた。

「志村ぁぁーーっ、次はてめえの番だ! こっち来い」

話に夢中になりすぎて、志村は第一テーブルの監視をすっかり忘れていた。隣のテーブルでは、すでにほとんどの男がパンツ一丁になっている。

志村はため息をつくと、周りの人間に迷惑をかけないように、すぐに立ち上がった。

「シム、行くことないだろ……」と鳳が言いかけた時、「志村君、早く行ってください」と森田が第一テーブルを指さした。

冷酷な上司に死地への進軍を命じられた志村は、衣服が散乱した第一テーブルに近寄った。どういう流れでそうなったのか、いつの間にかにボディチェックをする側だった勝田まで、ブリーフ一丁になっている。

第一テーブルは服を脱いだ人間と、服を着ている人間がはっきりと二つに分かれている。それらを見比べると、社長が気まぐれで標的を選んでいないことがよく分かった。

この状況でも、社長の毒牙にかからなかった人物は、まずは衣装部のおばちゃんたちゃ、映像部にいる女性社員たちである。パワハラ、アルハラ、何でもありの狂宴のようでいて、山岡は女性には一切手を出していなかった。

さらに、男性の中でも陣内、江川、神無月、工藤の四人は未だ服を着たままだった。山岡は粗暴に見えて、用心深い。法的に、あるいは直接やり返される危険性がある相手を本能で見分け、標的から除外していた。

「志村、てめえ……よくも警察にいらんこと話してくれたなぁ」

山岡と志村が向かい合う。といっても、昨夜この場で全裸にされた上、玉袋に火までつけられているのだ。今さら、パンツ一丁になることに、なんの恐れがあるというのか。

威風堂々と佇む志村を前にして、パンツ一丁の中嶋が、まるで別人を見るような目で「志村さん？」と口にした。腕を組んだままの陣内も、志村の姿を見て、訝しげに眉をひそめる。

余裕すら感じさせる志村の態度が気に食わないのか、山岡がテーブルを叩く。

「おい、何だその顔は？　自分が会社にどんだけ迷惑かけたか分かってんのか。てめえはシャブチェックだけじゃ許さねえ。もう一度、〈タマ炙りの刑〉に処す！」

「え、えぇっ⁉」

志村は絶叫した。この世のどこに二夜連続、玉袋を炙られる人間がいるのだろうか。

「おい、ハルタッ！　今度はお前がやれ。河野の代わりをお前が務めるんだ」

山岡は赤いボクサーパンツ一丁のハルタに、ライターを投げ渡した。ハルタは戸惑いながらも、志村の横に立ち、ズボンを脱がそうと手をかける。

「志村さん……すみませんが、お互いのために、さっさと終わらせちゃいましょう！」

河野の罪を被った昨夜と違い、今回は志村が罰を受ける理由は全くない。とっさに抵抗するが、ハルタの力には敵わない。志村はあっという間にズボンをずり落ろされた。

「ちょ、ちょょっとハルタさん、マジでやめてくださいって！」

この街のヒーローが、無慈悲に志村のトランクスに手をかけた時だった。

「――いい加減にしろっ！」

陣内が腕を組んだまま一喝した。

まるで、竹刀を力一杯叩きつけたような衝撃が、志村の耳に響いていた。ハルタがぽとりとライターを畳に落とし、山岡も予想外の展開に動揺を見せた。

皆が見守る中、陣内がするりと組んでいた腕を解き、口を開いた。

「社長、俺たちは河野の死を悼むために集まったんです。今日ぐらいバカ騒ぎを我慢したっていいじゃないですか。いや、これからはもう、今までのやり方を改めなくちゃいけない。ここで変わらなかったら、マチダーマンは本当におしまいですよ」

陣内の重々しい口調から、マチダーマンに対する愛情と静かな怒りが伝わった。

「また、てめえか陣内……いちいち俺のやり方に口出ししやがって。俺の言うことがきけねえ奴は、ここから出て行け。おら、志村と一緒にとっとと消えろ！」

山岡は、志村と陣内を追い出すようにテーブルを何度も叩いた。陣内は説得が通じず無念そうな表情を浮かべたが、山岡に頭を下げると、立ち上がり、そのまま出口に向かった。

「おお、とっとと消えろや！　志村、何やってんだ、てめえもだ」

山岡に鬼の形相で睨まれ、志村はズボンを上げると、陣内を追うように座敷を出た。

廊下では、アイスクリームが載ったトレイを持った店員が、座敷の中を窺うように立ち尽くしていた。すれ違う時に、「中、入ってもいい感じですか？」と訊ねられたが、志村は苦笑いすることしかできなかった。

6

小田急線町田駅前にあるカリヨン広場は、白とグレーのタイルが敷き詰められた六角形の広場で、町田の待ち合わせ場所の一つとして知られている。

午後十時前。新歓コンパの時期ということもあり、広場は大勢の大学生たちで賑わっていた。志村と陣内は広場を囲む花壇に並んで腰を下ろした。

「陣内さん、あの、いただきます」

志村は来る途中で、陣内が買った缶コーヒーに口をつけた。

陣内も黒のレザージャケットのポケットから、自分の分の缶コーヒーを取り出した。缶を花壇に置くと、右手だけを使ってプルタブを引き抜く。

「それより悪かったね。俺のせいで志村君まで、追い出されちまったな」

苦笑いする陣内に、志村は慌てて両手を振った。

「そんな、陣内さんが謝ることないですよ。むしろ、MHFを代表して僕が土下座して謝りたいくらいです。本当に僕は今日ほどMHFの社員であることが情けなくって、恥ずかしいと思ったことはありません……」

志村は陣内に体を向けて、深々と頭を下げた。今夜と昨夜の飲み会も、アクションショー中も陣内は常に正しい行いをしてきた。陣内ほど真っ直ぐな人間に、志村は今まで出会ったことがなかった。そんな人間を冷遇するMHFが憎くて仕方なかった。

「おいおい、そう自分の会社を悪く言うなって。俺はこれでもMHFには感謝してるんだ。十年前、落ちぶれていた俺を拾い上げてくれたのは、山岡社長なんだからな」

陣内はコーヒーをぐびりと飲むと、照れるように夜空を見上げた。

「ただ、さすがに山岡社長も堪忍袋の緒が切れたようだったな。俺もつくづく反省しない男だ。これでまた干されたら、次はどこへ流れるのか……」

志村は陣内の過去を詳しくは知らない。そもそも、こうやって二人きりで話すことすら、初めてのことだった。志村はおそるおそる、気になることを訊ねてみた。

「また干されるって、陣内さんって過去にもそういう目に遭ってるんですか？」

「……ん？」

陣内が鷹のように鋭い目を志村に向けた。触れてはいけない話題だったのかもしれないと、志村はたじろいだ。数秒の沈黙の後、陣内が「ふっ」と笑った。

「もう、昔の話さ。俺が三十年前、特撮作品に出演していたのは知ってるかい」

「無骨戦士ジッチョクマン、ですよねっ」

志村は、喫茶店で仁科に聞いた話を思い出した。陣内の顔が珍しく緩む。

「古い作品なのによく知ってるな。そう、俺は初主演作となった『ジッチョクマン』の影響で一躍、時の人となったんだ。当時の撮影は、今と比べ物にならないくらい過酷なものだったよ。冬の海に飛び込んだり、命綱なしで高いところで戦ったり、火薬の量を間違えたせいで爆発に巻き込まれそうになったり……何度、死ぬかと思ったことか」

「やばすぎますね……」

撮影現場には危険なシーンを代行するスタントマンもいたはずだが、本人が演じなければ成立しないシーンもたくさんある。志村は陣内の下積み時代を想像し、息を呑んだ。

「それでも、過酷な撮影を必死に耐えたもんさ。子どもたちに夢と勇気を与えるヒーローを演じられることは誇らしかったし、この作品をきっかけに自分が役者として成功できると信じていたからな。だが『ジッチョクマン』の放送が終了した後に、俺に舞い込む仕事は驚くほどに少なかった」

「えっ、どうしてですか」

それまで懐かしそうな顔をしていた陣内の表情が険しくなった。

「俺が当時、所属していたのは小さな事務所でな。そこの社長は、自分の娘にも役者を目指させていたんだ。社長は自分の大事な娘を売り込むために、所属役者に舞い込んだ仕事を、適当な理由を付けて、ことごとく娘に回していたんだ」

「そんな露骨なゴリ押し、通用するんですか？」

「まさか、通用するわけがない。目当ての役者を呼ぼうとしても、『その役者は別の仕事が入っているので代わりに』とか『次回必ず出演させるので、まずは……』なんて理由で、社長の娘を寄越されるわけだ。そんな事務所にどこが仕事を依頼する？次第に業界で悪評が広まり、事務所自体が腫れ物扱いとなったわけさ」

「それじゃ、陣内さんだって被害者じゃないですかっ」

理不尽な話に志村が憤る。陣内は切なげにかぶりを振った。

「だがな、事務所のやり方に気づいて逆上した俺は……殴っちまったんだよ、社長を」

陣内はそれ以上、語らなかった。いくらでも言い訳は並べられるはずなのに。どこまでも無骨な男は、自分を正当化するような発言を一切しなかった。

「それからは、俺も荒んでしまってね。役者活動を休止して、工場で力仕事をしていたよ。俺が役者活動を再開したのは十年前、キリシマ君が日本を代表する俳優として、活躍しているのを知って、いても立ってもいられなくなったからさ」

「キリシマ・ジョー？」

意外な名前が飛び出し、志村が目を丸くする。陣内が小さく笑った。

「今でこそ、大物俳優のキリシマ君だけど、彼のデビュー作が何か知ってるかい」

志村は首を横に振る。あまりにも多くの作品に出演しているため遡れなかった。

「彼のデビューは六歳の時に出演した『ジッチョクマン』。ヒーローを誘き寄せるために怪人に攫われた子役だったんだよ」

「え、ええ～っ⁉」

志村は腰を浮かして驚いた。同時にいくつかの出来事を思い返す。陣内がアクションショーの時に、キリシマ・ジョーを知り合いと言った意味を理解した。

「そして、十年前、役者として再起することを決意した俺が、初めて手にした仕事が当時、ＭＨＦが立ち上げたご当地ヒーロー『マチダーマン』のウロボロス将軍ってわけさ」

志村は、陣内の数奇な人生に言葉を失った。志村にとってもキリシマ・ジョーは、もはや単なる有名人ではない。

「あの、陣内さんは役者に復帰した後も、キリシマ・ジョーと会ったことがあるんですか？」

陣内の表情に、僅かだが警戒の色が浮かんだ。

「ああ、何度かある。数年前に『マチダーマン』のテレビ放送を観たキリシマ君が、俺の復帰に気づいて連絡をくれたんだ。プライベートのことだから、あまり言うべきじゃないが、彼はこの街に住んでいるからな」

「数年前？　それまでは陣内さんが町田で活動していることに気づかなかったんですか」

陣内は頷くと、ゆっくりと立ち上がった。

「ところで、志村君。いつまでもここで話すのもなんだし、どこかで飲み直さないか」

突然の誘いに志村は戸惑った。キャストの人間と、打ち上げ以外で飲みに行くことなど初めてだった。だが、志村には確かめなくてはならないことがある。

「相模原に行きつけの店があるんだ。この街で飲んでたら、ＭＨＦの連中と鉢合わせする可能性もあるだろう？　終電を逃したら、ウチに泊まればいい」

「ぜ、ぜひ連れてってください。僕も陣内さんと飲みたかったんですっ」

　志村は勢いよく立ち上がると、一つの決心をした。

　――陣内さんが左利きかどうか……次の店で必ず確かめる！

「じゃあ、いこうか」

　決闘の舞台に案内するように、ウロボロス将軍が歩き出す。志村は陣内に対する疑惑を悟られないように、笑顔を浮かべながら同行した。


　ＪＲ町田駅のホームで、志村は電光掲示板を見上げた。

「あ、ちょうど電車来ますよっ」

　陣内の自宅と行きつけの店がある相模原駅は、町田駅から四つ隣にある。まもなく、到着する横浜線快速に乗れば、間の駅をすっ飛ばして直行してくれる。

　陣内は両手をレザージャケットのポケットに突っ込んで、ホームの端を眺めていた。

「どうしたんですか」

　志村が声をかけると、陣内は「いや、なんでもない」と振り向いたが、その顔にはどこか、迷いが浮かんでいるようだった。

　ホームに電車がやって来た。平日の夜十時半、車内は空いていたので、志村と陣内は二人並んで座席に腰を下ろした。プシューッという音を立ててドアが閉まる。相模原駅までの乗車時間は約七分。それまで、この電車は完全な密室と化した。

ゆっくりと車体が動き出す。結局のところ志村は、陣内がシャドウジャスティスという証拠を摑めないまま、行動を共にしていた。

志村は、陣内の生き様に真のヒーローの姿を見た。だからこそ、葛藤（かっとう）していた。

——陣内豪のような男が、たとえ悪人といえど、二人の人間を殺すのだろうか。

もはや志村には分からなかった。隣に座る男が正義か、それとも悪なのか。

これから飲みに繰り出すというのに、志村と陣内はろくに会話もしなかった。お互いが、別々のことに気を取られていた。

棺桶のように静かな車両を、隣の車両からやって来た乗客が早歩きで通り過ぎる。

それをきっかけに志村が口を開いた。

「陣内さん、一つ聞いてもいいですか」

「なんだ」

陣内は相手の顔を見ることなく返事した。

「どうして、陣内さんはマチダーマンの旗揚げ時代から、ウロボロス将軍だけを十年間も演じ続けているんですか？　僕が言うのもどうかと思いますけど、社長のやり方はめちゃくちゃですし、ギャラだって絶対安いじゃないですか。陣内さんなら、他所の団体に行けばヒーロー役だってなれるでしょうし、もっと大きな舞台とか色々あるんじゃ……」

陣内は腕を組んだまま、しばらく考え込んだ。二人の前を、また誰かが通り過ぎる。

「わからん」

シンプルな回答が返ってきて、志村はがくりと肩を落とした。

「いや……普通、もうちょっと自分の信念とか矜持とか、大袈裟に語りませんか?」

陣内という男はどこまでも無骨だった。決して、自分のことをよく見せようとせず、美化せず、後付けせず、飾らない男だった。

「別に悪役だって、悪いもんじゃないぞ。俺は三十年前、ヒーローとして数え切れないほど怪人をやっつけてきたからな。おかげで今になって、やられる側の気持ちが分かった」

陣内は正面の窓ガラスに映る自分自身を見つめると、静かに微笑んだ。

「正義とか悪とか、あんまり関係ないんだよ。いや、どっちも似たようなもんなんだ」

志村は探偵の真似事をしている自分が、ひどく滑稽に思えた。この男に対して、何か策を練ったり、罠を張る意味がどこにあるというのか。

小細工など弄さずに、今この場で、陣内に『シャドウジャスティスはあなたですか?』と正々堂々と問いただせばいいのではないか。目の前の男は、河野のように見苦しく、最後の最後まで、言い逃れようと足掻く人間には見えなかった。

「陣内さん……」

志村が覚悟を決めた時だった。進行方向側の連結ドアが勢いよく開き、またもや乗客が、二人の前を足早に通り過ぎていった。

出鼻を挫かれたような気分になり、志村が隣の車両に目を向ける。開けっ放しにされた連結ドアが自動で閉まる直前、奥から女性の短い悲鳴が聞こえた。

異変に気づいた陣内が立ち上がった。志村も慌てて腰を上げると、連結ドアを覗き見る。

「えっ？」

志村は目を疑った。連結ドアが再び開かれ、中から何人もの乗客が押し寄せてくる。異常。それを察知しながら、志村の動きは驚くほどに緩慢としていた。

我先と隣の車両に駆けていく乗客を避けるため、志村はのけぞるように窓ガラスに背中をくっつけた。スーツ姿の中年男性が立ち止まり、志村に向かって叫ぶ。

「やばいよ！　隣の車両で、包丁持ってる奴がいるっ！」

中年男性は志村と陣内の前を通り過ぎると、敵襲を伝える衛兵のように、手を叩きながら他の乗客に避難を促す。

「みんな逃げろっ、包丁持ってる！」

志村は皆が逃げていく後部車両に目を向けた。車内が空いていたとはいえ、連結ドアに一度に乗客が集まると混乱が起きる。後方は、ゴミが溜まって流れが悪くなった排水管のように、隣の車両に避難しようとする乗客たちで溢れ返っていた。

「陣内さん、なんかやばいことに……」

志村が陣内に声をかけた時、前方の連結ドアがゆっくりと開いた。中から、薄汚れたグレーのトレーナーに黒のニット帽を被った男が現れる。

「うわあッ」

志村はうわずった声で叫んだ。男の手には、べっとりと血がついた包丁が握られていた。前方の車両では逃げ遅れた乗客が何人か倒れ込んでいて、車内に血が拡がっている。

「陣内さん、逃げましょう」

志村が叫ぶと、陣内は背中を向けたところを斬りつけられないように警戒してか、相手から目を離さずに、ゆっくりと一歩ずつ後退した。この状況でも取り乱さない陣内を見て、志村も少しだけ冷静さを取り戻す。

後方車両へと続く連結ドアは、包丁男の登場でますます揉みくちゃとなった。阿鼻叫喚の車両の中で、包丁男と陣内が無言で対峙した。

——なんだ、この状況は。これは……。

逃げ惑う乗客たちでごった返す連結ドアの前で、志村の視界がぐにゃりと歪んだ。

――相模原にはまだ着かないのか？　誰かこの電車を止めてくれないのか……？

一秒一秒が気が遠くなるように長く感じる。夢の中のように体が思うように動かない。

「志村君、逃げろ」

陣内が背中を向けたまま後方の志村に叫んだ。包丁男は一歩、また一歩と確実にこちらとの距離を詰めてくる。大柄の陣内が行手を阻むように仁王立ちをしていなければ、この車両にいる乗客たちは、今頃、滅多刺しにされていただろう。

「陣内さんも逃げてくださいっ」

志村が叫んでも陣内はその場から動かない。その理由が分かり、志村が愕然とする。

陣内のすぐ側の乗車ドアに人影があった。

座席の端にうずくまるようにして女性が身を隠している。逃げることを放棄して、ただただ啜（すす）り泣く女性は、志村たちと同じく町田駅からの乗客だった。志村はその女性の容姿をよく覚えていた。女性はお腹の張った妊婦だった。

目の前の男は、非力な標的を見逃すだろうか……。今、ここで陣内が逃げれば、血塗られた刃が誰に向かうかは容易に想像ができた。

車両の真ん中辺りで睨む合う二人。陣内が両の拳を握りしめた。

「陣内さん……まさか」

志村が陣内の背中に向かって叫ぶ。恐ろしく複雑な状況であった。

殺人ヒーローの疑いがある陣内が、今、目の前の悪人に立ち向かおうとしている。

これから、志村が目撃するのは通り魔による惨劇なのか。

それとも、殺人ヒーローによる第三の私刑執行なのか。

後者だった場合、志村は自分がどうしていいか分からなかった。

包丁男が一歩ずつ前進する。とうとう二人の距離は、包丁男が手を伸ばせば、陣内の胸に刃が届きそうな距離にまで達した。


陣内は目の前の男を見つめながら――やはりか、と思った。

町田駅のホームの端で不審な男を見かけてから、陣内はそのことがずっと気にかかっていた。目の前の男は、電車を待つまでの間、ホームに並ぶ人間ばかりを見ていた。陣内にはそれが、自分より弱そうな人間が何人いるかを数えているように……あるいは、車内で凶行を起こした時に、誰から狙うかをシミュレーションしているように見えた。

あの時、駅員に声をかけるべきだった……自分の直感を信じるべきだった、と陣内は悔しげに歯を食いしばった。その時、目の前の男が陣内に包丁を突きつけた。

「おい、殺すぞ。ほら、逃げろよ……ほら、ほら！」

包丁男は刃の先をちらつかせて、陣内を追い払おうとした。いくら凶器を手にしていても、大柄な陣内を相手にしたくはないようだった。標的は非力な者に絞っているのだ。

向こうの狙いが分かり、ますます陣内は引き下がれなくなった。ここで、自分が退いたら間違いなく、目の前の女性は殺されてしまう。陣内の額に汗が流れる。

電車が止まり、乗車ドアさえ開けば何とかなる。乗客も逃げられて、駅員が駆けつけて、数の力で制圧することができる。陣内はちらりと窓の外に目を向けた。

――相模原はまだか？　まだ、着かないのか？

相模原までの乗車時間は僅か七分。振り子のように激しく左右に揺れる吊り革と対照的に、時の流れが狂おしいほどに長く感じた。

「どけよ。おい、どけよぉっ」

包丁男が叫んだ。もうこれ以上、時間は稼げそうにない。やむを得なかった。

陣内は、目の前の男と戦うことを覚悟した。

包丁男もまた、さきほどの脅しが最後通告だったのだろう。未だ、自分の前に立ち塞がる男を殺す覚悟をしたようだった。自分を鼓舞するかのように叫び散らす。

「なんなんだよ、おめえはよぉ。……正義のヒーローかぁ⁉」

ぴくりと陣内が反応した。その言葉は彼にとって、随分と懐かしいものだった。

「……元な」

これからどちらかが命を落とすような状況の中で、陣内が不敵に笑う。その意味が分からず、包丁男が眉をひそめる。次の瞬間、奇声を上げて陣内に向かって突進した。

「陣内さんッ！」

志村が叫んだ時には、二人は抱き合うようにお互いの体を組み交わしていた。包丁を突き刺す男と、それを受け止める陣内。踏ん張るように、そのまま硬直する二人。志村からでは、どうなったのかが分からない。

すると、組み合ったままの二人の間から、赤い液体がぼたぼたと溢れ落ちた。

「えっ……」

床に流れる血がどちらのものかは、一目瞭然だった。まるで、糸を切られた操り人形のように、陣内の全身から力が抜けるのが伝わった。

陣内は包丁男にもたれるように抱きつくと、最後の力を振り絞り、そのまま体重を乗せて、相手を押し倒した。砂袋を落としたような鈍い音が車内に響く。

気づけば志村は、目の前で倒れ込む二人に向かって走り出していた。

「そ、そんなっ」

腹部を刺されたのか、包丁男に覆い被さるようにしている陣内の周りには、血溜まりができている。それでもなお陣内は、相手の体を必死に押さえつけていた。刃全体が真っ赤に染まっている。

包丁男の左手には、陣内を刺したばかりの刃物が握られていた。刃全体が真っ赤に染まっている。——つまり、陣内は包丁を根本まで刺されたのだ。

相手が凶器を再び振り回さないように、陣内が右手で包丁男の手首をがっしりと摑んでいる。陣内から逃れようと、包丁男が必死にもがく。

志村はすぐさま、包丁男が刃物を握る手を、両手を使ってこじ開けた。無我夢中で言葉にもならない叫び声を上げながら力を込める。やがて、ぽとりと包丁が床に落ちると、それを遠くに向かって滑らせた。

男の手から刃物が離れたことが分かると、連結ドアに集まっていた乗客たちが、次々と駆け寄ってくる。

大勢の乗客が取り囲んで、包丁男の手足を押さえつけると、ようやく陣内が相手の体から離れた。包丁男の隣で仰向けで横たわる陣内の腹部は、真っ赤に染まっていた。

「陣内さん、しっかりしてください……陣内さんッ！」

志村はパーカーを脱いで、それを陣内の腹部に押し付けた。だが、包丁を根本まで刺された人間の前で、こんな処置に何の意味があるのか分からなかった。

「志村君……すまん」

陣内は荒い呼吸をしながら、必死に傷口を押さえる志村を見た。

「いい店だったんだけど……教えてあげられなくて、残念だ」

「ちょっと……陣内さん？　そんなっ」

みるみる陣内の顔から生気が失われていく。誰の目から見ても明らかだった。陣内はまもなく死ぬ。

志村は状況が呑み込めなかった。陣内の正体が、誘拐犯に麻薬の売人と、この街の悪人を次々と殺すシャドウジャスティスならば、刃物を持った相手だろうと負けるわけがないと思い込んでいた。呑気なことに志村はついさっきまで、陣内が相手を殺してしまう心配ばかりをしていたのだ。

——これが〈殺人ヒーロー事件〉の結末なのか？

もはや、しゃべる気力も残っていないのか、仰向けで横たわる陣内は、困惑の表情を浮かべる志村を気遣うように笑った。その時、志村の視界に陣内の左腕が映った。

「——え？」

まもなく陣内は死ぬ。まもなく陣内は死ぬというのに、志村は信じられないものを見てしまった。レザージャケットの袖に隠されていた陣内の左手首には、包帯が巻かれていた。

志村の背筋に冷たいものが走った。

包帯の巻き方から、些細な怪我ではないことが分かる。陣内は左手を負傷していたのだ。

——だから、陣内さんはあっけなく、通り魔の凶刃に倒れたんだ。

これまでの陣内の行動が、次々と脳裏に浮かぶ。

アクションショーでハルタの蹴りを受け止めきれなかったのは、ガードした手が左手だったからだ。大剣を片手で振り回していたのも、打ち上げで左手を使わなかったのも、全て負傷した左手を庇っていただけだった。そうなると、気になることは一つ。

——陣内さんは、いつから左手を負傷していたんだ？　まさか……。

最悪なことに、志村には思い当たる節があった。

アクションショーに向かう車内で陣内は確かに言っていた。喧嘩の仲裁をするため、怪我をしたと。もし、左手の負傷がその時のものだったならば……。

黒崎の首を左手で絞めることも、河野を左手で持った石で殴りつけることも不可能——つまり、シャドウジャスティスのスーツで悪人を殺し続けているのは、陣内以外の人間ということになる。

「陣内さん……」

志村は己の愚かさを呪った。河野の悪事を暴き、探偵の仁科に褒められたことで、自分の推理したことが、何でもその通りなのだと思い込んでしまった。

——どうして、こんな真っ直ぐな男が……人を殺すことができるというのか。
志村の頬を後悔の涙が伝った。
陣内は目の前でぼろぼろと涙を零す志村を、不思議そうな表情で見上げていたが、
やがて、ゆっくりと目を閉じた。
車内のドアが一斉に開く。ようやく電車が相模原駅に到着した。
ホームから駅員が続々と駆けつける。
血だらけの車内で、志村は陣内の名を叫び続けた。

陣内は薄れゆく意識の中で、自分がヒーローだった時代を思い出した。
汗と塗料と火薬の匂いが蘇る。
ヒーロースーツに身を包んだ時の無敵感。マスクを脱いだ時のそよ風の心地よさ。
全てが遠い昔のように懐かしく、昨日のことのように鮮明だった。
陣内は最期に走馬灯を見た。
無骨に真っ直ぐに生きたヒーローの物語——その総集編を。

第五章　笛吹きピエロ

1

四月十九日　火曜日。午前九時過ぎ。

横浜線で起きた通り魔事件から一夜明けた。

陣内の死は、〈三十年前の元ヒーローが、命を懸けて通り魔に立ち向かった〉という見出しで、大々的にニュースで報道された。あの事件で、通り魔に腕や足を切られた負傷者は十名以上いたが、死亡したのは一名——陣内だけだった。

志村は自宅の布団にしゃがみ込み、自分の犯した過ち(あやま)に打ちひしがれていた。

陣内豪はシャドウジャスティスではなかった。

そのことにもっと早く気づいていれば、あの電車に乗っていなければ、二人で通り魔に立ち向かっていれば……陣内は死なずに済んだのではないか。薄暗い六畳間の自室の中で、志村は延々と自分を呪い続けた。

ふと部屋の隅に置いてある『マチダーマン』のＤＶＤが目に入った。ＭＨＦに入社した時に、森田から自社作品だから観るようにと、渡されたものだった。

志村は無意識の内に、ＤＶＤに手を伸ばすと、プレイヤーに挿入し、再生ボタンを押した。テレビにＭＨＦのロゴマークが映り、マチダーマンの主題歌が流れた。

再生したＤＶＤはマチダーマン・シーズン１――つまり、十年前、ＭＨＦがご当地ヒーローに乗り出したばかりの初期作品だった。ご当地ヒーローらしい、低予算な映像と、地元のロケーションをこれでもかと押し出すオープニングに志村の顔が緩む。マチダーマンやマチダーレディのキャストは、数年おきに刷新されるため、テレビには志村が会ったことのない初代キャストが映っている。一方、悪役の顔ぶれは現在とほとんど変わっていない。思わぬ人物の登場に、志村がぴくりと反応した。

『奇襲、不意打ち、お安い御用！　ウロボロス軍の何でも屋・ハイエナイト様だぁーッ！』

ハイエナイトのスーツを着た河野が、ロケ地の芹ヶ谷公園で、初代マチダーマンに襲いかかる。小狡さが染みついていた河野も、十年前は爽やかな印象をまだ残していた。

一話目からマチダーマンに苦戦するハイエナイトを、天から何者かが一喝する。ＣＧの竜巻と共に、黒い甲冑を着た悪の親玉が現れた。マチダーマンの宿敵・ウロボロス将軍である。

「陣内さん……」

十年前の陣内の姿に志村は釘付けとなった。一度、役者に見切りをつけた陣内は、キリシマ・ジョーの活躍をきっかけに、再起することを誓った。役者に復帰してからの最初の仕事となった、このウロボロス将軍に陣内はどれほどの情熱と覚悟をもって挑んだのだろうか。

初期作品のため予算も少なく、お世辞にも出来のいい作品とは言えなかった。それでも、志村はテレビから目が離せなかった。初期の『マチダーマン』には古き良き特撮の魅力が詰まっていた。自動再生により、二話目、三話目が始まっても、志村は取り憑かれたようにテレビの前から動かない。

改めて観直すと当時の苦労がよく分かる。エキストラを雇う余裕もなかったのか、怪人から逃げまどう一般人のほとんどは、ＭＨＦの社員だった。

「あっ」

志村は怪人に襲われる三人の一般人が気になった。初めて観た時は気にしなかったが、その内の二人は若かりし頃の森田と三野村だった。森田は今よりよっぽど痩せていて、三野村は今よりよっぽど健康そうだった。十年で人はここまで変わるのかと驚く。

インコ怪人の鋭い爪に、八つ裂きにされる森田と三野村。役者ではないとはいえ、あまりにも演技が下手すぎて志村は笑ってしまった。最後の一人となった女性が必死に逃げまどう。大企業のビルを怪人が襲撃するというシーンだが、撮影地は完全にMHFだった。

屋上に追い詰められた女性が逃げ場を失い悲鳴を上げる。見覚えのない女性だった。まさか、当時のMHFがやられ役の一般人に役者を使うわけがない。志村は〈河野を悼む会〉で話題になった元デザイン部の涼子という女性を思い出した。

怪人に迫られて、女性が必死に命乞いをする。黒髪のロングヘアーが左右に乱れる。

「この人が、涼子さん？」

怪人は無慈悲にも、無抵抗の相手を切り裂いた。恐怖の表情を浮かべながら、女性が断末魔の叫びを上げた。それが何かのきっかけとなった。

志村は陣内の死で、シャドウジャスティスの正体を考えることを放棄していた。的外れな推理をしたことを悔やんでいた志村の脳が、水面下で思考を再開する。

――シャドウジャスティスは、まだこの街のどこかにいる。

志村は自分の推理がどこから間違っていたのかを考えた。シャドウジャスティスの正体が陣内ではなかったということは、山岡はスーツを別の人間に与えたことになる。

――それとも、すでにその考えが間違えているのか？　真相はむしろ……。

垂れ流しにしていた『マチダーマン』のＤＶＤは第五話に突入していた。

志村は思わず首を傾げた。その内容が、なんとも奇妙なのであった。

〈誘拐怪人！　笛吹きピエロ〉と題された第五話は、タイトル通り、ピエロのような怪人が登場するのだが、冒頭からすでに他の回とは毛色が違った。今までの回が、マチダーマンの日常シーンや、ウロボロス城という敵側のアジトから始まるのに対して、この回は子どもたちが集まる公園に、突如として笛を吹く怪人が現れるところから始まる。

ピエロ怪人が戯けた動きをしながら笛を吹くと、その音色に誘われるように、一人の子どもがついていく。他の子どもたちが唖然とする中、ピエロ怪人は子どもを連れて、その場から消え去ってしまう。

その後も、公園、空き地、おもちゃ売り場など、子どもたちが集まる場所に笛吹きピエロは出没し、その度に一、二人の子どもが笛の音色に反応し、列に加わる。時には誰もついていかない場合もある。わんぱくそうだったり、真面目そうだったり、一見、共通点のなさそうな子どもたちが、少しずつピエロ怪人を先頭とした列に加わっていく。

そんなシーンが延々と続き、ようやく笛の音に釣られなかった子どもたちが、マチダーマンに助けを求める。不思議なことに拐われた子どもの両親は、誰も警察に通報していなかった。一方、ウロボロス城では、十人ほどの子どもの列を引き連れた笛吹きピエロが帰還していた。玉座に座るウロボロス将軍に、側近のハイエナイトが語りかける。

『いかがですか、将軍。この子たちには将軍に仕える少年親衛隊になってもらいます。なあに、警察が動くことはありません。なんてったって、この子たちは……』

志村は戦慄した。入社時に観た『マチダーマン』が、今では全く異なる作品に見える。

——なんなんだ、この回は？　これは、まるで……。

信じられないようなところに、答えは残されていた。あまりにも堂々としすぎて、誰も気づけなかったのだ。事件の真相が見えてきた志村は、勢いよく立ち上がった。

——悲しんでいる場合じゃない。この事件に決着をつけるんだ。

志村は財布に手を伸ばすと、仁科からもらった名刺を抜き取った。名刺は探偵用と、ご当地ヒーロー用の二種類あるが、後者を使うことは今後もないだろう。

——まずは、仁科さんに自分の考えを聞いてもらう。それから……。

名刺に書かれた電話番号をスマホに入力していく。真相に近づき焦っていたのか、握っていた名刺を床に落とした。すぐさま、名刺を拾い上げようとした時、志村はふと思いとどまった。なぜだか、今の動作に既視感を覚えたのだ。

「そうだ……」

志村は、ＭＨＦのオフィスで三野村が落とした診察券を思い出した。

いや、正確に言えば病院ではなく診療所であった。診察券に書かれた診療科目が意外で、妙に印象に残っていたのだ。

志村は忘れないうちに、三野村の通う診療所を検索した。

志村の全身が震える。数々の謎がドミノ倒しのように、一気に倒れていく。シャドウジャスティスの正体とミノムシ男の秘密、二つの真相はどちらも、まもなく解けそうだった。

志村はスマホを操作して、仁科に電話をかけた。一度目のコールで即応答があった。

「もしもし、町田を守る賢と拳の二枚刃、真実の探究者・ディテクティバインです！」

「えっ、あれ……？」

志村は思わず、探偵用の名刺を確認した。たしかに、こちらの番号にかけたはずだった。

「イベントの依頼ですか？」

「あっ、いやっ」志村が口ごもっていると、仁科が残念そうな口調になった。

「もしかして、探偵の依頼ですか？　それなら改めて、こちらリキ探偵事務所です」

二枚の名刺を見比べた志村はため息をついた。どちらの名刺も番号は同じだった。

「もう！　なんで、番号一緒なんですか。あ、ていうか……僕です、志村です」

「なに、志村君だって？」

仁科が大声で驚く。その後、「メールは別々だよ」とどうでもいい情報を付け足す。

「仁科さん、今日会えますか？　聞いていただきたい話があります」

仁科も当然、陣内の死はニュースで見ているだろう。志村の気迫がスマホ越しでも伝わったのか、要らぬ詮索をせずに「いつ、どこで会う？」とだけ訊ねてきた。

志村が時計に目を向ける。午前十一時を過ぎたところだった。

「少し準備がいります。時間はのちほどお伝えしますが、仁科さんにはＭＨＦに来ていただくことになります」

「え、ＭＨＦっ？」

仁科がすっとんきょうな声を上げた。志村は詳しくは改めて連絡するとだけ言い、一方的に電話を切った。そして、メッセージアプリを開き、ＭＨＦの関係者グループを通じて、二人の人間に連絡を取る。仁科と会う前に済ませておくことがあった。

志村は身支度をした後、颯爽と家を出た。決戦に向けて、最後の準備をするために。

2

昼の十二時。ＪＲ町田駅を北口に出ると、まほろデッキという名の広場がある。

広場の中心には、蛇のように湾曲した銀色のオブジェがぐるぐると回転しており、地元民からは『ぐるぐる広場』などと呼ばれて親しまれている。町田を代表する待ち合わせスポットなだけあって、まほろデッキは今日も多くの人たちで賑わっていた。空は晴れ渡り、心地よい春の風が吹いている。志村はオブジェを囲むフェンスにもたれると、ある人物がやって来るのを待った。

志村のスマホが二度鳴った。確認すると、鳳からだった。

志村は自宅を出る前に、鳳と連絡を取って、あることを頼んでおいたのだが、思っていた以上に早く済んだらしい。送られてきたメッセージと画像を確認して、スマホを持つ手が震える。いくつもの決着が迫っていた。激動の一日が始まろうとしている。

そろそろ待ち合わせの相手が来る頃だ、と志村は改札方向に目を向けた。

駅改札とまほろデッキの中間地点に、笠をかぶった虚無僧が立っている。黒い着物と白い手袋に身を包み、茶碗を手にしてお布施を求めているが、駅前を行き交う人々は、その存在を認識していないかのように、素通りする。

志村がなんとなく、その様子を眺めていると、柄の悪そうな四人の若者たちが虚無僧を取り囲むように近寄った。

ニヤニヤとしながら顔を見合わせる若者たち。嫌な予感がした。

若者の一人が、茶碗に小銭を入れるふりをして目の前まで近づくと、腕を振り上げ、虚無僧のかぶる笠を下からすくうように叩いた。

藁でできた編み笠が宙を舞う。慌てて顔を隠す虚無僧の隙を突いて、もう一人の若者がお布施が入った茶碗をひったくる。

若者たちは「ギャハハ」と笑いながら、あっという間にその場から走り去っていった。

——ひどい。

志村はみるみる小さくなっていく、若者たちの背中に向かって憎悪の視線を送った。どうして、あんな心無いことができるのか理解できなかった。

ニュースの街頭インタビューで、シャドウジャスティスが悪人を殺すことに賛同する市民がいたが、今なら、その気持ちも分かる気がした。

——この街には悪人が多すぎる。陣内さんが死んだのも、悪人のせいだ。

志村の顔が憎悪で歪む。その時、背後から何者かが声をかけた。

「志村君だよね？」

慌てて振り向くと、黒いキャップに、白Tシャツ、デニムスカート姿の美奈が、志村の顔を覗くように上目遣いで立っていた。

「美奈さん。突然呼び出して、すみません」

「ううん、別に」

志村が、仁科と会う前に連絡を取ったもう一人の人物は美奈だった。プライベートで会うことは初めてだったので、お互い会話がぎこちない。

美奈は志村の顔を見ると、ほっとしたように小さく笑った。

「それにしても、びっくりしたぁ。最初見た時、別人かと思った」

「え？」

志村は、自分が先ほどまで一体どんな表情をしていたのだろうかと確かめるように、頬に手を当てた。その動作が可笑しかったようで、美奈がクスクスと笑う。

「あの、美奈さん。メッセージでもお伝えしましたが、大事な話があります」

志村が神妙な面持ちで話すと、美奈も覚悟をしてきたのか、こくりと頷いた。

「うん。どこで話そうか。あまり人がいないところがいいな」

「それなら、ちょうどいい店があります」

志村は美奈を案内するように、改札方向に向かって歩き出した。美奈がその後ろを黙ってついていく。その時、笠を飛ばされた虚無僧とすれ違った。

前屈みになり、地面に落ちた笠を拾い上げた虚無僧が、笠についた汚れを手で払う。

「――ガッデム」

突然、虚無僧が不相応な言葉を口にした。思わず、志村が振り返る。

「えっ？」

上体を起こした虚無僧が笠をかぶり直す。虚無僧の素顔を見た志村は声を漏らした。

虚無僧は頭を剃るどころか、スキンヘッドにタトゥーを入れた黒人だった。今時、外国人の修行僧もいるかもしれないが、志村の頭に真っ先に浮かんだ言葉は『詐欺』だった。外国人が修行僧のふりをした募金詐欺。だから、虚無僧はお布施を奪われても、交番に向かおうとしないのだ。

志村はたった今起きた珍事を気に留めながら、混沌としたまほろデッキを後にした。


志村は美奈を連れて、JR町田駅の南口に出た。ホテル街を足早に通り過ぎると、この街の探偵と脚本家が通う、古めかしい喫茶店に入った。

純喫茶『シカク』は今日もガラガラだった。白髪のマスターに挨拶をして、奥のボックス席に腰を下ろす。コーヒーが二つ運ばれてきたところで、志村が切り出した。

「美奈さん、あなたからお聞きしたいのは、このことについてです」

志村はリュックから分厚いファイルを取り出した。芹ヶ谷公園で仁科が落としていった調査報告書である。ページをめくり、かつて仁科に依頼した調査を見せる。

美奈の顔がこわばった。視線こそファイルに向かっているが、直視しないように、焦点を合わせていないようだった。

「どうして、志村君がこれを？」

「それが、なんて説明したらいいのか……ともかく、僕は記者ではありません。美奈さんの過去をいたずらに暴いたり、世間に公表したりする気は一切ありません。僕が追っているのは、殺人ヒーローの正体だけです」

志村は真犯人と決着をつける前に、一つでも多くの手がかりを集めなくてはならなかった。相手の事情を汲んでいる余裕はない。いきなり本題に入った。

「殺人ヒーローの正体に辿り着くには、まずは一連の事件の発端となった〈ひかる君誘拐事件〉の真相を明らかにしなくてはなりません。そのためには……ひかる君の母親である美奈さんから、事件の詳細を聞く必要があります」

その瞬間、美奈の黒い瞳が大きくなり、志村を睨んだ。氷のような視線を向けられて、志村がぞっとする。動揺もしない、何も訊ねない。ただただ、目の前にいる者が敵かどうかをつぶさに観察しているようだった。アクションショーで誰に対しても分け隔てなく微笑むマチダーレディと、今の美奈はまるで別人だった。

だが、こんなことで怯んでいられない。志村にとって美奈は、シャドウジャスティスの正体に辿り着くために戦わなければならない人物——その一人に過ぎないのだ。

志村は一呼吸置くと、意を決して切り出した。

「美奈さん、あなたは不思議な経歴をお持ちですよね。十七歳の時に、大手飲料メーカーのイメージガールに選ばれておきながら、CMが全国放送される頃には休業しています。世間の注目を集めた時期に全ての仕事を断ったのに、その一年後にはタレント業を再開して、ご当地ヒーローのヒロインなんて、小さな仕事も断らずに、がむしゃらに活動されています。休業期間中は何をされていたんですか」

美奈は何も答えない。志村は続ける。

「学業に専念する、体調不良など、様々な憶測があったそうですが、本当の理由は子育てだったんじゃないでしょうか。美奈さんが、飲料メーカーのイメージガールに選ばれ、CMの撮影を終えた頃に妊娠が発覚。全国にCMが放送されている間は、出産と育児でメディアに露出できなかった。だから、もっとも仕事が舞い込むタイミングで休業せざるを得なかった」

美奈がテーブルに置かれたファイルを指さした。

「それって、そこに書いてあるの？」

「いえ、僕の憶測です」

仁科の調査報告書には、美奈の過去についてはあまり触れられていなかった。したがって、志村は仁科の調査から逆算する形で、美奈の経歴を推理していた。

「では、子どもの父親は誰でしょうか。それについては、この調査報告書に書かれています。美奈さんは、リキ探偵事務所に〈キリシマ・ジョーとその息子のひかる君の身辺調査〉を依頼しています。調査対象のキリシマ・ジョーとの関係性は『夫』と記されていました。ひかる君の苗字の『小野寺』とは、キリシマ・ジョーの本名のようですね。しかし、お二人が夫婦だということは、世間に認知されていません。おそらくは役所に婚姻届も提出していない上での、極秘出産だったんじゃないでしょうか」

志村はコーヒーカップに口をつけたあと、話を再開した。

「二人がいつどのように出会ったのか、僕には分かりません。でも、美奈さんは十七歳の時に、キリシマ・ジョーの子どもを妊娠しています。これは双方の事務所にとって、非常に厄介なことだったはずです。清純なイメージで売り出していた美奈さんは当時、未成年で大手飲料メーカーのＣＭが決まったばかりです。このことが、世間に知られたらＣＭは降板、多額の違約金を事務所が支払うことになります。国民的な俳優であるキリシマ・ジョーへの損害賠償はその比ではないでしょう」

「不公平な話よね。不倫や飲酒運転をしても、お咎(とが)めなしのタレントだっているのに」

美奈がコーヒーにミルクを垂らした。無秩序な模様がカップに拡がる。

「ここから先は、また僕の憶測になってしまうのですが、話してもいいですか？」

「どうぞ」

美奈は妖しく微笑すると、コーヒーカップに口をつけた。

「美奈さんの妊娠を知った双方の事務所は、どちらに責任があるかで揉めたはずです。また、できることなら美奈さんに出産を諦めるように説得もしたのではないでしょうか。しかし、美奈さんは事務所の反対を押し切って、ひかる君を出産した。……さて、問題はどうして、そこまでの覚悟で出産したひかる君を、現在、キリシマ・ジョーが育てているのか。そして、なぜ美奈さんは、わざわざ探偵を使ってまで、キリシマ・ジョーとひかる君の身辺調査を依頼したのでしょうか」

　亜麻色の髪をしたヒロインに、志村は一つの仮説を突き付けた。

「美奈さんの極秘出産は、世間に嗅ぎつかれることもなく事なきを得ました。キリシマ・ジョーの事務所からすれば、大事故を回避することができてホッとしたことでしょう。一方、美奈さんの事務所は、所属タレントを売り込む、絶好のチャンスを出産によって逃してしまいました。だから、美奈さんの出産を許す代わりに、ある条件を付けました」

「条件って？」

「おそらく、出産した子どもは、すぐに実家にでも預けてタレント業に専念する、みたいな条件だったのではないでしょうか。事務所は、美奈さんの約一年間の休業中に被った機会損失を、美奈さん自身に回収させようとしたんです。事務所に対して、罪悪感があったあなたは、その条件を呑んでしまった。……ただ、実家に預けることができない事情があったのか、最終的にひかる君はキリシマ・ジョーに引き取られることになった」

「不運は重なるものよね。私の両親はもう、どちらも亡くなっちゃってるから」

「そうでしたか……」

志村はファイルに記された情報を口にした。

「ひかる君を預かることになったキリシマ……さんは、専属の男性ベビーシッターを付けて、外出の際は必ず一緒に出かけるようにしたようですね。そうすれば、ひかる君の存在を誰かに訊ねられた時も、ベビーシッターを友人ということにして、その子どもだと説明がつきますから」

美奈は切なげな表情を浮かべて、とうとう自ら語り出した。

「ほとんど、志村君の言う通り。ウチの事務所はキリシマさんに責任を取らせて、私からひかるを引き離した。私は事務所に提示された金額を回収するまで、ひかると会うこともできない。でも、CM起用のチャンスを逃した私に、簡単に大きな仕事は巡ってこなかったわ。この四年間、辛かった。本当に地獄だったわ……」

美奈の抱える闇を覗き、志村がごくりと息を呑んだ。

「お金が問題なら、キリシマさんが肩代わりしてくれないんですか？」

「そんなことさせるわけないじゃない。ウチの事務所からしたら、キリシマさんの弱みを握ったままの方が美味しいし、向こうの事務所からしたら、キリシマさんがお金を払えば、罪を認めることになるんだから」

陣内のかつての事務所といい、理不尽な世界に志村はうんざりした。

「その様子だと、キリシマさんとひかる君に会うことは、事務所に固く禁じられていたようですね。だから、美奈さんは探偵にキリシマさんの身辺調査を依頼した。離れて暮らす、息子の姿を見るためだけに……」

美奈が静かに頷いた。ようやく気になっていたことが繋がった。

ご当地ヒーローに関心がなかったはずのキリシマ・ジョーが、数年前に陣内の役者復帰を知った理由。それは、三代目マチダーレディ役に選ばれた美奈の活躍を見るため、ひかる君と『マチダーマン』のテレビ放送を観たからだ。

「アクションショーの会場にキリシマさんが現れたのは、連絡手段を断たれた美奈さんと、どうにかして接触するためだったんですね。ひかる君を誘拐されたことを詫びるためだったのか、ひかる君が無事だということを伝えるためだったのかは分かりません。ともかく二人はコンタクトを取り合い、昨夜、僕たちが〈河野さんを悼む会〉に参加してる間に、どこかで密会した！」

全てを見抜かれた美奈は、まるで悪戯がばれた子どものように、けらけらと笑った。

「そうだよ、志村君。すごいすごいっ」

ぱちぱちと拍手をする美奈。その豹変ぶりを見て、志村の全身に鳥肌が立つ。

「美奈さん。昨夜、キリシマさんと会ったなら、誘拐事件について色々と話を聞いたはずですよね。それを僕にも教えてください」

「なんで？」

「シャドウジャスティス……いや、真犯人と決着をつけるためです」

　ここまでの推理は、美奈に余計な隠し事をさせない前座に過ぎない。しかし、美奈は意地悪そうに首を傾げた。

「うーん、私はひかるが心配なだけで……あの子が心に傷を負ってないか、元気に暮らしているかを確かめるのに夢中で、誘拐犯の話なんて全然しなかったんだよなぁ」

　美奈は愛息子のことを思い出したのか、うっとりとした表情で天井を見上げた。

　事件の解決には美奈の証言が不可欠である。志村は情報をなんとか引き出そうと、美奈に顔を近づけた。

「本当に何も聞いてないんですか？　ひかる君の母親として、今回の誘拐にどんな背景があるのか気にならなかったんですか」

「別に。ひかるは無事だったし、誘拐犯はもう死んでるんだし」

「その誘拐犯がなぜ殺されたのか、誰に殺されたのかは気にならないんですか」

「ひかるが無事なら、どうでもいいわ。まあ、そうね……誘拐犯が生きてたら、絶対に私が殺してたから、黒崎ってクズを代わりに殺してくれたヒーローには感謝してるかな」

「そのヒーローの正体は、ＭＨＦの関係者なんです！」

「だから？　誰だっていいよ、そんなの。私はひかる以外に興味がないの」

「では、僕がひかる君に会って、話を聞くことはできないでしょうか」

「できるわけないでしょ、私すら会えてないんだから。勝手に近づいたら殺すから」

長い髪を掻き上げる美奈を見て、志村は言葉が詰まった。

――まるで話が通じない。ひかる君が絡むと、この人は別人になる。

志村の脳裏をハイエナの怪人がよぎった。夜の公園でその悪事を暴いた時、少しでも己の罪を軽くしようとする河野のやり方には手を焼いたが……美奈の手強さはそれとは種類が違った。嘘をついたり隠し事は一切しないが、息子のこと以外に興味がないのだ。そんな女を前に一切の追及は無意味である。美奈の厄介さは、河野の比ではなかった。

「ということで、今日、私が話したことは誰にも言っちゃダメだよ」

美奈が小指を立てて、指切りげんまんのポーズを取った。

「待ってください、一つだけ教えてください」

「なに？」

美奈が不機嫌そうに、志村を睨む。

「ニュースでは、ひかる君がどこで誘拐されたかが、まるで報道されていません。これはキリシマさんが警察に、ひかる君が誘拐された日のことを、詳しく話していないからでしょう。そもそもキリシマさんは、ひかる君が誘拐された時も、犯人から脅されていたとはいえ、まったく警察を頼ろうとしませんでした。その理由を教えてください」

美奈はため息をつくと、冷たく返答した。

「そんなの、私とキリシマさんの関係性を考えれば分かるでしょ。警察に事件について話せば、すぐに隠し子だということがバレちゃうんだから。でも、ひかるが戻ってきたことで全て話さなければいけなくなった。だから警察は知っているけれど、混乱を防ぐために、マスコミには伏せてるだけなんじゃないかしら」

「では……ひかる君はどこで連れ去られたのですか？」

「一つだけって言ったじゃない」

「す、すみません」

志村と美奈が無言で視線をぶつけ合う。口調こそ柔らかいが、志村にも譲れないものがある。それが伝わったのか、美奈が面倒くさそうに口を開いた。

「町田さくらまつりよ。あの日、キリシマさんはひかるにマチダーマンショーを観せようと、お忍びで芹ヶ谷公園に来てたのよ」

志村はごくりと息を呑んだ。

「あの時も、観に来ていたんですね」

芹ヶ谷公園のショーは他団体やゆるキャラも参加する大規模なイベントだった。だから、雪永を含めて、ＭＨＦの人間はキリシマ・ジョーの姿を会場で見つけることができなかったのだ。

「ひかるにショーを観せようとしたのは、私を思ってのことなんでしょうけど、目を離した隙にひかるを連れ去られるなんて、どうかしてるわ。もし、ひかるが怪我でもしてたら、殺してたところよ！　もう、あんな男にひかるを預けてなんていられない。なんとしても、ひかるを取り返さないと……」

美奈の顔が怒りで歪む。志村は相手から情報を引き出すため、慎重に訊ねた。

「黒崎はあの日、僕たちがアクションショーをしている裏で、誘拐を決行しました。黒崎はどうやって、ひかる君をイベント会場から連れ出したのでしょうか」

「そんなの、自分で考えなさいよ」

美奈はテーブルに視線を向けると、忌々しい過去が記されたファイルを閉じた。

「話はおしまい。それに遅かれ早かれ、私とキリシマさんの関係は週刊誌に記事にされるわ。だから、もうそれどころじゃないのよ。探偵ごっこは、志村君に任せるわ」

「誰かが週刊誌に情報を流したんですか？」

志村はその人物が美奈に殺されてしまわないか心配した。ふふふ、と笑い声が返ってくる。

「私が流すのよ。もう事務所の奴隷でいることに疲れたから」

「は？　でも、そしたら……」

「死なば諸共(もろとも)ってやつよ。私はひかるを取り戻すためなら、なんだってするわ」

正義のヒロイン・マチダーレディが微笑んだ。美奈とキリシマ・ジョーの経歴とその後の人生、双方の事務所……全てを壊してでも、愛息子を取り戻すために戦うつもりなのだ。

強い決意を目に宿した美奈の顔は冷たく、恐ろしく、美しかった。

志村は美奈に礼を言うと、伝票に手を伸ばして立ち上がった。志村にも、戦わなくてはならない相手がいる。

「志村君、待って」

立ち去ろうとする志村を美奈が呼び止めた。何かを思い出すように、こめかみに手を当てながら「そういえば……」と切り出す。

「私はひかるが、自分を助けたヒーローについて、急に口を閉ざしたことが心配だったの。ショーの移動中に河野さんが、殺人ヒーローに口止めされたとか色々話してたでしょ？」

「そうでしたね」

志村はソファの背もたれに手をかけて、身を乗り出した。

「殺人ヒーローに脅されたなんてトラウマ必至でしょ。だから、そのことでキリシマさんを追及したんだけど……なんというか、ひかるは脅された恐怖とかで、口を閉ざしてるわけじゃないみたいなの」

「どういうことですか」

「まるで……殺人ヒーローのことを守るために余計なことは言うまいと、口を閉ざしてるようだって言ってたわ。警察は騙せても、俳優のキリシマさんに演技は通用しないってことね。それなら私の息子、スゴすぎない？　まだ四歳なのに、自分を助けてくれた恩人を庇おうとしてるのよ？　どんだけ優しいのぉ」

美奈は再び、愛息子のことを想い、目をうっとりとさせた。

「口を閉ざしたのは、ヒーローを守るため？」

志村は最後の最後で、意外な収穫を得た。改めて美奈に頭を下げて礼を言う。

「ありがとうございます、美奈さん」

「ううん。志村君もがんばってね」

美奈は勝利を祈るように微笑んだ。

志村は力強く頷くと、伝票を握りしめて、カウンターに佇むマスターに声をかけた。

3

午後三時。志村はＭＨＦに仁科を呼び出した。

ビルの裏手にあるコインパーキングに、探偵はいた。

いかにも街の探偵らしく、ミニクーパーにもたれていた仁科に、志村が駆け寄る。

「仁科さん、突然呼び出してすみません」

「志村君。ど、どういうことなんだ」

これから何をするのか全く聞かされていない仁科は、おどおどした様子で訊ねた。

「詳しくは、中で話しましょう。ところで、その車って仁科さんのですか？」

志村は年季の入ったミニクーパーを指さした。仁科がにやりと笑う。

「俺の車はこっちだよ」

探偵はミニクーパーの隣に駐車されている、ボロボロの軽のワンボックスカーを叩いた。

「じゃあ、他人の車に勝手にもたれてたんですか？」

「いや、ほんの一分くらいだよ！　いつか買いたいから、どんな感じか試してたんだよ。それより部外者の俺がＭＨＦに入れるのかい？　ここは君が勤める会社でもあるが、同時に敵の本拠地でもあるんだぜ」と仁科が慌てて話題を変えた。

志村は次の戦いの舞台となる古びたビルを見上げた。マチダヒーローファクトリーは、あまりにも多くのことがありすぎて、ここ数日で築年数が十年ほど増えたようだった。

「安心してください、話は通してあります。五分前にですけど」

「なにぃ？」

「あっ、そうだ。これ、お返ししますね」

志村はリュックから、仁科の調査報告書が収められたファイルを取り出した。

「これのおかげで、美奈さんとキリシマ・ジョーの関係性に気づけました。一般人の僕では絶対に辿り着けないことでした……本当にありがとうございました！」

志村がファイルを差し出すと、仁科はそれをきょとんとしたまま受け取った。あくまで、仁科としては、ファイルを第三者に閲覧させたことを認めていないらしい。

プロだな、と志村が尊敬の眼差しを向ける。敬意を込めて、志村も探偵のスタンスに合わせることにした。志村がわざとらしく、仁科に背を向ける。

「これは独り言ですが……今なら、仁科さんがどうしてマチダーマンのショーに通っていたかが分かります。きっと仁科さんは、依頼人の美奈さんの複雑な過去を知り、同情したんじゃないでしょうか。だから、調査が終わり、探偵と依頼人から、赤の他人同士に関係が戻った後も、敵情視察と称して、遠くから美奈さんの活動を見守っていたんですよね」

　志村が振り向くと、仁科は怒りとも悲しみともつかない表情を浮かべて、全身をぷるぷると震わせていた。

「え……？　えっ？　えっ？　えっ？　なんで、志村君がこのファイルを持ってんの」

　志村が眉をひそめる。演技にしては大袈裟だし、少々くどい。

「いや、ほらっ、仁科さんが芹ヶ谷公園で、落としてくれたから、その……」

「せ、せ、芹ヶ谷公園に落とした？　あの後、公園中、探し回ったけど……それこそ、草むらをかき分けて、池の中まで探したけど、どこにもなかったよ？」

「いや、だって、僕が持って帰りましたし」

「バカヤロウッ、なんで持って帰ってんだよ。どんだけ探し回ったと思ってんだ！」

　志村は相手をなだめるように、弱々しく両手を突き出した。

「あれって、粋な計らいというか、人情みたいなやつだったんじゃないんですか」

「そんなわけないだろ！　探偵が個人情報満載の調査報告書を落とすってのは、廃業したっておかしくないレベルのやらかしなんだよっ。もう少しで知り合いの探偵に依頼して、一緒に探してもらうところだったよ。ああ、恥かくとこだった」

「す、すみません……あの、そろそろ、ＭＨＦに向かいましょう……すみませんっ」

志村はぺこぺこと頭を下げながら、逃げるように歩き出す。そのまま怒る探偵を引き連れて、裏口からビルに入った。

時を同じくして上階からも、二人の人間が階段を降りていった。

双方の向かう先は、一階の稽古場。火花はまもなく散ろうとしていた。


壁一面が鏡張りとなった一階の稽古場は、会議室として使用されることも多い。志村は長机を部屋の真ん中に移動させると、パイプ椅子を四脚並べた。

稽古場のドアを正面にして、志村と仁科が並んで座る。

「志村君、これから誰が来るんだ？　俺は何をするんだ？」

長机の向こう側に並ぶ二つの空席を指さして、仁科がぶっきらぼうに訊ねた。まだ機嫌は直っていないらしい。

志村は眼鏡を外すと、きりっとした顔で探偵を見た。

「仁科さんはなんというか、この場に居るだけで大丈夫です」

「なんだい、そりゃ」

訝しむ探偵に、志村が指を立てた。

「つまり、立ち会い人です。それとできれば、僕がこれから話すことに違和感を覚えたとしても、あまり突っ込んだりしないで欲しいんです」

「黙って見てろ、ということか。まあいい、何を企んでいるか分からんが、助手のお手並み拝見といこうじゃないか」

「え？　僕、仁科さんの助手なんですか」

その時、稽古場のドアが開いて、二人の男が入室した。

現れたのは、デザイン部部長の三野村と、副部長の森田だった。

太ったビーバーのような森田と、カツラを被った骸骨のように痩せ細った三野村。対照的な体型の二人が、警戒するように室内を見回している。

「お疲れ様です。お忙しいところ、お呼び出ししてすみません」

志村は立ち上がり頭を下げると、二人に着席するように促した。

スケッチブックを抱きかかえるようにしていた三野村がまず席についた。寝袋を着込んでいない三野村を見るのは久しぶりだった。続いて、明らかに不満を溜め込んでいる森田が、渋々と着席する。

怪人ミノムシ男と、その側近の森田。探偵の仁科と、その助手（？）の志村。それぞれの視線が交差する。二対二の構図となった。

はじめに口を開いたのは、苛々した態度を隠さない森田だった。

「手短に説明してもらおうか、志村君。あまり長い間、部長と副部長が揃って席を外すわけにはいかないんでね。それに、こっちは忙しいんだ」

森田の怒りを鎮めるように、改めて志村が頭を下げる。

「お忙しいところ、恐縮です。三野村さんまでお越しいただけるなんて……」

志村がこの会合の主役に目を向けるが、三野村は借りてきた猫のようにちょこんと座ったままである。代わりに森田が机を叩いた。

「君が……今すぐ三野村さんを連れて稽古場に来ないと、デザイン部の秘密を社長にバラすなんて、脅しみたいなメッセージを送ったからだろ！」

激昂（げきこう）する森田に対して、志村は不敵な笑みを浮かべたままだった。そんなやりとりがあったことを知らなかった探偵が、不思議そうに助手の顔を見る。

「デザイン部の秘密？　社長にバラすって、黒幕は社長なんじゃ……」

仁科は、喫茶店の推理が真実だと今も信じていた。スーツを受け取ったのは陣内で、一連の事件は、陣内が通り魔に殺されたことで幕を閉じたと思っているようだ。

「ていうか誰なんだ、あなたは」

森田が、志村の隣に鎮座する見知らぬ男を指さした。仁科が名乗る前に、志村が名刺を一枚取り出し、机に置いた。

「ご紹介します。この街で探偵をしている、仁科さんです」

「探偵？」

森田がリキ探偵事務所の名刺と仁科の顔を交互に見る。

「名刺なら、もう一枚ある」

仁科が青いジャケットの内ポケットに手を忍ばせたが、志村が慌てて制止する。

「この流れで、まずは自己紹介といきましょう」

志村は、向かいに座る三野村に手を差し出した。

「MHFのデザイン部部長の三野村さんです。その隣にいるのが、副部長の森田さんです」

訳も分からぬまま頷く三野村と森田。顎に手を当てたまま仁科が口を開く。

「ショーで見たことがある。志村君と入れ違う形で見かけなくなったが……」

それを聞いた志村は、自分の胸に手を当てた。

「そうです。そして、僕がイベントスタッフの志村です」

仁科が「え？」と首を傾げた。三野村もぴくりと反応する。

志村の皮肉に、森田が深いため息を吐いた。

「志村君。まさか、その探偵を使って、労働環境の見直しを訴えるつもりなのかな」

「いえ、僕は殺人ヒーローの正体が知りたいだけです。そのために、まずはデザイン部が抱えている秘密を明らかにします」

森田が両手で机を叩いた。

「いい加減にしろ！　そんなに探偵の真似事がしたいなら勝手にすればいい。だが、僕たちを巻き込むな。三野村さん、行きましょう。こんな奴の話、聞く必要ないです」

　森田が立ち上がり、三野村の腕を引っ張る。志村は一喝するように力強く叫んだ。

「いいから僕の話を聞いてください！　その代わり……僕に協力してくれたら、今日中に殺人ヒーローの正体を明らかにすることを約束します」

　稽古場が静まり返った。森田が、三野村が、仁科が、一斉に視線を志村に向ける。

「殺人ヒーローの正体？」仁科が目を瞬く。

　森田がやむを得ず着席する。張り詰めた空気の中、志村が口を開く。

「仁科さん、あなたにはＭＨＦの内情を色々と話しましたが、デザイン部のミノムシ男と呼ばれる存在については、あまり説明していませんでしたね」

「えっ？　あ、そうだね」

　森田と三野村がいる手前、仁科は気まずそうに頷いた。

「順を追って説明します。まず、ＭＨＦのデザイン部は長い間、三野村さんと森田さんの二人だけでした。デザイン部の業務は多岐にわたります。ヒーローや怪人のデザインを三野村さんが、それ以外の業務を森田さんが担当して、今まで何とかやってきたそうです。それでも、連日の徹夜に休日出勤は当たり前で、三野村さんに至っては、寝袋を着たまま仕事をして、昼も夜も関係なく働き続けたそうです」

「な、なんで人手を補充しないんだよ？　ブラックなのか、この会社」

志村が返答に困り、苦笑いする。

「それもありますが、きっと理由は別にあったのでしょう。さて、たった二人での激務が続き、とうとう三野村さんが過労で倒れてしまいました。最近は〈働き方改革〉の影響もあり、ブラック企業に対する労基の指導も厳しくなっています。そのため、さすがの社長もデザイン部の人員を補充しました。その後、三野村さんも職場に復帰して、デザイン部の地盤は盤石なものとなりました」

「おお、よかったじゃないか。大変だったんだねぇ、お二人共」

仁科が労い（ねぎらい）の言葉をかけるが、森田の顔はこわばったままだった。三野村は、椅子に骸骨を座らせているだけなのではないかと疑ってしまうほど、ぴくりとも動かない。

「部長である三野村さんは職場に復帰後、まるで隠れるようにオフィスの奥に引きこもるようになり、社内外のやりとりは全て森田さんが一任するようになりました。それだけではありません……三野村さんの負担を軽減するために補充されたはずの新人は、その存在を認められていないかのように、一切のデザイン業務を任されなかったんです」

「えっ、なんで？　それじゃ、意味ないじゃん」

個人事業主の仁科には、デザイン部の歪さ（いびつさ）が理解できない。

「そうです。デザイン部の業務は多岐にわたりますが、そのメインとなるキャラクターデザインの手助けができないなら、三野村さんの負担は何も変わりません。しかも……しかもですよ、三野村さんは新人に任されたデザインも自分でも描き、それを衣装部や工房に先回りして提出するほど、己のデザインに執着しているんです。これが何を意味しているのか……」

志村の言葉を遮るように、森田が叫んだ。

「もういいッ！　これからは、ちゃんと仕事を振る。それで文句はないだろ」

「問題はそんなことじゃありません！　僕の話を最後まで聞いてください」

志村も負けじと大声を張り上げる。何が何だか分からない仁科は、別に自分が責められている訳でもないのに、困惑の表情を浮かべながら、背筋をぴんと伸ばした。

「志村君、日を改めよう。何もこんな時期にこれ以上、問題を増やす必要はないじゃないか。こちらだって然(しか)るべき時が来たら、正直に話すつもりだったんだ」

「いいえ、僕は今日中に殺人ヒーローの正体を突き止めます！　そのためには、三野村さんの秘密を明かした上で、お二人にお聞きしなくてはならないことがあります」

怒鳴り合う二人を、それまで他人事のように眺めていた三野村が、とうとう口を開いた。

「えっと、志村君……」

二人の口論がぴたりと止まった。全員の視線がゆっくりと三野村に向かう。

「どうして君は、イベントスタッフなのに、そんなにデザイン部の内情に詳しいんだい？」

稽古場の時が止まった。その場にいる全員が顔を見合わせる。

長い沈黙の後、仁科がおそるおそる、三野村に向かって訊ねた。

「いや……あの、志村君はデザイン部では？」

「え？」

三野村が志村の顔を不思議そうに眺めた。異常な光景を目にして、仁科の声が震える。

「ていうか、あなたの部下ですよね」

「でも、さっき……」と三野村が首を傾げる。

仁科は訳が分からず、志村を見た。どうして、デザイン部の部長である三野村が、一年前に入社した志村のことを知らないのか。なぜ、志村が自己紹介の時に皮肉で言ったイベントスタッフという言葉を本気にしているのか。

志村は真相を語るため、ゆっくりと口を開いた。

「僕は、三野村さんのことを仕事中毒の可能性があると疑っていました。それなら、三野村さんが体を壊してまで、仕事を独占する理由も頷けます。ですが……三野村さんは、僕が地下倉庫の鍵を借りようと、夜中にオフィスを訪れた時、僕に向かって

『なんだ、お前』と訊ねたんです」

志村はその言葉の違和感が、ずっと引っかかっていた。あの夜、三野村は、まるで志村のことを初めて見るかのように接していたのだ。疑念はそれだけではない。

「そして、『マチダーマン6』の怪人デザインも、三野村さんは自分でデザインを描いて、衣装部に提出していました。まるで、僕たち新人の存在を認めないかのように。だが、真相はそうではなかった。三野村さんは、僕たちの存在を認めなかったんじゃなくて……認識することができていなかったのです」

志村の言葉が稽古場に響き渡る。もはやこれまでと、森田が両目を瞑った。

「に、認識してないって、どういうこと?」

呆気に取られる探偵に向かって、志村は真実を言い放った。

「前向性健忘症(ぜんこうせいけんぼうしょう)——つまり、記憶喪失です。三野村さんは、過労で倒れた時の後遺症で、ごく僅かな時間、おそらく一日ほどしか記憶が保たない身体になってしまったのです」

三野村の細い体がぴくりと動いた。志村は続きを口にする。

「記憶障害は、脳が外的な衝撃を受ける他にも、長期間ストレスに晒されることが原因で発症するともいわれています。ある事情を抱えながら、無休で働き続けた三野村さんが発症しても、おかしくはありません。僕と鳳さんは、入社してから一年もの間……三野村さんと同じオフィスにいながら、その存在を認識されないまま、働いていたんです」

「な、なんでそんな人が会社来てるんだよ？」

仁科が驚愕して腰を浮かす。

「もちろん、業務に支障がないわけがありません。たとえば、こんなアクシデントもあったはずです。新人に怪人のデザインを振ったのにもかかわらず、そのことを忘れてしまい、任せた怪人を全て自分で描いてしまった……なんてことも」

額に汗を浮かべた森田が訊ねた。

「なぜ、分かった……なぜ、そう思ったんだ？」

志村はどのような経緯で、ミノムシ男の正体に辿り着いたのか説明することにした。

「このことに気づいたきっかけは、三野村さんのパソコンに一枚だけ貼られた付箋でした。赤い太文字で、〈明日の自分へ。デスクトップから引き継ぎを確認〉とだけ書かれていましたが、妙だとは思いませんか」

「そんなにおかしいか」

仁科が首を傾げる。志村はこくりと頷いた。

「誰かに宛てたものならともかく、わざわざ〈明日の自分へ〉などと付箋に書き込むでしょうか。〈引き継ぎを確認〉という文章もやはり変です。デザイン部の部長であり、仕事を独占していた三野村さんが、一体誰から仕事を引き継ぐというのでしょうか」

志村は、痩せこけた怪人に視線を向けた。

「三野村さんが仕事を引き継ぐ相手は、昨日の自分だったんです。あの付箋は、記憶がリセットされた時に、真っ先に目に映るよう常に貼られたものでした」

「それだけで……」

森田が目を見開いた。志村は「まさか」とかぶりを振る。

「僕は偶然、オフィスで三野村さんが通う病院の診察券を見てしまいました。そこは心療内科、精神科を専門とする診療所でした。これらは、どちらも記憶喪失の診療に精通した科目です。さらに、森田さんは僕が三野村さんの行動を不審がると、河野さんが死んだことを言い訳にして謹慎処分を下しましたね。あれは森田さんが不在の時に、僕が三野村さんに近づかないようにするための緊急手段だったのでしょう」

思えば、三野村が怪人のデザインを先に提出していたことに志村が気づくと、翌日から三野村は会社を休み続けた。あれも森田の指示だったのではないか。

「しかし、だからといって」

森田の言葉を、志村は食い気味で返した。

「ええ。だから、僕は自分の仮説を確かめるため、鳳さんに三野村さんのデスクトップを覗いてもらうことを頼みました。運がいいことに今日、三野村さんは診療所に通うため、午前休を取っていたようで、結果はすぐに分かりました」

皆がざわつく中、志村はスマホをかざして、鳳から送られた一枚の画像を見せた。

「三野村さんのデスクトップには、〈引き継ぎ〉というテキストファイルがありました。その中には、記憶がリセットされた時に覚えておく最低限の事柄が書かれていました」

仁科はごくりと息を呑むと、スマホの画像を覗いた。そこにはこう書かれていた。


1・新企画のキャラクターデザインを、何よりも優先すること。

2・その他の業務、面倒事は全て森田に任せること。

3・新人が二人入った。眼鏡をかけた方が志村で、髭面の方が鳳だ。


それは三野村が記憶障害を患っている確かな証拠だった。

「まさか、そこまでするとは……。だから、君は今、眼鏡を外しているのか」

森田は呆れたようにため息を吐いた。志村はオフィスでは常に眼鏡をかけていた。そのため、三野村からすれば、眼鏡＝志村という記号となっていたのだろう。

「はい。三野村さんは自分の業務に専念するためか、〈引き継ぎ〉のテキストには最低限のことしか書いてありませんでした。だから、僕が眼鏡を外した状態で、イベントスタッフの志村と名乗れば……三野村さんは、僕のことを他部署の人間だと思い込むと踏んだんです。そして、こんな茶番を行ったのは、言い逃れができない状況で三野村さんの秘密を暴き、その上でお聞きしたいことがあったからです！」

誰もが言葉を失った。

志村の思惑通り、三野村は元より側近の森田も、もはや抵抗する気力を失っていた。

「三野村さん、森田さん、全てを話してください。それが殺人ヒーローの正体に繋がります」

志村の言葉に、三野村が頷いた。それを見た森田が、決心したように口を開く。

「志村君の言う通り、三野村さんは過労で倒れた時の後遺症で、前向性健忘症となった。そのため、三野村さんの記憶は倒れる前までしかなくて、それ以降の記憶は寝るたびにリセットされてしまうようになったんだ」

「寝るたびに？」仁科が目を丸くした。志村が続けて訊ねる。

「でも……原因が過労によるものなら、それって労災ですよね。どうして、三野村さんの健忘症を周囲に隠すんですか。そもそも、デザイン部は三野村さんが倒れるまで、どうして人員の補給を訴えなかったんですか？」

志村の疑問に、森田が渋い表情をする。

「昔話になるけど、ウチの会社がまだ、どこにでもある映像制作会社の時の話だ。当時のデザイン部には僕と三野村さんの他に、もう一人の女性がいたんだ」

「涼子さん、でしたっけ」

志村は、〈河野を悼む会〉で話題になった名を思い出した。

「そう、僕と三野村さんと涼子さんは同期でね。そして、入社数年目の時に先輩が大量に抜けてしまい、三人の中から部長を決めることになったんだ。部長に選ばれたのは涼子さん。理由は単純に、涼子さんが三人の中で群を抜いて仕事ができるし、デザイナーとしての才能があったからさ。誰も文句はなかった。本当に、天才だったよ」

森田が懐かしそうに笑った。三野村も遠い記憶を思い出すかのように、両目を瞑っている。

「それからウチの会社は、MHFに社名を変えて、ご当地ヒーローに乗り出すことになった。『マチダーマン』のキャラクターデザインは、デザイン部の三人がそれぞれ案を出して、最終的に社長が誰に任すかを決めることになったんだ。結果は主役のマチダーマンを含めた、ほとんどのキャラを涼子さんが担当することになった。思えば、デザイン部に亀裂が生じたのは、この時からだった」

森田は三野村がいる手前、続きを話すことを躊躇した。しかし、ミノムシ男は白くか細い指を立てると、副部長に話の再開を命じた。森田が重々しく頷く。

「僕も特撮は相当好きな方だけど、三野村さんの特撮好きはその比じゃなくてね。だから、いくら涼子さんが才能があるデザイナーだったとはいえ、『マチダーマン』のデザインをことごとく奪われたことがショックだったんだ。しかも、二年後の『マチダーマン2』のデザインも採用されたのは、ほとんど涼子さんのものだったからね」

　志村は三野村のデスクを囲む、資料の壁を思い出した。三野村のデザインに対する執念は見る者をぞっとさせるものがある。あれほどの情熱を捧げても、太刀打ちできない存在がいたら、自分はどんな感情を抱くのだろうかと想像する。

「三野村さんが、涼子さんに嫉妬するのも無理はない。次第に二人の仲は険悪なものになっていき、僕もどっち付かずで、二人の喧嘩を傍観するばかりだったよ。そして……そんな人間関係に嫌気がさした涼子さんは『マチダーマン2』の制作前に、MHFを退社したんだ」

　森田が指を組んだまま、深い息を吐いた。

「なるほど。それでデザイン部は涼子さんって天才が抜けて、あなたたち二人だけになったということか」

　仁科が、現在のデザイン部の部長と副部長を交互に見る。森田が再び口を開く。

「涼子さんが抜けた後は地獄だったよ。社長は才能ある人材を失った責任を僕たちに取らせるため、どんなに忙しくても、絶対に新人を雇ってくれなかった。自分たちで空けた穴は自分たちで塞げって理論さ。よりによって、その頃はマチダーマンが町田に受け入れられ始め、一番忙しい時期だった。僕と三野村さんは連日会社に泊まり込んで、泣きながら働き続けたけど、社長は『自業自得だろ』の一点張りだった。そして、ついに三野村さんが倒れた……」

森田がデザイン部の黒い歴史を語り終えた。志村が同情の目を向ける。

「それが原因で、さすがの社長も新人を雇うことにしたんですね。しかし……三野村さんの健忘症をひた隠しにするのは、なぜですか」

森田は苦々しそうに唇を歪めた。

「ウチの社長にそんな報告をしてみなよ……？　長年のパワハラが世間にバレる前に、三野村さんをクビにするに決まってるじゃないか！」

激昂した森田が机を叩く。志村は無言で頷いた。

山岡はワンマン経営の社長特有の豪快さが目立つが、一方で経営者として冷静な部分がある。陣内や美奈といった、才能はあるが過去に問題がある役者を見抜き、安いギャラでキャストに迎え入れたり、ハルタや河野といった従順な役者を上手く飼い慣らしている。

そんな山岡が、記憶障害を抱えた三野村に優しく手を差し伸べるわけがない。面倒を避けて、ほんの僅かな手切金を渡して、ＭＨＦから追い出す姿が容易に想像できた。

だから森田は、デザイン部の怪人・ミノムシ男の秘密を守る門番となったのだ。

一部始終を聞いた仁科が、難しそうな顔をしながら頭を掻いた。

「部外者の俺には分からんが……クビも何も、そんな会社なら、自分から辞めちゃった方がいいんじゃないの？」

森田と三野村の表情が緩んだ。照れくさそうに二人が笑う。

「僕たちだって何度辞めようと思ったことか。ただ、もう少しで、夢が叶うんですよ。自分たちがデザインした特撮番組を制作するという夢が……」

森田は顔に埋まったビー玉のような黒い目を、きらりと光らせた。

「志村君は薄々気づいてると思うけど、ＭＨＦは水面下で『マチダーマン』に代わる新しい企画を進めている。その企画のメインデザイナーは三野村さんが担当することになったんだ。涼子さんのおさがりを弄ってるようだった『マチダーマン』と違って、今度はゼロから全てを作るんだ。だから、三野村さんはそれまで会社を辞めるわけにはいかないし、僕もそれを支えたいのさ」

「でも、その新しい企画って」

仁科が心配そうに志村の顔をちらちらと覗く。喫茶店の推理では、〈殺人ヒーロー事件〉は、ＭＨＦが水面下で進めていた新企画のプロモーションということになっていた。

三野村はここまでの説明をほとんど森田に任せていたが、スケッチブックを広げると、中に挟まれたデザイン画を一枚一枚、机に並べた。

異様だったのは、デザイン画に貼られた大量の付箋だった。それらは、描いている途中のまま記憶をリセットされる三野村が、明日の自分に託した〈引き継ぎ〉だった。グロテスクな外見をした怪人たちのデザイン画がテーブルにずらりと並んだ。いかにも、昔懐かしい昭和特撮風の『マチダーマン』とは対照的な、大人向けのデザインだった。

三野村がゆっくりと口を開いた。

「僕が新企画のデザインを任されたのは、過労で倒れる直前だった。それ以降の記憶は睡眠を取ることでリセットされてしまう。だから、僕は……会社で寝泊まりをして、少しずつ少しずつ、怪人のデザインを完成させていった。目を覚ますたびに、昨日までの自分の作業を引き継いで、時には記憶を失わないように何日間も寝ずに過ごした。そして、とうとう僕は、オーダーされた全てのキャラクターデザインを終えたらしい」

机に並んだ怪人たちを眺めて、ミノムシ男が微笑んだ。それらは全て同一のデザイナーによって描かれたものである。だが、ある意味では——一体一体の怪人は、別々の三野村の手によって描き上げられたものだった。

志村は机に並んだ怪人たちを改めて見回した。

「三野村さん、この中にはヒーローがいません。新企画の主役はどれですか」

その質問の重大さを知る仁科の顔がこわばる。三野村はにやりと笑いながら、机に並ぶデザイン画の一枚を指さした。

「主役はこいつさ」

　志村は目を丸くする。

　三野村が主役と呼ぶデザイン画に描かれていたのは、骸骨のマスクに、血管が浮き出たグロテスクなスーツ、手には血塗られたチェーンソーを握った〈怪人〉だった。

「これが……主役？」

　仁科がリアクションに困り、眉をひそめる。三野村が嬉々（きき）として語り出した。

「ＭＨＦの新作は、治安の悪い未来の町田を舞台に、悪役たちの抗争を描くんだ！　登場人物全員が悪役（ヴィラン）！　つまり、この作品にヒーローは登場しないんだよ」

「ヒ、ヒーローは登場しないだって？」

　それでは、シャドウジャスティスのスーツが新ヒーローに使われることになったという志村の推理が破綻する。探偵が慌てて助手の顔を覗くと、志村は切なげに頷いた。

「やはり、僕の推理は間違っていました。今、それがハッキリと証明されました」

志村は、ミノムシ男の正体を暴くと同時に、かつての自分の推理にも決着をつけた。

「え？　じゃあ……〈殺人ヒーロー事件〉の真相は⁉」

　動揺する仁科を尻目に、志村は今度こそ真相に辿り着くため、本題に入った。

「森田さん、僕があなたに聞きたかったことは一つです。ＭＨＦの関係者の中で、三野村さんが前向性健忘症ということを知っている人物は、他にいませんか」

森田は、志村がなぜそんなことを訊ねるのか不思議そうだったが、顎に手を添えて考えた。そして、しばしの沈黙の後、告白した。

「いない……そんな人はいないよ、志村君。君も分かっているはずだけど、三野村さんの窓口は僕が務めている。他部署の人間は、三野村さんと接触することすらできない。志村君と鳳さんのおかげで、三野村さんは倒れてから一度も、ショーの手伝いに参加していない。だから、キャストだって三野村さんの変化には気づけないはずだ」

おどおどとした様子で話す森田に、志村は釘を刺すように強く言った。

「よく思い出してください。これは、殺人ヒーローの正体に繋がる大切な話です。たとえば、勤務中は森田さんが、三野村さんに近づく者を監視してるとして……それ以外の時間はどうでしょうか。現に僕は、深夜にたまたま四階のオフィスを訪ねたことで、三野村さんと会話をしています」

「それを言われたら、さすがに分からないよ……ただ、僕も会社に寝泊まりすることはなくなったけど、それでも遅くまでは残っているんだ。少なくとも、就業時間後にわざわざ、三野村さんを訪ねる人は、見たことがないね」

「つまり、心当たりはないんですね」

「あ、ああ……すまない」

森田が申し訳なさそうな顔をする。しかし、志村は落胆せず、そのまま立ち上がった。

「——最後の調査は済んだ。あとは……。

「仁科さん、行きましょう。場所を変えてお話ししたいことがあります」

「お、おおっ」

探偵が慌てて腰を上げる。稽古場の出入り口に向かう志村を、森田が引き止めた。

「待ってくれ、志村君！　こんな時に言うべきことじゃないんだが……」

「ご安心を。三野村さんのことを社長に告げ口したりしませんから」

背中を向けたまま答える志村。森田が額の汗をハンカチで拭う。

「それは、ありがとう……いや、話はそれとは別なんだ。会社のグループトークは見たかい？　社長が懲りずに今夜も関係者を招集しているんだ。〈陣内豪を悼む会〉ってことで」

志村が怪訝な表情を浮かべて振り返る。森田が気まずそうに説明した。

「陣内さんが亡くなったことで、今……すごいことになってるんだよ。河野さんが死んだ時はシャドウジャスティスのスーツ紛失も報道されて、ＭＨＦは世間からいろんな疑惑を向けられたけど、今度は掌を返したように賞賛されてるんだ。陣内さんのニュースを見て感動した個人や企業から、マチダーマンショーの依頼が殺到しているんだ」

　志村は腹が立った。賞賛されるのは陣内個人であるべきだ。なぜ美味しい思いをするのが、陣内を冷遇していたＭＨＦなのか。

「それで、社長が今後の展開を考えるためにってことで、また関係者全員を集めて、どんちゃん騒ぎをしようとしてるのさ。一応確認だけど、君は行くのかい？　ほら、前回みたいに社長と顔を合わせたら、何をされるか分からないから……」

　心配そうに見つめる森田に、志村はきっぱりと答えた。

「行きません、そんな飲み会」

　志村がドアノブを握った時、再び呼び止められた。声の主は三野村だった。

　三野村は立ち上がると、ふらふらとした足取りで志村の前まで近づいた。

「志村君。僕のせいで、色々と迷惑をかけたようだね。今日までの自分を代表して、謝らせて欲しい」

「いえ、そんな……僕は謝ってもらうために、三野村さんを呼び出した訳じゃありません」

　志村は気を遣うように両手を振った。しかし、三野村は譲らなかった。

「いや、謝らせてくれ。今日あったことも僕は、明日には忘れてしまっているのだから」

ミノムシ男は痩せ細った体を折り畳み、深々と頭を下げた。

「三野村さん……」

志村は洗濯板のような三野村の背中をじっと見つめた。森田も立ち上がると、両目を瞑ったまま、頷くように小さく頭を下げた。

バラバラだったデザイン部が、一つになったような気がした。志村の胸に熱いものが込み上げる。

志村は、仁科を連れてＭＨＦを後にした。ビル裏手にある駐車場に戻ってきた二人は、少しの間だけ風に吹かれた。

「陣内豪も、三野村も〈殺人ヒーロー事件〉と関わってなかったわけか」

仁科が苦笑いを浮かべた。

「で、これからどうするんだ。真犯人を捕まえるための作戦会議でもするのか？」

探偵は冗談半分で助手に目を向けた。志村は力強く頷くと宣言した。

「はい。決着をつけなくちゃいけない怪人は、あと一人残っています」

4

午後八時。いつもの居酒屋でＭＨＦは三夜連続、座敷を貸し切りにした。

〈陣内豪を悼む会〉なる宴に、仕事を終えた社員たちが、ぞろぞろと集まる。

俳優の日比野ハルタは座敷の片隅でスマホをいじりながら、山岡の到着を待っていた。

「それにしても、陣内さんオイシイなぁ。マジで英雄扱いじゃん」

ハルタは暇潰しがてら、SNSやネットニュースで陣内の名を検索する。

昨夜の通り魔事件以来、陣内豪はたしかに〈英雄〉となった。陣内豪に対する思い出がある者は一斉にそれを語り始め、絵が描ける者はジッチョクマンの絵を描き、物書きは記事にして、何もない者はどこからか探した陣内の写真や動画を添えて、その死を悼んだ。

そして、町田市民以外、誰も観ていなかったはずの『マチダーマン』が突如として、絶賛されるようになった。一度は転覆しかけたMHFが息を吹き返すほどに……。

〈陣内さん……嘘だろ？　今日はずっとそればかり考えて、何も手がつけられない〉

ハルタは本日十二回目のつぶやきを投稿すると、ほくそ笑んだ。山岡が水面下で新しい企画を進めていることも、『マチダーマン』を打ち切ろうとしていることも、この前の打ち上げで察することができた。しかし、もはや『マチダーマン』は辞めたくても辞められない作品となった。

社長とて、この流れを無視するわけがない。今夜の集まりで、掌を返して今後の展開を宣言するに決まっている。

——そうなれば、マチダーマン役の俺は、どれほどの甘い汁を吸えるのか。首の皮が一枚繋がったどころか、人生最大のチャンスを手にしたんだ！

邪悪な笑みを浮かべるヒーローの隣に、亜麻色の髪をしたヒロインが腰を下ろした。

「あっ、美奈ちゃん」

ハルタが嬉しそうに声をかけてきた。ここ連日、『マチダーマン』のキャストは二人も減った。馴染みのない社員たちに囲まれて、さすがのハルタも居心地が悪かったのだろう。

「美奈ちゃん、昨日は来なかったから心配したよ。なんかあったの？」

女優の水原美奈は、馴れ馴れしく体を寄せてくるハルタを冷たく睨んだ。

「なんだっていいでしょ」

「えっ？」

美奈の態度にハルタが怯んで、無言で体を離した。近々、愛息子を取り返すため、自分とキリシマ・ジョー双方の事務所と戦おうとしている美奈にとって、もはやＭＨＦなど、どうでもよかった。

——なんなら、ここも潰してやろうか。

美奈は今まで受けたセクハラやパワハラの数々を、どのように仕返してやろうか考えながら微笑した。

「ところで、ハルタ君。これ見た?」

美奈はスマホを取り出すと、メッセージアプリを開き、MHF関係者グループのやりとりを表示させた。ハルタが「ああっ」と言いながら眉をひそめる。

「なんかスタッフの志村さんが、意味不明なメッセージを送ってたよね。あの人、河野さんに続いて、陣内さんが死ぬとこにも居合わせたみたいだから、おかしくなっちゃったんじゃないかな」

ハルタがこめかみを指でつつきながら苦笑いする。

「そうかもね」

美奈はテーブルに置いたスマホに目を落とした。山岡による〈陣内豪を悼む会〉開催の知らせの後に、志村から送信されたメッセージを改めて見る。

〈シャドウジャスティスへ。今夜八時、廃工場にて待つ。もし、来なかった場合は、全てを警察に打ち明ける〉

志村は真犯人を直接呼び出して、一連の事件に決着をつけるつもりらしい。

美奈は頬杖をつきながら座敷内を見回した。続々と集まる関係者たちの中で、未だに姿を見せない人物がいる。

「ふうん、なるほどね」

真犯人を特定した美奈は、長い髪を掻き上げた。

「あそこにいるの、美奈ちゃんじゃないか？」

工房長の雪永薫は、離れた位置に座る美奈を指さした。部下の室井が無言で頷く。

「よかったよかった。美奈ちゃん、最近ずっと悩んでそうで、心配だったんだよな」

雪永は遠目で美奈のことを見つめながら、珍しく優しい笑みを浮かべた。……が、すぐに鋭い目つきになって、向かいに座る人物を見た。

「ところで、志村を見かけないけど、あのメッセージはなんなの？」

デザイン部副部長の森田恵介は、工房長に訊ねられるとハンカチで額の汗を拭った。

「いや、それが、僕たちもよく分からなくって。多分、その、彼なりの決意があってのメッセージなのかと……」

森田の要領を得ない説明に、雪永が呆れたようにため息をつく。

「はあ。なんか、そのうち、あいつにウチの会社潰されそうだなぁ」

森田は苦笑いを浮かべると、隣に座る部長の顔をちらりと覗いた。

デザイン部部長の三野村学は、即身仏のように物言わず虚空を見つめていた。

三野村は過労で倒れてから健忘症を隠し通すため、飲み会など他部署と交流する場を避けてきた。だが、今回は自らの強い意志で、参加することを望んだ。

三野村は今夜、周囲がどんな反応をするのか、全く予想ができなかった。

――だが、いつまでも怪人ミノムシ男でいるわけにはいかない……。

三野村は小さく笑った。今夜、自分がどんな目に遭っても、志村が真犯人を捕まえて、その影響で新企画がお蔵入りになったとしても……これだけは言える。

――自分がデザインした特撮を作る。その夢を、明日の自分が諦めることはない。

きょろきょろと座敷を見回しながら、雪永が呟いた。

「……で、デザイン部って今日は二人だけ？」

5

同時刻。町はずれにある廃工場の中で、志村弾は一人佇んでいた。

志村のいる廃工場は、黒崎がひかる君を監禁した場所である。ニュースでは詳しい場所は伏せられていたが、仁科が警察内にいるという仲間に頼るまでもなく、この場所はすでに特定していた。

かつて機材の塗装を行っていたという工場内には、ひび割れたコンクリートの床に、一斗缶やポリタンクが散らかっている。

辺り一帯は田んぼや資材置き場に囲まれており、夕方を過ぎてから周辺に近寄る者は滅多にいない。騒がしい駅前での生活に慣れている志村にとって、片田舎のような夜の静けさが心地よかった。

——ここで、誘拐犯の黒崎はシャドウジャスティスに殺された。

志村は〈殺人ヒーロー事件〉の発端となった廃工場を見回した。といっても、工場内の照明は当然使えない。志村の足元には、仁科の私物であるアウトドア用のＬＥＤランタンが置かれており、半径五メートルを照らし続けている。志村の視界はその範囲に限られ、それより外は闇に包まれている。

志村は少しの間、両目を瞑り、一連の事件を思い返した。

身代金目的の誘拐に始まり、謎のヒーローによる救出劇、ひかる君が描いたイラスト、地下倉庫から姿を消したシャドウジャスティスのスーツ、キリシマ・ジョーの登場で波乱となったアクションショー、芹ヶ谷公園で殺された河野……。

最後に志村は、陣内の死を思い出した。

あの時、志村が真犯人に気付いていたら、未来は変わっていたかもしれない。

少なくとも、自分や乗客を守るために命を懸けた陣内に対して、疑いの目を向けずに済んだ。事切れる寸前の陣内が、不思議そうな顔で自分を見つめていたことを……

その時に抱いた罪悪感を、志村は生涯忘れることはないだろう。悔やんでも悔やみきれない、あの時の過ちを正す。それこそが、一連の事件に対して志村が望む、唯一の決着だった。

その時、闇の奥から足音が響いた。志村が目を開くと、正面から何者かが歩いてくる。

闇から迫る足音が一歩一歩大きくなる。それにつれて志村の心臓が、持ち主を置いて逃げ出してしまいそうなほど激しく暴れ回る。

闇に潜む者がランタンの灯りに照らされた。志村は真犯人をその目で捉えた。

「お待ちしてました。あなたなら、きっと来てくれると思ってました」

志村は再会を喜ぶように、真犯人を見つめた。

目の前には、シャドウジャスティスのスーツに身を包んだ何者かが立っていた。

二人がランタンを挟んで向かい合う。真っ赤なバイザーのせいで、犯人が今どのような表情を浮かべているのか、窺うことはできない。

シャドウジャスティスは、マネキンにスーツを着せたように、ぴくりとも動かなかった。志村は、かつて自分がデザインしたヒーローを見つめながら、ゆっくりと口を開いた。

「あなたは今、こう考えていますね。目の前の男は、実はまだ一連の事件の犯人が誰か分かっていないと。だから、ＭＨＦの関係者グループにメッセージを送信した。そうすれば、呼び出しに応じた者が犯人ということになります。それを警戒して、あなたはシャドウジャスティスのスーツを着て、ここまでやって来た。素顔を晒すのは、僕が本当に真相に辿り着いているかを、確かめてからでもいい……そう考えているんじゃないですか」

シャドウジャスティスは答えない。志村を殺そうともしない——少なくとも、今は。

まずはその仮面を剝がすため、志村が事件の真相を語り始めた。

「殺人ヒーローの正体を知るには、三つの事件をそれぞれ紐解く必要があります。一つは、まさにここで起きた〈ひかる君誘拐事件〉、次に芹ヶ谷公園で河野さんが殺された〈スーツアクター殺人事件〉、最後に三十年前に起きた〈相模原児童殺人事件〉です。今から、これらの事件の真相を解き明かしていきます」

ランタンの灯りに照らされた志村が、指を一本立てた。

「殺人ヒーローが、その存在を世間で認知されたのは〈ひかる君誘拐事件〉のニュースがきっかけでした。誘拐犯が謎のヒーローに殺されたことばかりが注目されましたが……そもそも、なぜ誘拐犯の黒崎は身代金目的の誘拐を実行したのでしょうか。日本で身代金を手にして逃げ切った誘拐犯はいません。身代金目的の誘拐は成功率〇％の犯罪です」

それまで、不動を貫いていたシャドウジャスティスの体がぴくりと反応した。

「なぜ、黒崎は身代金目的の誘拐を実行したのか。それは、過去に黒崎が誘拐に成功したことがあるからです」

一見、矛盾しているような理由だった。だが、これ以上になく至極単純な答えであった。

「身代金目的の誘拐の成功率は〇％。ただし、これは警察が認知した誘拐に限ります。それならば、被害者が誘拐の事実を警察に伝えずに、犯人が身代金を手にしたケースもあるはずです。黒崎は過去にそうして誘拐を成功させたことがあったのでしょう。その時の自信があるからこそ、〈ひかる君誘拐事件〉も実行できたのです。では、黒崎が成功した最初の誘拐とは何か」

志村は二本目の指を立てた。

「三十年前にあった〈相模原児童殺人事件〉。この事件は世間的には、若葉まつりで失踪した子どもが、森の中で殺されていた事件として認識されていますが、この事件こそが黒崎が初めて実行した誘拐だったのです」

犯人が拳を握りしめる。黒革のグローブがぎりぎりと音を立てた。

「当時、六歳だった慎太郎君は若葉まつりに出かけた時に誘拐されました。慎太郎君の父親は誘拐犯から脅迫電話があっても、警察には通報しなかったため、身代金の受け渡しは容易だったでしょう。では、なぜ慎太郎君の父親は、子どもの誘拐を警察に知らせなかったのでしょうか。いや、そもそも、どうして僕が三十年前の事件の真相を、こうしてペラペラと話すことができると思いますか？」

犯人は答えない。志村が話を続ける。

「初代『マチダーマン』第五話、〈誘拐怪人！　笛吹きピエロ〉というエピソードが、完全に三十年前の児童殺人事件をモデルにしていたからです」

志村はＤＶＤで観た、不気味な異色回を思い出した。ウロボロス将軍に仕える親衛隊となるため、笛吹きピエロによって連れ去られた子どもたちには、ある共通点があった。

「怪人・笛吹きピエロが連れ去るのは、凶悪犯の子どもたちばかりでした。このエピソードが不気味なところは、子どもを狙って誘拐すること自体ではなく……子どもたちの両親が、警察に後ろめたい事情があるため、子どもを連れ去られても誰にも相談できないというシーンが描かれていることです！　このエピソードは、おそらく三十年前に黒崎が実行した児童殺人事件をアレンジしています。では、モデルとなった事件は、どのような子どもが標的に選ばれたのでしょうか」

黒崎は三十年前に成功した手口を、今になって再び繰り返した。ひかる君と美奈が抱える事情を知った志村は、そこから黒崎の手口に辿り着くことができた。

「慎太郎君の親も、ひかる君の親も、どちらも凶悪犯ではありません。二人に共通するのは、どちらの家庭も片親だったということです。つまり、黒崎が二度にわたり、実行した手口とは……誘拐された子どもを誘拐するということです！」

黒崎必中の誘拐策——その、からくりを志村が解き明かす。

「現在、日本では毎年十万組以上の子どもがいる夫婦が離婚をしています。親権の奪い合いで揉めて、片方の親が子どもを連れ去ってしまうケースは年に二千件以上あると言われています。厄介なのは日本では、最初に子どもを連れ出した方の親は罪に問われるどころか、親権が渡ってしまい、もう片方の親が子どもを連れ戻そうとすると、それは誘拐になってしまうことです。黒崎が目をつけたのは、この〈実子誘拐〉です」

実子誘拐について、詳しく教えてくれたのは仁科だった。

「子どもを連れ戻した親は、未成年略取誘拐罪に問われてしまうので、子どもや世間に、その事実を隠して暮らすことがほとんどです。中には、子どもが逃げ出さないように、事実と異なることを言い聞かせて洗脳したり、世間に嗅ぎつけられないように、子どもを学校にも行かせずに家に閉じ込めるような親もいるようです……。このような境遇の子どもを誘拐したら、その親は迂闊に警察に相談することはできません。なぜなら、すでに自分が子どもを誘拐しているも同然だからです！　おそらく、慎太郎君の父親もそういった事情があって、警察に誘拐の事実を伝えることができなかったのでしょう。そのため、三十年前の誘拐事件は、児童殺人事件として認識されるようになったのです」

志村は三十年前の事件に思いを馳せた。慎太郎君の父親からすれば、犯人に従うしかなかったはずだ。警察に通報したことが犯人にバレた場合、慎太郎君の命が危ない。さらに、犯人が捕まったとしても、警察に子どもの親権がないことが知られたら、慎太郎君は母親の元に返されてしまうのだから。だが、犯人の指示に従っても、慎太郎君は返ってこなかった。そのため、慎太郎君の父親は絶望し自殺したのだ。

「話を現代に戻しましょう。黒崎は三十年前に成功させた手口を使って、再び、身代金目的の誘拐をすることにしました。標的に選ばれたのは、ひかる君です。キリシマ・ジョーと美奈さんの間に生まれたひかる君は、スキャンダルを避けるため、一時的にキリシマ・ジョーが預かることになりました。キリシマ・ジョーと美奈さんは決して険悪な関係ではありませんが、事務所に弱みを握られた美奈さんは、ひかる君に近寄ることもできません。つまり……変則的ではありますが、美奈さんからすれば、ひかる君は事務所とキリシマ・ジョーによって誘拐されたも同然だったのです。キリシマ・ジョーからしても、ひかる君は警察に事情を話すことはできない複雑な関係性です。そのため、黒崎はひかる君を誘拐するため、周囲の人間関係や行動パターンを徹底的に調べ上げ、ついに四月十日、芹ヶ谷公園で開催された〈町田さくらまつり〉

に紛れて、誘拐は実行されました」

事件の真相を少しずつ明かすにつれて、シャドウジャスティスのスーツも、ぼろぼろと剝がれ落ち、その中に潜む犯人の姿が露わになるようだった。

「さて、ここで気になるのは犯人が、どのようにして子どもを連れ去ったかです。まずは慎太郎君の場合からお話ししましょう。さきほど僕は、マチダーマンの〈笛吹きピエロ〉というエピソードが、三十年前の事件をモデルとしていると言いましたが、連れ去った方法も同じです。犯人は若葉まつりの会場で、ピエロに仮装して標的に近づき、白昼堂々と慎太郎君を連れ去りました。これは子どもの警戒心を解くためと、後々、警察が聞き込みをする際に目撃情報から、自分を特定されないためです。では、ひかる君の場合はどうでしょうか。黒崎は三十年ぶりに誘拐を実行するにあたって、計画を現代風に変更した部分がありました。それは、標的に近づく際の仮装です。他団体のヒーローや、ゆるキャラがいる中で、ピエロの仮装は目立ち過ぎます。そのため、黒崎は代わりとなる隠れ蓑を用意する必要がありました」

志村はここで一呼吸置くと、シャドウジャスティスの赤いバイザーを力強く睨んだ。

「黒崎が選んだ、新たな隠れ蓑。それは、特撮のヒーロースーツです」

廃工場の時が止まる。静寂の果てに、志村は拳を握りしめながら叫んだ。

「そのため、黒崎はＭＨＦの地下倉庫から、お蔵入りになったヒーロースーツを盗み出すことを考えました。つまりシャドウジャスティスのスーツは、ひかる君を連れ去るために使われたのです！　犯人は盗んだスーツを着て、ひかる君に声をかけると、言葉巧みに車に連れ込み、この廃工場に監禁しました。これが、シャドウジャスティスのスーツ紛失騒動の真相です」

地下倉庫でシャドウジャスティスのスーツが無くなっていることに気づいた時、志村が真っ先に思い描いたのは、悪を憎み、ヒーローに憧れた者が、スーツに身を包んで誘拐犯を殺したのだというものだった。だが、ちがった。

犯人は子どもを誘拐するために、スーツが必要なだけだった。デザインやバックボーンなど、どうでもよかったのだ。盗んだところで誰も気づかないような、廃棄品同然の使い道のないスーツが、シャドウジャスティスなだけだったのだ。

「どんな事情があろうと、たとえ歪んだ理由でも、僕はシャドウジャスティスのスーツを着ているのは、正義感の強い人間だと思ってました。だけど、実際は……ただの誘拐犯だったんですね。こんな、どうしようもない理由だったんですね」

志村の目に涙が浮かんだ。目の前に立っているシャドウジャスティスが、あまりにも哀れだった。志村は犯人にマスクを外させるため、いよいよ核心に迫った。

「では、シャドウジャスティスのスーツを着たのは黒崎だったのか？　それはあり得ません。黒崎はこの廃工場で、シャドウジャスティスに首を絞められて殺されているのですから。つまり黒崎には、共犯者がいました」

志村はさらに一歩、真相に踏み込んだ。

「黒崎には共犯者がいた……当然です。シャドウジャスティスのスーツを盗み出すには、地下倉庫の鍵と、お蔵入りになったヒーロースーツがあるという情報が必要です。どちらも部外者の黒崎には手にすることができません。ということは、MHFの関係者の中に、黒崎と繋がっている人物がいることになります。そうなると……ひかる君が監禁されたこの廃工場で起きた〈謎のヒーローによる救出劇〉も見え方が変わってきます。黒崎が殺された本当の理由。それは、誘拐犯同士の仲間割れだったのです！」

志村は黒崎が殺された廃工場を見回した。闇の中で、幻影が浮かぶ。黒崎に馬乗りになったヒーローが、相手の首を絞めている生々しい幻影が……。

「僕が言う……真犯人とは、三十年前に〈誘拐された子どもを誘拐する〉という計画を思いつき、黒崎を従えて慎太郎君を連れ去った、怪人・笛吹きピエロのことです。そして現在になって、ひかる君を連れ去り、この廃工場で相棒の黒崎を殺し、芹ヶ谷公園で真相に気づいた河野さんを口封じした、殺人ヒーロー・シャドウジャスティスのことです！」

志村はわざとらしく指で眼鏡を押し上げた。

「真犯人があなただと気づいたきっかけは、この眼鏡でした。僕は普段、眼鏡をかけていますが、アクションショーのスタッフに駆り出される時は、必ずコンタクトレンズをつけています。マチダーマンや怪人のマスクを被らされる時に、眼鏡が邪魔になるからです。これは、MHFの社員なら誰でも知っていることです。一方で、キャストのように、アクションショーでしか顔を合わせない人は、僕が眼鏡をかけている姿を初めて見た時、コンタクトの時と雰囲気が違うせいか、別人と勘違いしたり、驚いたようなリアクションをとったりします。それは殺人ヒーローとて、例外ではありません」

志村は、芹ヶ谷公園でシャドウジャスティスと対峙した時を思い出した。

あの時、シャドウジャスティスは、目の前に立つ人物が志村だということに気づくと、意外そうな反応を示したのだ。アクションショーの打ち上げが終わった後、一度帰宅した志村が眼鏡をかけていたからである。

「ですが、MHFの社員以外で、僕が眼鏡をかけた姿を見た時、少しも驚かなかった人物が一人だけいました。当然です。すでに芹ヶ谷公園で、僕が眼鏡をかけた姿を見ていたのですから。その人物こそが、一連の事件の〈真犯人〉です。もう、マスクを外していただけますよね」

志村は長い推理に終止符を打った。闇と静寂が二人を包み込む。

犯人は、シャドウジャスティスのマスクに手を添えると、下顎に取り付けられた留め具を外した。パチンという音と同時に、マスクが前後に割れる。

銀色のマスクの中から、真犯人の素顔が露わとなった。

6

犯人が、シャドウジャスティスのマスクを脇に挟んで佇む。

所謂、マスクオフの状態となった犯人を、志村は切なげに見つめた。

「やはり、あなただったんですね……江川さん」

脚本家・江川徹は静かに頷いた。

怪人ミノムシ男は、志村のことを眼鏡をかけた新人と認識していたが、アクションショーでしか顔を合わすことのないメンバーはその逆であった。志村が眼鏡をかけた姿を初めて見た時、決まって驚くような素振りを見せた。ハルタは、レイジング・マチダーマンの衣装合わせにMHFを訪れた時。美奈は、まほろデッキで待ち合わせをした時。中嶋と陣内は〈河野を悼む会〉で、志村が社長に呼び出された時。しかし江川は、純喫茶『シカク』で偶然会った時、全くその反応がなかった。むしろ、志村と目が合うと、自ら声をかけてきたのだ。その理由は言うまでもなく、芹ヶ谷公園ですでに眼鏡をかけた志村を見ていたからである。

「ハッタリじゃなかったのか……」

江川は綺麗に整えられた口髭を撫でながら、この廃工場に現れてから初めて口を開いた。

「驚いたよ、志村君。今度の推理は間違えなかったようだね」

志村は、仁科と江川と喫茶店で行った合同推理を思い出した。自分が殺人ヒーロー事件を、MHFが進めている新企画のプロモーションだと推理すると、目の前の男はこう言った。

——なるほど、あまりにも突飛だ……だが、面白い。

そして、江川は口元を手で覆ったのだ。志村の間違った推理を聞き、心の底から安堵したのだ。可笑しくて堪らなかったのだ。あの時、志村も仁科も、目の前に悪魔が座っていることに気づけなかった。

闇を背にした江川がおもむろに、指を三本立てた。

「ところで、君は三つの事件を解き明かすと言ったね。〈相模原児童殺人事件〉と〈ひかる君誘拐事件〉。この二つは概ね、君が話した通りだ。では、最後の〈スーツアクター殺人事件〉についてはどう考えているのかな？　もし、よかったら聞かせてくれないかな」

志村は目を丸くした。志村の呼び出しに応じた時点で、そしてシャドウジャスティスのスーツを着ている時点で、さらにそのマスクを脱いだ時点で、江川が犯人だということは確定している。

それでも江川は、志村との対決を続行することを望んでいた。

「――わかりました」

志村は江川の気持ちをなんとなく理解できた。志村が警察に駆け込まずに、わざわざ廃工場に犯人を呼び出したように、江川もまた逃げ出さずに、わざわざ廃工場に現れたのだ。江川も志村と同じように、自身が抱える何かに決着をつけるため、ここへやって来たのだろう。志村は正真正銘、最後の推理を始めた。

「世間的には〈スーツアクター殺人事件〉は、殺人ヒーローが誘拐犯に続いて、麻薬の売人を殺した第二の犯行として認識されています。もちろん、これはそう思わせるための江川さんの工作です。実際は、誘拐事件の真相を漏らさぬよう口封じに殺されました」

「ほお」

江川はまるで執筆のための取材をするかのように、志村の話に耳を傾けた。

「では、河野さんは三十年前と現在の事件、どちらの真相に気づいたのでしょうか。答えは三十年前の〈相模原児童殺人事件〉の方です。おそらく、僕と同じように、『マチダーマン』のDVDを何気なく観直していたら、〈笛吹きピエロ〉の回が、三十年前の事件をモデルにしていることに気づいたのでしょう」

「貪欲(どんよく)なハイエナが、過去の事件を掘り起こしたというわけだ」

江川が肩をすくめる。志村に正体を暴かれてもなお、落ち着いた態度を崩さない。それが不気味だった。志村は規格外の怪人を相手に推理を再開した。

「河野さんがあなたを脅迫したのは、町田ターミナルプラザのアクションショーの後です。あの日、僕たちは第一部のショーが大失敗したことで、第二部や後片付けの記憶などほとんどありませんでしたが、江川さんにはショーの後に、河野さんに台本の感想を伝えるという恒例行事がありました。河野さんはその時に、三十年前の事件の真相に気づいていることを仄(ほの)めかしたのでしょう。そして、打ち上げが終わった後に、芹ヶ谷公園に来ることを指示して、そこで真相の確認と、金銭の要求を行おうとしました。しかし……」

「しかし?」志村は江川を見据えると、あの日の裏側で何があったのかを言い放った。

「あなたは、河野さんが三十年前の事件の真相を仄めかした時点で、河野さんを殺すことを決めていました。おそらく、河野さんが麻薬の売人であることにも気づいていたのでしょう。それを利用して、河野さん殺しを、殺人ヒーローによる第二の犯行と見せかける計画を思いつきました。わざわざ、シャドウジャスティスのスーツを着て犯行に及んだのは、目撃者が欲しかったからです。芹ヶ谷公園は閉園後も、警備員が園内を巡回します。犯行後に警備員に一目でもその姿を見せれば、殺人ヒーローの犯行は揺るぎないものになります。ですが、ここで予想外のことが起きました」

志村は胸に手を当てると、芹ヶ谷公園での衝撃的な光景を思い出した。

「それは……自身の姿を目撃したのが、警備員ではなく、僕だったことです」

志村は一呼吸置くと、「いや」と言いながら補足した。

「正確には、閉園後の公園を通り抜ける一般人かと思ったら、よく見たら僕だったと言うべきですね。だから、あの時、シャドウジャスティスは、目の前に現れた通行人にその姿を堂々と見せておきながら、直後に驚いたような仕草を見せたのです」

闇夜の中、志村がシャドウジャスティスのスーツを着た者の体型を、はっきりと割り出すことができなかったように、江川もまた眼鏡をかけた志村を即座に見分けることができなかったのだ。

江川が照れるように笑った。

「正直言うと、あの時、私は心臓が飛び出しそうなほど驚いてしまったよ。せっかくだから、一つ教えてあげよう。君の言う通り、河野が麻薬の売人だということは、以前から知っていたよ。私がここで殺した黒崎という男から聞いたんだ。黒崎は反吐が出るような根っからの悪人だから、この街の犯罪事情にも詳しかった」

江川は、あっさりと黒崎殺害も認めた。

「それにしても、敗因が眼鏡とは思わなかったよ。いや……それだけで君が、私を犯人と決めつけて、ここに呼び出すわけがない。他にも疑念はあったのだろう？」

志村は静かに頷いた。

「僕が芹ヶ谷公園でシャドウジャスティスと遭遇した翌日。僕は探偵の仁科さんと、純喫茶『シカク』に行きました。その時に、実に都合のいいタイミングで江川さんも入店しましたね。あの時に、もっとあなたのことを怪しむべきでした」

「あれは、偶然ではないと？」

「はい。芹ヶ谷公園で僕がシャドウジャスティスと遭遇したことは、あなたにとっても衝撃的なことだったはずです。いくらスーツを着ていたとはいえ、自分の正体がバレていないか不安になったのではないでしょうか。だから、あなたはMHFから出てくる僕を尾行して、探りを入れようとしました。そして、僕がホテル街で仁科さんに声をかけられて、『シカク』に移動した後、偶然を装って自分も店に入ったのです」

あの日、MHFの裏口から出てきた志村を尾行していたのは、仁科だけではなかった。志村は探偵の尾行に気づいたことで安心し、ホテル街で話し合う二人を遠くから監視する者がいたことに気づけなかったのだ。

「仁科さんと江川さんはどちらも『シカク』の常連客であると言ってましたね。ですが、奇妙なことに今までお互いが、店内で顔を合わせたことはなさそうでした。それが気になった僕は、今日もう一度、あの喫茶店に行って、マスターに二人の来店頻度を訊ねました。すると、意外な回答が返ってきました」

志村は美奈を連れて『シカク』を訪れた時、会計のついでにマスターに話しかけていた。

「仁科さんは『シカク』に週四、五回は通い、しかも、コーヒー一杯で半日は粘ることもあるという名物客でした。一方、江川さんについては初めて見たお客さんだとマスターは言ってました。つまり、あの喫茶店で常連客のふりをしていたのは、江川さんの方だったんです。あの時、たまたま僕たちは鉢合わせしたのではなかった。僕が事件の真相にどこまで気づいているかを確かめるため、江川さんが尾行してたとしか考えられません」

江川は、ばつの悪そうな顔をしながら闇を見つめた。

「ふむ、疑惑はそれだけかな」

「いえ、まだあります。僕は仁科さんから、犯人は左利きという情報を聞かされてました」

「左？」江川が首を傾げる。

「はい。犯人は黒崎の首を絞めた時、左手の上に右手を覆うようにしていたそうです。その
また、河野さんを殺す時も犯人はまず、左手で握った石で殴りかかっています。その

ため、僕は仁科さんに、ＭＨＦの関係者で左利きの人間を探すように頼まれました」

「なるほど。とんだポンコツ探偵だな」

「仁科さんがポンコツかどうかは……さておき。たしかに、その推理は間違っていました。僕は河野さんが死んだ後の飲み会で、参加者の利き腕を観察しましたが、左利きと思われる人物はいなかったからです」

「ああ……何かきょろきょろしてると思ったら、そういうことだったのか」

江川もまた〈河野を悼む会〉で、志村の挙動を観察していたのだ。

志村は右手を開くと、江川に向かって突き出した。

「つまり、犯人は右利きだったのです。それなのに、二つの殺人を行う際に左手を使ったのは、なぜでしょうか。それはカモフラージュでもなければ、右手を負傷していたわけでもありません」

江川は顎に手を当てると、深く息を吐いた。

「ああ、そうか……君も一応、マンガ家を目指していたんだったな」

「はい。右利きの犯人が左手を使った理由……それは、ある種の職業病です。江川さんのような作家の中には、商売道具である利き腕を傷つけないように、日頃から注意している人もいます。たとえば、食事やスポーツなど、日常生活では利き腕と反対の手を使うように心がけている作家は多いです。マンガ家を目指していた僕ですら未だに、フライドポテトのような手が汚れてしまうものを食べる時は、必ず左手を使います。もっとも僕の場合は、商売道具を汚さないようにという、げん担ぎのような意味合いが強いですが……」

志村は純喫茶での脚本家の振る舞いを思い出した。江川は右手でキーボードを打ち、左手でサンドイッチを手にしていた。

「今では、手書きで執筆をしている作家はほとんどいないでしょう。それでも作家である江川さんにとって、ペンを握る利き腕は神聖なものだったはずです。だから、殺人という、この上ない汚れ仕事を、あなたは左手で実行したのです」

江川は右手を広げると、手の甲をじっと見つめて笑った。

「羨ましいほどの発想力だ。残すは、私がこのスーツを盗んだ方法くらいか」

江川の挑発的な発言に、志村は静かに頷いた。

「それも大体見当がついてます。地下倉庫の鍵は各部署長か、社長しか持っていません。ＭＨＦの社員ではなく、外注の脚本家である江川さんが入ることができるのは、せいぜいビルの中までででしょう。では、どうやってスーツを持ち出したのか……」

探し物は近すぎると却って見つけづらい。志村にとって、地下倉庫の侵入方法がまさにそうだった。

「実は偶然にも僕も、江川さんと全く同じ方法で地下倉庫に入ったことがありました」

「なに？」

江川が目を丸くする。

「ＭＨＦには勤務時間外だろうが、ほぼ毎日オフィスで仕事をしている人間が一人います。デザイン部の三野村さんです。あなたは深夜など、他の社員がいないタイミングを狙って、四階のオフィスに向かうと……三野村さんから堂々と鍵を借りました。三野村さんはその夜に起きたことを、翌朝には忘れてしまいます。つまり、あなたは三野村さんが前向性健忘症であることを知っていたのです！」

奇しくも、シャドウジャスティスのスーツを盗んだ者と、それを探した者の方法は同じだった。志村はなにか因縁のようなものを感じずにはいられなかった。

「三野村さんの異変に気づいたのは、本当に偶然だったのではないでしょうか。たとえば、放送された『マチダーマン』の内容に納得がいかなくて、ＭＨＦに相談に行ったら、その日がたまたま祝日で、ビルには三野村さんしかいなかった。僕たちが入社する前は、三野村さんもアクションショーのスタッフをしていたので、江川さんとは面識があるはずです。そこで江川さんは、変わり果てた三野村さんの姿と、会話の噛み合わなさを疑問に思ったのではないでしょうか。その時に気づいたのか、後日、また同じようなことがあって察したのかは分かりませんが……あなたは三野村さんの抱える秘密を利用して、地下倉庫からシャドウジャスティスのスーツを盗み出すことを思いついたのです」

江川は目を細めた。志村が突きつける真実を、一つ一つ受け止めるように歯を食いしばる。志村は最後の一手を放った。

「そして、何より……三十年前の〈相模原児童殺人事件〉をモデルにした〈笛吹きピエロ〉のエピソードを書いた脚本家は江川さんですよね。過去の誘拐と、今回の誘拐に江川さんが深く関わっていたのは、疑いようがありません。あなたは慎太郎君、黒崎、河野さんと三人の人間を殺した、殺人鬼です」

「違う！」

江川が叫んだ。廃工場が静まり返る。

志村は目の前に立つ男の顔を見て、思わず怯んだ。紳士然とした脚本家はどこかへ消えてしまった。代わりに、目を見開き、殺意を顔に刻み込んだ悪魔が立っている。まるで、江川の背中にファスナーが付いており、別人と入れ替わったようだった。

「慎太郎君を殺したのは、私じゃない」

「黒崎ですか？　でも、誘拐を計画したのは江川さんですよね」

「私は、黒崎に頼まれて誘拐のアイデアを考えただけだ。それだって、最初は冗談半分だったんだ。なのに、あいつが……あいつが！」

江川は拳を握り締め、全身を震わせた。

「……どういうことですか？」

志村が恐怖を抑えながら訊ねると、江川は荒い息を整えながら、ゆっくりと口を開いた。

「黒崎とは、同じ団地に住む幼馴染だった」

そこまで古い付き合いだったとは、と志村が耳を傾ける。

「内気だった私に対して黒崎は粗暴で、性格は正反対だったが、妙に馬が合う悪友だったよ。治安の悪い団地でね、年上の住人が弱い者いじめをすることはしょっちゅうあったが、私は全く恐くなかった。別々の動物が狩りを協力し合うように……幼い頃の私と黒崎は、お互いが知恵と暴力を貸し合う、協力関係のようなものを結んでいた」

江川は昔を懐かしむように、闇の彼方に目を向けた。

「だが、黒崎は中学生の時にすでに、地元でも有名な不良となっていて、小説家を目指していた私は次第に距離を置くようになっていった。高校で進学先も分かれて、団地でもすれ違うほどの関係になり、それからはもう、顔を見かけることもなくなった。次に再会したのは私が二十二歳の時だった。そう、今から三十一年前だ」

志村がぴくりと反応した。

「つまり、〈相模原児童殺人事件〉の一年前ですね」

「ああ。その頃の私は、大学を卒業して就職もせず、安アパートで新人賞に投稿する小説を書き続けていた。そんな私の元に、黒崎が現れた。黒崎は高校を中退した時に家を出て、それからは地元のチンピラの世話になっていたらしい。だが同居していたチンピラと揉めて、住まいを追い出されて宿無しになった。そこで、かつての友人の家を探し当て、転がり込もうとしたわけだ。昔のよしみで、私は黒崎を住まわせることにした」

意外そうな顔をする志村に、江川が小さく笑った。

「黒崎はどうしようもないクズだが、私に対しては昔から敬意を払っていたからね。それに私の小説の最初の読者でもあった……つい情が湧いてしまったんだ。家賃の代わりに、私が執筆に集中できるように家事を何でもやったりと意外と義理堅い男だったよ。それに、喧嘩や犯罪、女やクスリと……若くして何でも経験した黒崎の話は、小説家を目指していた私には、社会の裏側を知れる、いい取材相手だった」

昔話を語る江川の顔が少しずつ険しくなる。志村がごくりと息を吞んだ。

「いつからか……黒崎は私によく、完全犯罪の方法を訊ねるようになった。最初は謎かけや、とんちのようなものだったな。私も執筆の合間の気分転換として、気さくに答えたものだよ。『殺したい人間がいたら、同じ思いの人間を探せ。そいつが踏みとどまっているものを取り除けば、自分の代わりに殺してくれる』。そんな答えを私が言うたびに、黒崎はげらげらと笑ったものさ。次第に問題は、具体的になっていった。

どうやったら、警察に捕まらないで済むか、どうやったら安全に大金を奪うことができるか、とね」

「まさか……それで?」

江川が重々しく頷く。

「私がその時に出した答えが、『誘拐された子どもを誘拐する』というものだった。それを聞いた黒崎は、私の前では決して見せなかった悪人の顔になったよ。背筋が凍ったのを覚えている。それから黒崎は、外に出かけることが多くなった。私はすぐに気づいたよ、黒崎が誘拐の準備をしていることに……数ヶ月後、ついに黒崎はその準備を終えた」

「それで、決行したというんですか? それで、慎太郎君を殺したんですか?」

志村は理解できなかった。目の前に立つ男は、そこまで非道な男なのだろうか。

「黒崎には時間がなかったんだ。私の元に来る前の同居相手は、麻薬の売人だった。黒崎は住まいを追い出される前に、そこから商品を少々くすねていた。それがバレて、期限までに相手が要求した金を用意しないと、殺される状況にあったんだ。黒崎は私に泣きついてきた。標的となる子どもは探し当てた。だから、誘拐に協力して欲しいと」

江川は背中に十字架を背負うように、前屈みになった。

「涙を流しながら懇願する黒崎に、私は手を差し伸べてしまった。愚かだった……だが私が断れば、黒崎は別の方法で金を奪うだけだ！　奴が強盗でもして捕まるのは構わないが、そのせいで誰かが命を落とすかもしれない。私の思いついた誘拐なら、誰かが傷つくようなことはない。だから、私は黒崎に知恵を貸した。誘拐に適した日程と状況を考えた。そして、若葉まつりの人混みに紛れて、ピエロに仮装した私が慎太郎君を連れ去り、黒崎が運転する車に乗せる……そこまでを手伝ったんだ」

「えっ、じゃあ……」

志村が言い淀む。その後に何があったのかは分かっている。

「慎太郎君を車に乗せて、役目を終えた私はそこで黒崎と別れた。黒崎はそれから慎太郎君の親を脅迫し、無事に身代金を手にすることができた。だが、なぜか翌日、慎太郎君は森の中で死体で見つかった。そのことを問い詰めると、黒崎は顔を見られたから、仕方なかったと言い張った……奴は自分の犯行がバレないように、慎太郎君を殺したんだ！　そして、誘拐を成功させた黒崎は私の元を去った。私は警察に真相を伝えることはしなかった……言えば、私も捕まってしまう」

江川は目に涙を浮かべながら叫んだ。

怪人・笛吹きピエロによる誘拐事件。今、その全貌が明らかになった。

「でも……それなのに、どうして江川さんは、今になって黒崎と手を組み、再び誘拐をしたのですか」

志村は江川に訊ねた。両目を瞑っていた江川が、おもむろに志村を見つめる。

「慎太郎君の誘拐以降、私と黒崎は一度も顔を合わすことがなかった。だが一年前……黒崎はマチダーマンのアクションショー会場に姿を現した。理由はもちろん、私に再び誘拐を手伝わせるためだ。海外に移住する資金が欲しいなんて言っていたが、どうせ日本にいられない事情でもあったのだろう」

「それで、三十年前の誘拐の真相を脅迫材料にされて、再び黒崎に従ったのですか?」

「その時の私の心に、もはや正義なんて残っていなかったのさ。これで、黒崎がこの国から消えれば、私の過去の罪を知る者はいなくなる……そう思ってしまった。奴と違って、私は失うものが増えすぎていたんだ。あとは、志村君が話した通りさ。黒崎はすでにひかる君を標的に選んでいた。私はＭＨＦの地下倉庫から、このスーツを盗み出し、町田さくらまつりで誘拐は決行された」

小説家と最初の読者――奇妙な関係性で結ばれた二人組による、三十年ぶりの誘拐計画。だが、二度目の誘拐は失敗に終わった。黒崎の死によって。

「どうして、江川さんは再び誘拐に協力しておきながら、黒崎をここで殺したのですか?」

志村は最後の疑問を投げかけた。江川はゆっくりと闇に目を向けた。おそらくは、そこが黒崎を殺した方角なのだろう。

「黒崎が……ひかる君を殺そうとしたからさ」

「え」

　志村は息を呑んだ。江川の顔に再び悪魔が宿った。

「今回の誘拐も、私と黒崎の役割は同じだ。私がヒーロースーツを着て、ひかる君を黒崎の運転する車に案内する。子どもを連れ出す台詞も前回と同じさ。『お母さんに会いたくないかい？』そう言うと、ひかる君はすんなりと黒崎の車までついてきた。だが……今回はそこで別れず、私もこの廃工場に同行した。嫌な予感がしたからだ。私はこのスーツを着たまま、ひかる君を安心させるため、色々と話したが、向こうは誘拐されたことにも気づいておらず、母親に会えることを無邪気に喜んでいた。そして……私は唖然としたよ、黒崎はこの廃工場に着いて、脅迫電話をかけると、まるで一仕事終えたかのように、素顔を隠すために着用していたキャップもサングラスも外したんだからな！」

「ひかる君に、素顔を晒したということですか？　それは、つまり……」

「ああ、黒崎は最初からひかる君を殺すつもりだったんだ。その瞬間、全てを理解した。三十年前に慎太郎君を殺したのも、不慮の事故じゃなかったんだと……。計画の成功を確信し、上機嫌になっている黒崎を見たら、殺さずにはいられなかった。気づいたら私は、ひかる君の目の前で、黒崎の首を絞めていた！」

志村は両目を瞑ると、その時の光景を想像した。

ひかる君からしたら、自身の理解を超えた出来事だっただろう。それでも、ひかる君は黒崎が自分の命を奪おうとしたことと、シャドウジャスティスが自分を守ろうとしたことが分かった。だから、交番で保護された時に、『ヒーローが悪人をやっつけてくれた』と説明したのだ。そして、警察に何度も話をしていく内に、自分のせいでシャドウジャスティスが捕まるかもしれないと不安になり、口を閉ざすようになったのではないか。

三十年前の誘拐事件と、現在の誘拐事件。二つの事件の謎が解けた。

志村は今、殺人ヒーロー・シャドウジャスティスとの対決に決着をつけた。

夜風が通り過ぎた。江川は何かを決心したような表情を見せると、志村を見つめた。

「ありがとう、志村君。こちらの気は済んだよ……最後に一つ聞いていいかな」

「なんでしょう」

最後とは……何の最後だろうと、志村は思った。

「――私が君を殺すことは考えなかったのかい？」

7

闇に包まれた廃工場の中で、ランタンの灯りだけが二人を照らす。

志村は死を覚悟したように、深い息を吐いた。

「やっぱり、そうなりますよね」

同じく真相に気づいたハイエナの怪人は、問答無用で殺されているのだ。志村もこの展開を予想しなかったわけではない。

「――でも、無理です。外で、仁科さんが待機しています」

「なに？」

江川が闇に目を向ける。殺人犯と対峙する志村からすれば、当然の対策だった。

「江川さん。もう、おしまいにしましょう」

遠い星と交信するように、志村の言葉がゆっくりと江川に向かう。長い沈黙の後、脚本家が微笑んだ。

「安心してくれ、殺したりなんてしない。黒崎や河野と違って、君は最後まで私に何も求めなかったからね……。君と話せて、それが分かってよかった」

志村は血が熱くなるのを感じた。江川はただの冷徹な殺人鬼ではない。それが分かったただけで、涙が出るほど嬉しかった。

「信じてもらえないかもしれないが……私は心のどこかで、今日という日が来るのを待っていたんだ。私は弱い人間だ、自分で罪を償うことができない。だから、いつか自分を裁く者が現れることを望んでいた。もっとも、私の前に現れるのは、この世にいない方がマシな悪人ばかりだったがね。長かった……私は三十年間、自分を倒してくれるヒーローが現れるのを待ち続けていたんだ」

志村は静かに頷いた。

「その言葉が嘘ではないことは分かります。そうでなければ、江川さんが『マチダーマン』の第五話で、笛吹きピエロの脚本を書く理由がありません。あなたは自身の脚本の中で、罪を告白していました」

「ああ……ありがとう」

江川は突然、闇の中にあった何かを蹴り倒した。鈍い音が廃工場に響く。

「えっ？」

志村が目を瞬く。何が起きたのか、咄嗟に判断できなかった。

江川が倒したのは一斗缶だった。コンクリートの床に何かの液体が広がる。

独特の異臭が志村の鼻を突いた。工業用エタノールなど、可燃性の液体が脳裏を過る。

「江川さん……⁉」

志村が床に気を取られていると、いつの間にか、江川はジッポーライターを手にしていた。

江川は何の躊躇いもなくライターを点火させると、それを手放した。

志村が「あっ」と声を漏らした直後、火柱が上がった。

廃工場が黄色く照らされる。志村と江川の間を炎の壁が遮った。

炎の勢いが強くて、志村はたまらず数歩後ずさる。

――まさか、逃げるのか⁉

江川の後方にはこの廃工場の裏口がある。だが、その予想はすぐに外れたことが分かった。

再び、鈍い音が響く。江川が次々と一斗缶を蹴飛ばし、床を這う液体が導火線のように炎を繋ぐ。瞬く間に、江川の四方は炎に囲まれた。

江川は自ら退路を絶った。近づく者を阻むように、炎はみるみると周囲の資材に燃え広がる。

志村は言葉にならない叫び声を上げていた。

「江川さん……逃げてください！」

周囲を見回しても消火器は見当たらず、廃工場なのでスプリンクラーも作動しない。

混乱した志村には、目の前の炎を消す方法も、江川を助ける方法も思いつかない。

志村は炎に向かって懇願した。逃げてくれと叫び続けた。

だが、炎の中で江川は両眼を瞑り、首を横に振った。その直後、志村は信じられない光景を目にした。

パチンという音が鳴った。

江川は炎の中で、シャドウジャスティスのマスクを装着した。

「え……？」

志村がその意味を理解するのに数秒の時間がかかった。

特撮のマスクは視界が狭く、自分の声も相手の声も届きにくくなる。

つまり、シャドウジャスティスのマスクを被った江川は今……炎の中で、目と耳と口を塞いだようなものだった。それは、志村の説得に応じないことと、この廃工場から逃げ出さないことの決意表明だった。

燃え盛る炎の中で、銀色のヒーローが志村を見つめている。真っ赤なバイザーの向こうで、江川が切なげな笑みを浮かべている気がした。

「江川さん……」

轟音とともに、炎の勢いがさらに増し、シャドウジャスティスのシルエットを飲み込んだ。それはまるで、戦いに敗れた怪人が爆ぜるかのようだった。

志村は力無く両膝をついた。望んでいたのは、こんな決着ではなかった。

その時、炎の中で何かが動いた。

志村は再び、信じられない光景を目にした。炎の中から、黒いシルエットがこちらに向かってやって来る。その両腕にはシャドウジャスティスが抱きかかえられていた。

猛る炎を掻き分けて現れたのは、白いマスクと緑のバイザーをしたヒーローだった。額には探偵の象徴である虫眼鏡の形をしたレリーフ、全体的に手作り感が漂うボディアーマー、この街のもう一人のご当地ヒーロー・ディテクティバインである。

炎の中を掻い潜ってきた仁科は、抱きかかえた江川もろとも床に倒れた。

「仁科さん！」

志村が駆け寄ると、仁科はふらつきながらも立ち上がった。発泡ウレタンで造られたアーマーからは、白い煙が立ち上り、所々が熱で変形している。

大きくむせる仁科に、志村が肩を貸す。

「なんて無茶を……仁科さん、大丈夫ですか」

「ああ、なんとか。あと一分遅ければ、間に合わなかったな」

仁科は白い煙を纏（まと）いながら、仰向けに倒れた江川を見下ろした。

「あんたには罪を償ってもらう。こんなところで死なせてたまるか」

江川は意識を失っているようだが、信じられないことに、まだ呼吸をしていた。

どうして炎に囲まれた状態で生存することができたのか。その理由に気づいた時、志村は全身を震わせた。

ヒーロースーツのタイツにはオペコットと呼ばれる、耐熱性に優れた素材が使われている。また、皮肉なことに通気性の悪いマスクが、煙の侵入を防ぐ役目を果たしたのだ。

志村がデザインした初めてのヒーロー・シャドウジャスティスは、世間で殺人ヒーローと呼ばれ、二人の人間を殺した。だが、最後にシャドウジャスティスは、装着者である江川の命を守ったのだ。

「志村君、手を貸してくれ。とっとと、ここから出よう」

仁科は背後で燃え盛る炎をちらりと見た。志村は頷くと、江川を抱き起こした。江川を挟んで、志村と仁科は肩を回すと、シャッターが閉じた正面口を目指して、歩き出した。

「仁科さん……どうしてスーツを着てるんですか」

志村は白いマスクをしたヒーローに向かって訊ねた。

仁科は廃工場の裏手から中の様子を窺い、江川が志村に襲いかかった時に助けに来る手筈（てはず）となっていた。だが、お互いが持ち場に着く直前までは、仁科はスーツなど着ていなかったのだ。

「途中から着替えた。スーツはいつも車に入れてるんでね」

　仁科が親指を立てた。そして、片手でシャッターを持ち上げる。

　三人が廃工場の外に脱出すると、ディテクティバインは燃え盛る炎を一瞥して、勢いよくシャッターを降ろした。

「面倒なことになるので、変な下心は捨てて、それ早く脱いでくださいね」

　志村は通報するためスマホを取り出すと、頑なにスーツのままでいようとする仁科を睨んだ。

　こうして、事件の幕が降りた。

エピローグ

新緑が生い茂る、爽やかな昼下がり。

志村はＭＨＦのビルを見上げながら、缶コーヒーを飲んでいた。

「まさかゴールデンウィークに休めるとは思わなかったなぁ」

鳳が煙草を咥えながら、気持ちよさそうに煙を吐いた。

町田市を震撼させた〈殺人ヒーロー事件〉は、江川の逮捕によって終焉を迎えた。

それにより、『マチダーマン６』の撮影を控えていたＭＨＦは、ご当地ヒーローの運営から撤退。元通り、どこにでもある映像制作会社に戻ることになった。

当然、五月連休に開催予定だったマチダーマンのアクションショーも全て中止になり、ＭＨＦの社員は十年ぶりに、世間と同じように連休を満喫できることになった。

とはいえ、そう呑気なことを言っているのは鳳くらいで、他の社員はＭＨＦが今後どうなるのか全く分からず、今も社内は混乱している。

志村も、自分がＭＨＦに残って仕事を続けていられるとは想像ができなかった。

今でこそ、山岡は世間の対応に追われているが、ほとぼりが冷めれば、真っ先に志村の首を飛ばすだろう。ＭＨＦの視点で見れば、志村は疫病神以外の何物でもない。

「有休使えば十連休でしょ？　後楽園ホールでプロレス観て、マーベル映画全作観て、箱から開けてないプラモ作って、どっかに旅行に行っても……まだ余るな」

指を折りながら、連休の過ごし方をシミュレーションしている鳳を見て、志村は笑ってしまった。

志村が江川と対峙していた頃――MHFの関係者はいつもの居酒屋にいたわけだが、鳳だけが小一時間ほど遅刻した。集合時間までの間に入ったパチンコ屋で当たりが続き、席を離れられなくなったからだ。

「堂々とサボりかい？　会社員はいいねぇ」

横から聞き慣れた声がした。志村が目を向けると、青いジャケットを肩にかけた仁科が立っていた。二人は向かい合って穏やかな笑みを浮かべた。

「ん？　シムの知り合い？」

鳳は灰皿に煙草を押し付けると、目の前の男を不思議そうに眺めた。

「はい、探偵の仁科さんです」

「へえ、探偵って実在するんだ」

目を丸くする鳳に、仁科は名刺を差し出した。

「そして、あなたたちの同業者であり、ライバルでもある」

「はあ……」

鳳は怪訝な表情を浮かべながら、名刺を受け取った。仁科が両腕を素早く交差させる。

「町田を守る賢と拳の二枚刃！　真実の探究者……」

「あ、町田のダサいヒーローじゃんっ」

「なっ」

名刺に印刷されたディテクティバインの写真を見て、鳳が笑った。仁科は交差させた両腕を静かに下ろすと、切なげな表情を浮かべて立ち尽くした。

「仁科さん、どうしてここに？」

気まずい空気の中、志村がおずおずと訊ねる。

「あ、ああ……改めて、君に礼を言いに来たんだ。〈殺人ヒーロー事件〉を追う過程で、三十年前の事件の真相も分かったんだからな。俺や警察にいる仲間……それにあの事件でトラウマを植え付けられた子どもたちを代表して、礼を言わせてくれ」

探偵が両目を瞑り、頭を下げる。志村は慌てて両手を振った。

「そんな、そんなっ。仁科さんの協力がなければ事件は解決できませんでした……」

二人のやりとりを見ながら鳳は、妙案を思いついたように手を打った。

「それじゃ、探偵さん。シムのことを助手として雇ってあげてくださいよ。ＭＨＦにはもういられないだろうし、このままじゃ彼、無職になっちゃうんで」

「鳳さん……」

志村はMHFに未練はないが、鳳が自分の身を案じてくれたことが嬉しかった。

「うーむ、助手かぁ。相変わらず探偵業はさっぱりなんだが……おかげさまでディテクティバインのイベント依頼が殺到してるんだ。よかったらその手伝いをしてくれないか？　毎回、友人に怪人役をお願いして迷惑がられてたんだよな」

「えぇっ!?　それじゃ、ウチにいた時と変わらないじゃないですか」

すっとんきょうな声を上げる志村。鳳が「ぶははっ」と笑った。

「無職よりはいいじゃない。マチダーマン亡き後のこの街の平和は、二人に任せたっ」

新番組の予告のようなことを言いながら、鳳が志村の背中を叩く。

志村は曖昧に頷いたものの、実のところ、それでも構わなかった。

江川との決着をつけた、あの夜。

燃え盛る廃工場の中で、志村は真のヒーローの姿を見た。

この街には正義のヒーローがいる。

叶うならば、そのヒーローの物語をこれからも見続けたかった。

「仁科さん、ディテクティバインのスーツって、今どうなってますか？」

志村が訊ねると、仁科はため息とともに肩をすくめた。

「コゲコゲのボロボロだよ。残念だけど、また一から作り直さないとな」

「じゃあ、新しいスーツ、僕がデザインしてもいいですか」

「君が？」

探偵は微笑むと空を見上げた。

「新しいヒーローの名は……〈ディテクティバインR３〉にしよう。Rは、リボーンとライジングとリザレクションのRだ。とびっきりカッコいいデザインで頼むぞ」

志村は力強く頷いた。新しい物語が始まろうとしている。

四月も残すところ、あと僅か。

見渡す限りの木々に若葉が芽吹き、初夏を感じさせた。

心地よい風の中で、志村は缶コーヒーに口をつけた。

本書は、第21回『このミステリーがすごい！』大賞最終候補作品「爆ぜる怪人」を改稿・改題したものです。

この物語はフィクションです。作中に同一の名称があった場合でも、実在する人物・団体等とは一切関係ありません。

〈解説〉

ご当地ヒーローを巡る魅力的な謎と丁寧な推理

村上貴史（ミステリ書評家）

■受賞作に劣らぬ人気を博する〝隠し玉〟

第二一回の『このミステリーがすごい！』大賞は、小西マサテルの『名探偵のままでいて』が受賞した（応募時の『物語は紫煙の彼方に』を刊行に際して改題）。その第二一回において最終選考に残ったおぎぬまXの『爆ぜる怪人』が、『爆ぜる怪人　殺人鬼はご当地ヒーロー』と改題のうえ、隠し玉として刊行されることになった。

隠し玉とは、『このミステリーがすごい！』大賞において、大賞や文庫グランプリの受賞には至らなかったものの、世に送り出すに値すると評価された作品を、適宜改稿のうえ刊行する制度である。この改稿が功を奏すのだろう、受賞作に劣らぬ人気を博する作品も多い。例えば、七尾与史『死亡フラグが立ちました！』、岡崎琢磨『珈琲店タレーランの事件簿　また会えたなら、あなたの淹れた珈琲を』、志駕晃『スマホを落としただけなのに』などの人気作品があるし、二〇二〇年に「夫の骨」で日本推理作家協会賞短編部門を受賞した矢樹純も隠し玉『Sのための覚え書き　かごめ荘連続殺人事件』でデビューした作家だ（推理作家協会賞受賞作は同題の短篇集に収録）。

そうした実績のある〝隠し玉〟として刊行されるこの『爆ぜる怪人　殺人鬼はご当地ヒーロー』、これがまた個性派で、読んで嬉しくなる一作なのである。

■マチダーマンとシャドウジャスティス

舞台となるのは、東京都町田市。小田急線に乗れば、新宿から快速急行で三〇分、各駅停車ならほぼ六〇分という市だ。人口は四三万人。

その町田市に、ＭＨＦという会社がある。マチダ・ヒーロー・ファクトリー。略してＭＨＦ。小さな映像製作会社だったが、ご当地ヒーロー『マチダーマン』の制作を手掛けて、地元ではそれなりの知名度を得るに至った。

志村弾は、一年前にＭＨＦに入社した青年である。二五歳。中肉中背。眼鏡。元々マンガ家志望で、有名誌で新人賞を獲ったこともある。その実績をアピールして入社し、デザイン部に配属された。ＭＨＦが企業から受注した〈企業ヒーロー〉としてシャドウジャスティスをデザインした実績はあるが、依頼主が倒産してしまい、お披露目を前にそのヒーローはお蔵入りしてしまった。

そんな志村やヒーローたちが存在する町田市において、事件が次々と発生した。お笑い芸人による麻薬密売事件。子供を身代金目的で誘拐した事件。いずれも志村からすると他人事だったのだが、その後、後者の事件と自分との関係を彼は感じてしまう。誘拐された子供を悪人の手から救出したのは、なんと正義のヒーローの姿をしていたというのだが、その子供が画用紙に描いたヒーローは、志村にはシャドウジャスティスにしか見えなかった。自分が誕生させたヒーローが人助け？　現実的には、お蔵入りになったシャドウジャスティスのスーツを着た何者かが子供を救い出したのか？

そう考える志村は、暗澹たる気持ちになってしまう。なぜなら、正義のヒーローは子供を救う際、誘拐犯である悪人を絞殺していたからだった……。

多面的に魅力的な謎である。

救出者は、シャドウジャスティスという、ほとんど知る人のいないヒーローの姿をなぜ選んだのか、そもそも、いかにしてその存在を知ったのか。施錠管理されたＭＨＦの倉庫からどうやってシャドウジャスティスのスーツを盗み出したのか。

ヒーローを巡る謎だけではない。救出者は、いかにして誘拐犯が子供を監禁していた場所を見つけたのかという謎もある。さらに、殺したのは、意図的なのか偶発的なのか、という謎も。ついでにいえば、殺された誘拐犯は、なぜ成功の確率が極端に低い営利誘拐という犯罪に踏み切ったのか、という謎もある。

こんな具合に多面的に魅力的な謎を入り口として本書は進んでいくのだが、それに加えて、ＭＨＦやご当地ヒーロービジネスを巡る描写も興味深く、こちらでも読者を惹きつける。例えば、ヒーローショウの裏側を細部まで描いた場面では、役者や裏方のそれぞれの思惑がぶつかりあった結果としてコミカルなハプニングが連続する様が愉しく読めるし、ワンマンな社長が率いるMHFのパワハラ体質——宴会での〇〇炙りの刑など——も、誇張されたブラック描写としてインパクト強く読者にページをめくらせる。しかもおぎぬまXは、単に情報としてそうしたショウの裏側やパワハラを記述するのではなく、それに関与する人々を、振り回す側も振り回される側もきちんと人として語っている（解説者としては、町田市のもう一人のご当地ヒーロー〈真実の探究者・ディテクティバイン〉を個人で営んでいる人物の想いが深く刺さった）。だからこその説得力であり、読む手が止まらないのである。

そんな物語を、さらに大小の謎が動かしていく。MHFデザイン部の部長は、なぜ会社に泊まり込むようにして働き、本来なら新人に振るような仕事も全部自分で引き受けているのか、といった小さな謎もあれば、第二の事件という大きな謎もある。〝三〇年前の事件〟なるものも顔を出したりして、とにかく退屈させないのだ。

こうして魅力的な謎と個性的なキャラクターの数々に導かれるままに読者は終盤まで読み進み、そして、本書が丁寧に作られたミステリであることを実感することになる。志村という青年が、関係者への質問を重ね、この知識を有する者は誰と誰であるから、こう考えるのはこの人物である、といった類いのロジックを積み上げて、真相を見抜いていく様子を読むことになるのだ。つまり、コミカルなシーンやパワハラシーンにちりばめられていた事実や、あるいは謎として提示されていた事実が伏線として組み合わさっていくスリルを存分に味わうのである。これがまあ愉しいこと愉しいこと。

そして志村が明らかにする犯人の発想は、衝撃的なまでに斬新だ。この発想に基づいてこの犯行に及んだのか――読者は驚くとともに納得する。いやはや、いいミステリだ。

■ミステリ作家、おぎぬまX

さて、本書が最終候補となった第二一回の『このミステリーがすごい！』大賞を受賞した小西マサテルは、当然ながら応募作がミステリとして優れた出来映えであったが故の受賞なのだが、刊行に際しては、人気ラジオ番組の構成作家という職業も注目を集めた。その小西マサテルの経歴に負けず劣らず、おぎぬまXの経歴も〝濃い〟。

まず、大学在学中に友人に誘われたことを契機に二〇一〇年に芸人養成所に入り、プロのお笑い芸人として活動していたことがある。おぎぬまXという名前はそのときの芸名だ。

その後、芸能事務所を辞めて、マンガ家を目指して活動を開始。二〇一九年には、「だるまさんがころんだ時空伝」というギャグ漫画で赤塚賞に入選、晴れてプロのマンガ家となった。二〇二一年には『ジャンプSQ.』にて『謎尾解美の爆裂推理!!』の連載を開始する（完結後、二冊の単行本として刊行）。

さらに並行して小説の執筆にも挑んでおり、二〇一九年にはジャンプ小説新人賞のフリー部門において銀賞を獲得し、その作品が二〇二〇年に『地下芸人』として刊行された。

つまり、芸人、マンガ家、小説家。そんな経歴を経て、『このミステリーがすごい！』大賞の隠し玉である本書に到達したのだ。

そうした経歴を、この隠し玉という成果をふまえて振り返ってみると、ここに至るまでのブレない道筋が見えてくる。例えば、『謎尾解美の爆裂推理!!』だ。これはもうタイトルから明らかなように、ミステリである。ギャグを前面に押し出しており、破天荒なトリックが駆使されているのだが、ある種の〈特殊設定ミステリ〉でもある。〝探偵ズVS極悪犯人七人衆〟という世界観のなかで繰り広げられる犯行と推理のバトルは、特に第二巻の「ギャグマンガ家殺人事件」において、実に華麗な論理展開として結実する（もちろんギャグといえばギャグなのだが、しかしながらこの世界ならではの伏線と論理に驚愕（きょうがく）し驚喜する）。小説として本年三月に発表した『キン肉マン　四次元殺法殺人事件』（ゆでたまご監修）においても、キン肉マンに登場する超人たちの特殊能力を活（い）かし、さらに一ひねりして謎が構成されていて、これまた〝その世界ならではのロジック〟が堪能（たんのう）できるミステリだ。小説家デビュー作である『地下芸人』は、芸人として生きる人々を描いた小説ではあるが、主人公の日常描写のなかで序盤から積み重ねたエピソードの数々がクライマックスでの逆転の発想に結実するという伏線の小説でもある（キャラクター作りの力量を感じさせる一冊でもある）。

そう考えると、おぎぬまXが、この『爆ぜる怪人　殺人鬼はご当地ヒーロー』を、伏線を巧みに操ったミステリとして仕上げたのも、実に自然なことに思えてくる。それ故に、ミステリ作家として〝強い〟とも思えるのだ。

ここで余談を一つ。第二一回の大賞受賞者である小西マサテルは、ゆでたまご原案による『キン肉マンⅡ世SP　伝説超人全滅！』なる小説を発表している（二〇〇二年刊行）。同じ賞を目指して競った二人が、それも濃い経歴の二人が、キン肉マンでつながるというのも、なかなかの縁だ。

さて。

ご当地ヒーローやらブラック企業やらといささか色物っぽく受け取られかねない『爆ぜる怪人　殺人鬼はご当地ヒーロー』だが、その本質は、確かなミステリである。そのうえで、志村弾という青年が、自分の存在を確立していく姿も読むことが出来る。おぎぬまXという、一人の素敵なミステリ作家が離陸したことを確信できる一冊だ。

（二〇二三年四月）

宝島社
文庫

爆ぜる怪人　殺人鬼はご当地ヒーロー
（はぜるかいじん　さつじんきはごとうちひーろー）

2023年6月20日　第1刷発行

著　者　おぎぬまX
発行人　蓮見清一
発行所　株式会社 宝島社
〒102-8388　東京都千代田区一番町25番地
電話：営業 03(3234)4621／編集 03(3239)0599
https://tkj.jp
印刷・製本　中央精版印刷株式会社

Printed in Japan
ISBN 978-4-299-04396-2